夫婦

営

スター

by a couple

ファーム

~目指せ、まったりスローライフ~

1

三田白兎

ill 村上ゆいち

# CONTENTS

# プロローグ

――一切の濁りなく、太陽の光を反射する美しい湖。
赤青黄色。様々な色の花々や蝶によって生み出される幻想的な畔。
そしてそれらの景観と調和するように木で造られた家や浴場。

そこは誰もが理想とする楽園のような場所。

――空飛ぶ黄金の巨鳥。
一本の大樹の陰で休む、蒼い炎を纏《まと》った骨の大狼。
澄んだ湖をしなやかな体で泳ぐ白き龍の親子。
他にも猪や骨の龍戦士、ふよふよとしていてゼリーのような魔物まで。
ここでは様々な生き物が自由に、そして仲良く暮らしている。

本来同種以外と仲良くなることのない魔物たちが周囲の景観を崩さず、異種を排除しようともしないのには理由があった。彼等は皆、仲間なのである。

この湖畔は全てとある夫婦のものであり、そこにいる魔物たちは皆彼等を主として慕う従魔なのだ。

故に多種多様な生き物が共存する場所が出来上がっている。

――――これはとある夫婦がゲームの世界でモンスターファームを営み、スローライフを送ることを目指す物語である。

# 第一章　初めてのＶＲＭＭＯ

「隼人《はやと》～、例のアレが届いたよ!!」

玄関で宅配を受け取った妻の嬉しそうな声が聞こえる。どうやら半年前から予約していたアレが届いたようだ。

小走りでリビングへと戻ってきた彼女は一つの段ボール箱を抱えている。

「早速、開けるよね？　ね！」

早く遊びたいオーラ全開だ。

「もちろん！」

俺が返事をするのとほぼ同時に開封される段ボール箱。中には二つのヘルメットのようなものが入っていた。

これは最近、テレビなどでも話題になっているフリーフロンティアオンラインというゲームをするための機械だ。このヘルメットを装着して起動させると、意識は現実からゲームの世界へ。そしてアバターを作成することになる。アバターは己の意思とリンクして動き、その操作感は現実の肉体とほとんど変わらないらしい。

ライトノベルなどでよくあるＶＲＭＭＯというものがついに現実となったということだ。

「えっと……これを被ればいいんだっけ？」

「そうだよ。被るとすぐにゲームが始まるらしい。一応、寝た状態での使用が推奨されているみたいだから寝室に行こうか」

寝室へと移動した俺たちはそれぞれヘルメットを被った。

「それじゃあ、ゲームの中でね」

そう口にした後、すぐに俺の意識は途絶えた。

『ようこそ、フリーフロンティアオンラインへ』

真っ白な空間に機械的な音声が響く。

『これからあなた方が降り立つのは剣と魔法と開拓のファンタジー世界。危険な魔物との闘争に明け暮れるもよし、まったりとしたスローライフを楽しむもよし、世界各地を転々として旅を楽しむもよしです。広大で自由なこの世界をお楽しみください。ただし、この世界の住民や魔物にはそれぞれの意思と思惑があるということだけはお忘れなきよう』

……最後の文言はなんか意味深な感じだな。たしか全ての住民や魔物には個別にＡＩが積まれているという話だから、そのことを指しているんだとは思うけど。

『これよりアバター作成へと移らせていただきます。最初にプレイヤーネームをお決めください』

「ハイト・アイザックで」

プレイヤーネームはあらかじめ決めていた。さっき機械音声が説明したようにフリーフロンティアオンラインはファンタジーものらしいので、本名の逢沢《あいざわ》隼人をそれっぽく弄《いじ》った名前だ。妻も逢沢里奈《りな》という名前からリーナ・アイザックというプレイヤーネームにすると言っていた。

『ハイト・アイザック様ですね……承認いたしました。続いて、種族とメイン職業、サブ職業の選択をお願いいたします』

目の前に二つのウィンドウが開かれた。それぞれ種族と職業の選択用に用意されたものらしい。

これについても事前情報からどうビルドするかはある程度決めている。

種族はヒューム、ドワーフ、獣人、エルフ、ダークエルフの中からヒュームを選択。

ヒュームは全ての種族の中で最もバランスのとれた初期ステータスとなっている。なので最も扱いやすい種族だ。妻は性格からしてバランスなんて考えないで選びたいものを選びそうなので、際物ビルドになる予感がする。フォローしやすいように俺は安パイをとった。

続いて職業の選択。最初にメイン職一つにサブ職二つを決めることができる。

メイン職は見習いテイマー、一択。妻もきっとそうする。このテイマーという職業こそが俺たちがフリーフロンティアオンラインを買った最大の理由だからだ。うちは夫婦揃って動物が大好きなわけだが、家でペットを飼っていない。いや、正確には飼えない。妻の里奈が動物アレルギーだから。しかし、ゲームの中ならアレルギーなんて関係ない。可愛いモフモフ生物を好きなだけ愛《め》でることができる。こんなまたとないチャンスを逃すわけにはいかない、ということで半年前から初回限定盤を予約していたわけだ。

おっと、いつの間にか思考が別の方向へと逸れてしまった。俺はすぐに目の前のウィンドウに意識を戻す。

残りのサブ職二つに関してはぶっちゃけ考えてきてないんだよな。まぁ、一つは無難に見習い戦士にしておくか。ファンタジーものはとりあえず戦士か魔法使いのどちらかを選んでおけば失敗しないみたいなところがあるし。それと……もう一つは戦闘職じゃなくてもいいかもな。テイマーも魔物が主力とはいえ自分が全く戦えないというわけではないだろうし。

ウィンドウをスクロールしながら生産職を流し見していると目についた職が一つ。

見習い錬金術師か。おもしろそうだ。やっぱりゲームなんだし、現実ではできない体験がしてみたい。そうなると錬金術師という職業はとても魅力的だ。

『メイン職に見習いテイマー、サブ職に見習い戦士と見習い錬金術師が選択されました。以降、ランクアップや特殊イベント以外での職業の変更はできませんがよろしいですか?』

「うん、構わないよ」

『承知いたしました。次に外見の設定をお願いいたします。アバターの使用感の都合上、大きく体型を変更することは推奨しかねます。ご理解の上、慎重に設定してください』

体型の変更はあまりしない方が良いのか。だったら、現実と同じでいいや。身長などは一切変更を加えず、髪と瞳の色だけをいじる。

瞳は黄金色。そして髪は水色でほどよくパーマをかけた感じに。

せっかくだしアニメとかゲームのキャラっぽい外見にしてみた。

「よしっ、設定完了で」

『これにてアバターの作成を終了とさせていただきます。最後に時間感覚とプレイ時間の制限についてお話しさせていただきます。フリーフロンティアオンラインでは、現実の四倍速で時間が経過します。そのため現実では一時間しか経っていなかったとしても、こちらでは四時間が経過していることになります。そしてプレイヤーの健康に悪影響が及ばないように連続プレイ時間は現実で六時間までとされています。超過した場合、いかなる状況でも強制ログアウトさせていただきますのでご注意ください。そして一度ログアウトすると、直前にしていた連続ログイン時間と同じだけの時間が経過しなければ再度ログインすることはできないので、ログイン、ログアウトは計画的にお願いいたします。以上でチュートリアルを終了いたします。ハイト・アイザック様の人生に幸あれ。それではフリーフロンティアオンラインの世界を存分に堪能してください』

機械音声が〆の言葉を終えると真っ白な空間に謎の青い光が発生。俺はその眩《まぶ》しさのあまり、強く目をつぶった。

「ここは……たしかPVで映っていた街か」

意識が覚醒すると俺はさっきまでいた真っ白な空間とは全く別の場所に立っていた。

レンガ造りの家や店が並んでいて、道行く人はゲームなどで良く見る町人っぽい地味な服装をしている。周囲を見回してみると、笑顔で会話する親子や井戸端会議をしているぽっちゃり体型のおば様たちの姿が目につく。

「すごいな」

ファンタジー世界なのに、なぜか現実感があってとても不思議な感覚だ。

あと不思議といえば、このアバターだ。違和感が全くない。試しに手を握ったり開いたりしてみるが、現実と同じような感覚で動かすことができる。それを売りにしているので違和感があっては大問題なわけだが、ここまで自然にアバターが動くと少し感動する。

「おい、兄ちゃん。あんた来訪者かい？」

突然、赤いバンダナを頭に巻いたおじさんから声をかけられた。

来訪者というのはNPCたちがプレイヤーを表すときに使う言葉だ。たしか来訪者は別世界から迷い込んできた存在という設定だったと思う。とにかくその呼び方をするということはこの人はNPCなのだろう。

「ええ、そうですよ」

普通のゲームではこちらからアクションを起こさない限り、声をかけられたりすることはほとんどないはずだ。

しかし、この世界の住人や魔物は全て個別でAIを積んでいる。そのため今のようにNPC側から話しかけてくることもあるらしい。

「だったら、さっさと冒険者ギルドに行ってきな」

「えーっと……お店とか見て回ってからじゃ、ダメなんですか?」

「別にそれでも構わないが、あそこでギルドカードを発行してもらえば身分証代わりに使えるからな。身分証なしだと街の出入りが面倒になるから、忘れないうちに冒険者ギルドへ行くことをお勧めするよ」

「そうなんですね。教えてくれてありがとうございます!」

「おう! このくらいどうってことないさ。俺はそろそろ仕事だからもういくぞ。じゃあな」

笑顔で手を振りながら、赤いバンダナを巻いたおじさんは去っていった。

「身分証なしだと出入りが面倒か……」

思いつくのは出入りするたびに書類を書かされたり、通行料金を取られるくらいか。ここがゲームの中だということを考えるとおそらく通行料金を取られる方だろうな。

所持金の少ない序盤に金を取られるのはつらい。良いことを教えてもらった。

しかし、妻とアバター作成後に落ち合う約束をしている以上ここから離れない方が良いだろう。

彼女がくるまでの間、ステータスでもチェックして時間を潰すとしよう。

「ステータスオープン」

ハイト・アイザック（ヒューム）
メイン：見習いテイマー　Lv.1
サブ1：見習い戦士　Lv.1
サブ2：見習い錬金術師　Lv.1
ＨＰ：50/50　ＭＰ：50/50
力：12
耐：12（+3）
魔：12
速：12
運：12
スキル：—
称号：—
ＳＰ：10
〈装備〉
頭：なし
胴：来訪者の服
脚：来訪者のズボン
靴：来訪者の靴
装飾品：—
武器：—

さっきまで何もなかったはずの目の前にステータスが記載されたウィンドウが開かれた。

ヒュームの初期ステータスは事前情報通りバランス型だな。一切偏りがない。

各種ステータス、ほとんどが名前からどんなものかは想像できるな。（　）で記載されている数値は装備などで上昇する分ということだろう。

ん？　ＳＰってなんだ？

◇ヘルプ◇
ＳＰとはスキルの新規取得およびステータスを上昇させる際に使用するポイントになります。


うわっ、なんか新しいウィンドウが開いた。疑問に思ったことは親切にヘルプを出して教えてくれるのか。

スキルの取得ができるなら早速してみたいが、ステータス上昇にもＳＰが使えるとなるとあまり無駄遣いできないな。必要そうなスキルだけ取ることにしよう。

俺がスキルを取ろうと考えていることに反応して、目の前にスキルリストウィンドウが開かれた。

え～と……なるほど。スキルによって取得に必要なＳＰが変わるのか。詳細を見てからどれを取るか決めたいんだけど……。

◇ヘルプ◇
スキルの詳細は取得後、明かされます。ステータスウィンドウを開き、スキルの欄を見つめると見ることができます。

なるほど。スキル名から予想して選ぶしかないか。

ぱっと見たところ剣術、槍術、斧術などの武器系初級スキルは一番安い２ＳＰで取得できるようだ。とりあえず戦うために一つは取っておくべきか。サブ職に見習い戦士があるから扱えないということはないはずだ。

『ＳＰを２消費して剣術（初級）を取得しました』

スキルを取得すると、アバター作成時の説明をしてくれた機械音でアナウンスが入った。分かりやすくていいな。

『剣術（初級）を取得したことで剣装備時の力が＋５されます』

剣装備時のみだがＳＰ５分、力が上昇したようだ。元の力が12の俺からするとありがたい。

『初めて武器系統のスキルを取得したことで初期装備武器を手に入れました。現在、武器を装備していないため自動的に装備されます』

「うおっ!?」

いきなり俺の背中に木製の剣が鞘に入った状態で装備された。急に大きな声を出したので周囲のＮＰＣから不思議そうな目で見られる。

……恥ずかしい。

『ＳＰを４消費してテイムを取得しました』

気を取り直して俺は再びスキルを取得する。

剣術（初級）と比べれば消費ＳＰが多いが仕方ない。俺たちはこれのためにゲームを始めたのだから。

『ＳＰを２消費して錬金術を取得しました』

これも必要経費だ。せっかく職業で選択したのに、必要なスキルを取っていないのは話にならないだろう。

残りのＳＰは何かあったときのために置いておこう。

スキルリストウィンドウを閉じた俺は、詳細確認のために再度ステータスウィンドウに目を移す。

ハイト・アイザック（ヒューム）
メイン：見習いテイマー　Lv.1
サブ１：見習い戦士　Lv.1
サブ２：見習い錬金術師　Lv.1
ＨＰ：50/50　ＭＰ：50/50
力：12（+6）
耐：12（+3）
魔：12
速：12
運：12
スキル：テイム←new、錬金術←new、剣術（初級）←new
称号：—
ＳＰ：2
〈装備〉
頭：なし
胴：来訪者の服
脚：来訪者のズボン
靴：来訪者の靴
装飾品：—
武器：木の剣

ちゃんと変わってるな。

さて、スキルの詳細を確認させてもらいますか。

テイム……このスキルを所持していると魔物から信頼を得ることで仲間にできるようになる。熟練度が上がることでテイム可能数が増加する。テイマー限定スキル。
テイム可能数：２

錬金術……錬金の釜に素材を入れて発動することで新たなアイテムや装備を作成できる。なお、熟練度によって作成した物の品質や錬金術の成功確率も変動する。錬金術師限定スキル。

剣術（初級）……剣の扱いに補正。一定の熟練度になると剣装備時の力が上がる効果や武技を習得できる。


　スキルには熟練度があるのか。単純に使いまくれば上がるのか、それともプレイヤー自身がしっかり学習して本当に上達しなければシステムとしての熟練度も上がらないのか。今のところどちらか分からないが気になるところだな。

「お～い。はや……じゃなかった。ハイト～!!」

　聞き慣れた声がした方へ振り返ると、いつもと全く違う姿の妻がこちらへかけてきた。

「さっきぶりだね、リーナ」

「うん！　できるだけ急いできたんだけど、待たせちゃった？」

「そんなことないよ」

「よかった。仕事柄、キャラメイクとかあるとこっちゃうから時間がかかるんだよね」

彼女はイラストレーターの仕事をしている。そのせいか本人曰《いわ》くゲームをする際はアバターの外見にかなりこだわってしまう癖があるらしい。職業病みたいなものなのだろう。

「で、どう？　かわいい？」

天真爛漫な笑顔がこちらへ向けられる。

「もちろん」

俺と同じくほとんど顔や体形はいじっていないようだが、肌と髪、それから目の色が変わっている。リアルでは色白美人といった感じの彼女だが、このゲームのアバターはこんがり焼けた小麦色の肌をしている。そして黒絹のようだった髪は太陽の光を反射して輝く黄金色に。瞳は薄いブラウンから、角度によって水色にも黄緑色にも見える不思議な色彩へと変更されていた。

「ちなみに種族は？」

「ダークエルフ！」

やっぱりね。だって耳が尖《とが》ってるし。そこが唯一、顔の造形でリアルと違うところだから、会ってすぐに目についたよ。

「どうしてその種族にしたの？」

「理由を知ってて聞いてるでしょ」

「ダークエルフが好きだから？」

「正解！」

まぁ、そうだよね。ＳＮＳにたまに載せてる趣味絵、ダークエルフ率高いし。

「当たってよかった。でも、本当にいいの？　事前情報では、ダークエルフってかなりステータス偏ってるからはずれ種族だとか騒がれてたけど」

「大丈夫かはわからないけど、いいの！　やっぱり好きな見た目、好きなビルドで遊びたいもん。それにテイマーも地雷職の可能性大だって騒がれてたし、地雷要素は一つでも二つでも最早《もはや》変わらないでしょ」

「俺もそう思うよ」

そうです。我ら夫婦が揃ってメイン職に設定したテイマーは事前情報公開時点で地雷認定を受けています。

理由は主に二つ。

まずシンプルにテイム方法がわからないから。さっきテイムのスキル詳細を確認したが、やはり魔物がテイムできるようになると記載されているだけで、具体的にどうすれば良いのかはわからなかった。

俺たちはなんとしてもペット……じゃなくて魔物を飼いたいからいくらでも検証するつもりではあるが、普通のプレイヤーのほとんどはそこまでテイムに熱心に取り組もうとは思わないだろう。特に初回出荷分を購入するようなゲーマーたちはそんなことしている間にレベルを上げて強くなりたいと思う者の方が多いはずだ。

もう一つの理由というのはパーティーの枠をテイムした魔物で潰してしまうからだ。このゲームでは一パーティーにつき最大六人で組んで行動することができるのだが、テイマーがいると最低でも本人と魔物の分の二枠を取ってしまう。更に戦闘の経験値やドロップアイテムなどはパーティーメンバーで均等に割られるためテイマーとテイムされた魔物は二枠分の経験値やアイテムが手に入る。それがトラブルの元になりそうだということは誰でも予想できよう。

仮にテイマーが魔物を連れずに参加すれば、問題はなくなるが……それなら別の職業を三つ選択している者を入れた方が良くないかということになる。よってパーティーを組みにくい。パーティー単位での攻略前提の魔物が出てくる可能性がある以上、地雷認定を受けても仕方ない職業である。

普通ならね。

俺たちの場合、パーティーは夫婦で組めば問題ないし、別に攻略最前線を目指すわけでもないから強くなれなかったとしても大丈夫だと思う。

「それに私がダメでもハイトが助けてくれるでしょ？」

「もちろん。君は俺の一番大切な人だからね」

「ふぅー！　かっこいい～」

「茶化すなよ。恥ずかしくなるだろ」

妻がニヤニヤしながら、顔を覗《のぞ》き込んできた。気恥ずかしくなった俺は視線を逸らし、話題も別のものにすり替えることにした。

「ところでリーナはログイン回りのルールちゃんと理解した？」

「あー、話逸らしたなぁ～？」

「別にそんなんじゃないよ。ログインログアウトのルールをしっかりと把握しておいた方が良さそうだったから話題に出しただけ」

「なるほど～。まぁ、今回はそういうことにしておこっか。それで……ログインについてだよね？

だいたい理解はできてるよ。まずゲーム内で四時間経過しても現実だと一時間しか経ってないんだよね？」

ゲーム開始時のアナウンスでは、ゲーム内では現実の四倍の速さで時間が過ぎると説明されていた。つまり妻の言う通り、現実では一時間しか経っていなくてもゲーム内では四時間が経過しているということになる。

「あってるよ」

「よかった。あとは……ログインし続けられるのは現実で最大六時間。ゲーム内で考えると二十四時間って話だったかな」

「うん、それも正解。でも、あと一つ。ログアウトすると、直前にログインしていた時間と同じだけログイン不可になるっていうルールもあるよ」

これはプレイヤーの健康を考えて決められたことだろう。連続ログイン時間に制限がなければ、ガチゲーマーなんかは永遠にゲーム内に留まろうとしそうだし。

「「「へいへいへいへい。そこのナイスバディなお姉さん！　隣にいるひょろいのより俺たちと遊ばない？？？」」」

妻とログイン関係のルールを確認し終えたところで、後ろから声をかけられる。そちらへ振り向くと、見た目からして軽薄そうなチンピラ三人衆がいた。これは……ＲＰＧ定番の雑魚モブ三人組ってやつか!?

すごい、初めて生で見ちゃったよ。

ただ、発言が頂けないな。

妻が美人でスタイル抜群なのは事実なので褒めるのは良い。だが、彼女は俺の妻なのだ。勝手にナンパして連れ去ろうとするのは許されない。

「ひょろいって言うな、モブスリー。あと人妻に手を出すのは良くないぞ」

「「「あ？　俺らのどこがモブだってんだ！　どう見ても韓流スター系のイケメンプレイヤー三人だろ！！！」」」

え、こいつらプレイヤーなの？

だとしたら痛すぎないか……。

「アー、ハイソウデスネ」

「「「カタコトで返事すんな！！！」」」

「ねぇ、ハイト～。そろそろ宿探さない？　私、眠くなってきちゃった」

「え？　まだ昼前だ――――」

「い・い・か・ら！　とにかく行こ」

「えっ、あ、うん。そうだね」

妻は俺の左腕に抱き着くとそのままモブ三人組とは反対の方向へ歩き始めた。普段はこんなにあからさまに胸を押しつけてきたりしないんだけど……珍しいことがあるものだ。

「「「ちょ、ちょ、ちょっとお姉さん！！！　それを是非俺達にもしてく――――」」」

「うるさい。キモい、どっかいけ。ついてきたらハラスメントで通報するから」

絶対零度の視線と怒気をはらんだ声がモブ三人組に向けられる。

え、ちょっと！

妻が激おこなんですけど。どうしてくれんだ、機嫌直るまで時間かかるタイプなんだぞ!!

俺たちはしばらく歩いてから振り返ってみたが、彼等の姿はどこにも見つからなかった。

「ごめん、リーナ。もっと俺が強く言った方がよかったな。あんなにモブっぽいやつらがこの世界には存在するんだと思って興味が湧いて。つい話を続けてしまったんだ」

「えっ、別に気にしてないよ？　私も同じこと思ったもん。三人声が揃ってたのもおもしろかったし」

「じゃあ、さっき怒ったのは……演技？」

「半分はね。もう半分はハイトのことひょろいって言ったから。自分の夫がずっと気にしてることをあんな風に言われたらイラッとするよ」

「俺のために怒ってくれたのか。ありがとう、リーナ！」

なんて良い妻なんだ！

感動した。涙は出ないけど。

「いいよ。その代わり、今度あいつらみたいなのがきたら、ガツンっと言ってよね？」

「うん、任せて」

モブ三人組を撃退した俺たちは、冒険者ギルドへと向かっていた。せっかく赤いバンダナのおじさんが教えてくれた情報を無駄にするわけにはいかないから。

「ハイト、あれじゃない？」

「看板にも書いてあるし、そうみたいだね」

ご丁寧にギルドの入り口上に大きく『冒険者ギルド：ファーレン支部』と書かれている。この町ファーレンって名前なんだ。初めて知ったな。

「入ってみようか」

妻を連れて中に入ると、そこには何組かのテーブルとイスが並んでおり、奥にはカウンターが。テーブルで酒を飲んでいる冒険者の姿も見受けられる。よくあるファンタジー世界の酒場といった印象だ。壁際にはいくつも掲示板が立てられていて、そこに張りつけられた紙とにらめっこしている人も多くいる。

「おっ、嬢ちゃんたちは冒険者ギルドに登録にきたのか？」

入り口の傍に立っていた大剣を背負ったおっさんが妻に声をかける。

「はい！　でも、どうして分かったんですか？」

「まず服装見れば来訪者だってことは一発でわかる。そしてこの世界にきた来訪者が最初に冒険者ギルドですることは、冒険者として登録してギルドカードを作ることだからな」

初期装備はみんな一緒だからわかったのか。

最初に話しかけてくれた赤いバンダナのおじさんもきっとそれで気づいたんだろうな。

「なるほど。ちなみにギルドカードを作るにはどの人に声をかければいいですか？」

「カウンターに立ってるギルド職員のうちの、一番右にいるマーニャって女がそうだ」

「わかりました。ありがとうございます！」

「おう、いいってことよ」

美しいダークエルフに笑顔を向けられたおっさんは、少し頬を赤らめる。

「ハイト、行こっ」

妻は相手の様子など一切気にもせずに、カウンターへと向かってしまった。

俺も大剣のおっさんに軽く礼をしてから妻の背を追う。

カウンターの方に行くと、丁度マーニャという職員の手が空《あ》いている様子だったので声をかける。

「すみません。俺たち冒険者ギルドに登録したいんですけど、手続きとかってお願いできますか？」

「はい、もちろん。お任せください。それにしてもよく私が新規冒険者登録担当の職員だとわかりましたね」

「入り口のところにいる大剣を持った人が教えてくれたんですよ」

「あぁ、なるほど。ガストンさんが」

あのおっさんガストンって名前なんだな。なんかとてもそれっぽくてお似合いだ。

「直接話したなら分かったかもしれませんが、あの人見た目と違ってとても優しい人なので仲良くしてあげてくださいね」

強面《こわもて》だから新人さんが近寄らないんですよね。とマーニャさんは続ける。

「もちろんです。先輩方とはできるだけ仲良くしたいと思っているので」

「ええ、それが良いと思います。コネって大事ですから。ふふふ」

笑いながらマーニャさんは答えるが、言っている内容が妙にリアル味あって笑えないと思うのは俺だけだろうか。

「では、そろそろ冒険者登録の方に移らせて頂きたいと思います。やり方は簡単です。この円盤の上に手をかざすだけなので」

差し出された円盤には何か魔法陣的なものが描かれていた。

「わかりました。まずは俺からで」

危険なものではないはずだが、一応俺が先にやって安全を確認しておこう。妻に何かあってはいけないから。

俺が円盤に手をかざすと円盤は淡い青に輝く。

「はい、終了です」

光が収まると冒険者登録はあっさりと完了したらしい。

危険はなさそうだったので、妻も俺と同様の工程を踏んで登録を済ませる。

「こちらがお二人のギルドカードになります。それと冒険者ギルドについて軽く説明させていただきますね。まず――――」

マーニャさんの説明によると、冒険者にはランクがあるらしい。そしてそのランクというのは誰もが一番下のブロンズから始まるらしい。ギルドから出されているクエストをクリアして実績を積むことでシルバー、ゴールド、プラチナ、ミスリル、アダマンタイトと格上げされていくとのことだ。ランクが低いと受けられないクエストも存在するので積極的にクエストに挑んで上のランクを目指して欲しいと言われた。

それとクエストの受注は俺たちがいるこのカウンターでできるらしいが、どんなクエストがあるのかはギルド内にある掲示板を見るように伝えられた。

「以上で説明を終了とさせていただきます。それとギルドカードの初回発行は無料ですが、紛失などして再度発行する場合は有料となりますのでご注意ください」

「わかりました。ありがとうございます」

挨拶を済ませ、冒険者ギルドを後にした。

「さてと、次は宿探しでもしますか！」

「その前にギルドカードしまったら？　出しっぱなしだと落としちゃうよ」

「確かに。でも、ポケットも浅いから心配だなぁ」

「何言ってるの。ゲームなんだからアイテムボックス的なのがあるに決まってるでしょ？」

た、たしかに。

早速、ギルドカードをアイテムボックスへしまうイメージをしてみる。

「おっ、ギルドカードが消えた。本当にアイテムボックスってあるんだ……ん？　なんかアイテムボックス内にランダムレアチケットってのがあるんだけど、これって初回限定盤の特典のやつ？」

フリーフロンティアオンラインの初回限定盤を予約購入すると特典としてゲーム内で使用できるアイテムが付与されるという話だった。おそらくこのランダムレアチケットというのが特典なのだろう。

このゲームは一つのヘルメットで一人のプレイヤーしか登録できないため、俺たちが予約したのは二つ。つまり初回限定特典も別々についているはずなので、妻のアイテムボックスにも同じものが入っていたはずだ。

「せいか～い。ハイトなら、とっくに気づいてると思ってたのに。たま～に抜けてるとこあるよね」

「まぁまぁ。今気づけたんだし、よしとしようよ」

「そういうことにしておいてあげますか……で、どうするの？　ここでチケット使ってみる？」

ランダムレアチケット。

なんとも魅力的な響きである。

「使うしかないよね。ここまで話題に出しておいて、また後でなんて俺にはムリだよ」

「よし、きた！　なら二人で同時に使ってみよ？」

「わかった。それじゃあ――」

『ランダムレアチケットが消費されました。候補からランダムに選出中………完了。選ばれたのは従魔：骨狼です』


目の前に突然、強烈な光が発生する。それが収まると………なんと目や耳の部分に蒼い炎を宿した骨の狼がお座りの状態で現れたのだった。

「うわぁ!?　びっくりした!!」

アナウンスが聞こえていない妻は突然目の前に魔物が現れたことに驚く。

「ねぇ、この子……魔物だよね？　初めて見た」

妻は敵か味方かも分からない魔物の姿をじっと見つめる。

「そうだよ。ランダムレアチケットを使ったら、この子が俺の従魔として召喚されたんだ」

「そうだったんだ………あの、触ってもいい？」

この子は俺の従魔だけど、最初に触れ合うのは妻に譲ろうと思う。なぜなら、俺はこれまでに学校や友人の家で動物に触れたことが何度もあるからだ。

子供の頃から動物が大好きで触れてみたい。でも、アレルギーのせいで触れられない。そんな辛い境遇に置かれていた彼女がついに動物――正確には魔物だけど、とにかく人間以外の生き物に触れる機会が訪れたのだ。

先を譲っても良いと思える。

「もちろん」

俺から許可が出たからか、妻が一歩近づいても骨狼という魔物は避けようとしない。

手の届く距離。妻は頭を撫でようとゆっくりと手を伸ばし――――途中で止める。そして手を引いてしまった。

「ねぇ、隼人。本当に、本当に触れていいのかな?」

震える声で俺に問いかける。

「うん触っていいんだよ。ここはゲームの世界で、君を縛るアレルギーは存在しないんだから」

俺を現実の名前で呼んでしまっているが、今はいい。そんな些細なことよりも、優先されるべきことが目の前にある。

妻は再び骨狼に触れようと手を伸ばし始めた。指先から従魔の頭部まで五センチ。そこから少しずつ距離は詰まり、ついに彼女の指先が優しく骨狼の頭に触れた。

「触れられた――――」

目尻から一筋の涙が伝う。それを皮切りに、滝のような涙を流し始めた。

ふと骨狼の方を見ると心配そうな視線を妻へ向けている。どうやらこの子は見た目によらず、優しい魔物のようだ。

「リーナ、急に泣くからこの子も心配してるよ？」

「そう、なの？　あはは……ごめんね。今、泣き止むから」

妻は空いた左手で涙を拭う。そして一度深呼吸をすると、少し落ち着きを取り戻す。

「——ほらっ！　これでもう大丈夫。なんともないよ！」

妻が骨狼へ笑顔を向ける。

それを見た俺の従魔は安心したのか、本来の主人である俺の方へと歩み寄ってきた。

「召喚して早々、いろいろ気を遣わせてごめんな。俺が君の主人のハイトだよ。よろしくね」

従魔はこちらの言っていることを理解しているようで、返事の代わりに頭を俺の懐へと擦《こす》りつけてきた。

「ちょっと、ズルいよ！　ハイトにだけスキンシップ激しくしてない!?」

「それは仕方ないよ。主人の特権ってやつだから」

骨狼は頭を撫でてやると嬉しそうに尻尾まで振り始めた。

「あっ、いいなぁ……ねぇねぇ、もう一回だけ撫でてもいいかな？」

「いいよ。この子が嫌がらないようにだけ、気をつけてね」

再度、妻は骨狼を撫で始める。

「俺はステータスでも鑑定しておくか」

しばらく妻はこのままだろうし、その間にできることをしておこう。

名称未定（骨狼）
Lv.1
ＨＰ：91/120　ＭＰ：30/30
力：33
耐：15
魔：18
速：41
運：13
スキル：骨の牙、気配察知、暗視
称号：闇の住人

え？

この子めちゃくちゃ強くない？？？

ＭＰ以外の初期ステ全部負けてるんだけど……。

「ねぇねぇ、この子強いの？」

妻は骨狼を撫でながら聞いてきた。

「たぶん。一番高い速さの値だけで言えば、俺の三倍以上」

初従魔に能力で負ける主人って悲しいな。

「お～、それはすごい。でも、ヒュームってバランス型だよね？　だったら一点特化型の魔物ならそのくらいある子もいるんじゃない？」

「そうだね。ちなみにヒュームのステータスはＨＰＭＰが50で他は全部12だったよ」

「へ～。それじゃあ、この子は速さのステータス40近いんだ」

「ステータス見せようか？」

「え、見れるの？」

自分や従魔のステータスを他の人に見せられるのか。二人で試してみた結果、無理だった。おそらく関係のない人間にステータスをのぞき見させないためなんだろうけど、少し困ったな。

◇ヘルプ◇
ステータスはフレンドにのみ公開できます。フレンド登録は握手をした状態で両者が念じると完了です。なお、フレンドになるとフレンド間限定にはなりますがメッセージ機能なども使えるようになります。


いつもありがとうヘルプさん。また助けられました。

「ハイト、フレンドになればいいみたいだよ！」

「みたいだね。今、ヘルプさんが教えてくれた」

「え、どうしてさんづけ？」

「ゲームを始めてからお世話になりっぱなしだから、呼び捨てにはできないなって」

「そっか。私も助けられてるし、ヘルプさんって呼ぼーっと！」

ヘルプさんの助言通りに握手してフレンド登録をする。

『リーナ・アイザックとフレンドになりました。ステータスの閲覧許可を出しますか？』

もちろん、許可する。

「おっ、ハイトたちのステータスが見えたよ。私のも見せるね」

リーナ・アイザック（ダークエルフ）
メイン：見習いテイマー　Lv.1
サブ1：見習い料理人　Lv.1
サブ2：見習い農家　Lv.1
ＨＰ：40/40　ＭＰ：60/60
力：5
耐：3（+3）
魔：26
速：23
運：3
スキル：テイム、料理、栽培、鑑定、植物魔法←new
称号：—
ＳＰ：0
〈装備〉
頭：なし
胴：来訪者の服
脚：来訪者のズボン
靴：来訪者の靴
装飾品：—
武器：—

うん、ステータスが超偏ってる。速さと魔力は俺の倍近いけど、その他が壊滅的だ。そりゃあ、はずれ種族認定されるわ。耐久がここまで低いとソロでの戦闘なんて絶望的なのではなかろうか。

速さはあるから敵の攻撃を躱《かわ》しながら魔法で反撃みたいなスタイルをすることになるだろうけど、

いくらなんでも全部は避けられないと思うし、パーティー組むことが前提の種族なんだろうな。

サブ職二つが生産系なのはなんとなく予想していたから問題ない。

「SP全部使ったんだ」

「残しとこうと思ってたんだけど、欲しいスキル取ると残らなかったんだ～」

「なら、仕方ないか」

好きなようにやらせてあげるのが一番だからね。

「そうそう、仕方ない仕方ない。ちなみにさっきランダムレアチケットを使って手に入れたスキルが植物魔法だよ」

「へえ～、これが」

いったいどんな魔法なのだろう。火とか風とは少し毛色が違いそうだし、植物の成長を促したりできるのだろうか。それとも――。

「ねぇ、ちょっと待って。この子、HPが減ってきてない？」

「えっ」

植物魔法がどんなものなのか、予想していると妻から骨狼のステータスを見るように促される。

視線をそちらへ向けると、確かに骨狼のHPが減少していた。

「その子って骨だし、アンデッド的な魔物だよね。あるあるだけど、日光浴びるとだめなんじゃ……」

すぐに骨狼の持つ称号の詳細をみる。

称号：闇の住人
邪悪な力によって死より舞い戻りしモノは、聖なる物と地上を照らす光を嫌う。
夜は全ステータス三割増加。ただし、太陽の光に当たると、全ステータスが三割低下および徐々に体力が減少する。また聖属性の攻撃やアイテムによるダメージが三倍。

ズバリ妻の指摘通り。

「やばっ、とりあえずあっちの影に入ろう！　ついてこい骨狼‼」

指示を聞いた骨狼は俺の後ろをついて建物の影に入る。再度ステータスを開いくとＨＰの減少が止まっていた。

「ほんとにごめんな。次からは気をつけるよ」

しゃがんで骨狼の頭を撫でると剝《む》き出しの骨尻尾を左右にぶんぶんと揺らした。

「許してくれたんじゃない？」

「だといいなぁ……初めての従魔に嫌われたら流石《さすが》に堪《こた》えるよ」

「反省したなら、早速態度で示そうか」

「そうしたいのはやまやまだけど、何をすれば……」

アイテムボックスには何も入ってないから、あげられるものなんてないぞ？

「名前！　骨狼って種族名で呼んでたら可哀想だよ」

「そうか……たしかに。考えるから少し待ってくれ」

神話や伝説の狼から名前をもらうってのが、定番な感じはする。でも、この子がこれから進化したとして、進化先の種族と名前が偶然同じになったりしたら可哀想だよな。そう考えると普通の名前っぽいけど意味を持たせたものがいいか。

「で、何か思いついた？」

しばらく続いた沈黙を、妻が破る。

「マモルってどうかな」

俺と共に妻を守って欲しいという願いからマモルという名前を選んだ。

骨狼に気に入ってもらえるか不安で自信なさげに口にしたのだが……その心配は無用だったみたいだ。骨狼は自分の名前を聞いてすぐに、その場で大きくジャンプ。そして落ち着いたかと思えば俺に近づき、頭をスリスリする。

やんわりとだが気に入ってくれているのが伝わってくる。

「ちょっとハイトだけずるいよ!!　マモル、私にもスリスリは？」

妻が両手を広げて待ちの体勢に入る。それを見たマモルは困惑しているようだ。

「困ってるからやめておこうか」

気持ちは痛いほどわかるが、マモルにスリスリを強要することはしたくない。

「うそ……なんでええええええええええ」

この後、妻が気を取り直すのに一時間もかかった。まさかそこまで落ち込むとは俺も思いもしなかった。

◇◇◇

骨狼にマモルと名付けた後、俺たちは安全にログアウトするために宿を探した。

宿と酒場はそこそこ数があるみたいだったので、すぐに見つけられた。宿の中に入り、女将さんらしき人に声をかけると部屋ごとに料金を取っているから夫婦なら同室をオススメすると言われたので、その通りにする。ちなみにマモルは部屋の物を壊さないなら、という約束で入れてもらった。

「安く泊まれてよかったね」

「そうだな。でも、同性同士か夫婦とかカップルじゃないとこの割引は使えなさそうだ」

「感覚がリアルだもんね。このゲームで関係の浅い異性と同室はちょっと……って思っちゃうもん」

雑談もそこそこに妻はログアウトしていった。なんでもリモートで打ち合わせがあるのだとか。

「よし、マモル。そろそろ夜だし冒険に出かけるか」

マモルはブンブンっと尻尾を振っている。きっと返事のつもりだろう。

――――日の沈んだ町は昼間とは少し表情が違う。酒場が大いに賑わい、楽しそうなおっさんたちの笑い声が聞こえる。それをBGM代わりに俺は冒険者ギルドまで歩いた。ギルドの中に入るとガストンさんが仲間たちと酒を酌み交わしているのが視界に入る。

「ん？　お前は昼間にもきた来訪者か」

あちらも俺に気づいたらしく声をかけてきた。

「どうも。これから魔物を狩りに行こうと思いまして」

「これからってお前、夜は強い魔物が出やすい時間だぞ」

「そうなんですか？　でも、俺の従魔が太陽苦手みたいなので」

「骨狼か……それなら仕方ないな。まぁ、ファーレンの周りには骨狼が苦戦するような敵は滅多に出んから安心しろ」

やっぱり骨狼って強い魔物なんだ。ステータスを見るだけでも十分わかっていたが、先輩冒険者がそう言ってくれるとより信じられる。

「わかりました。マモルに迷惑をかけないように努力します」

「おう、そうしろ。じゃあ、がんばれよ～」

バシバシと背中を叩かれるという形で激励を受けた俺は、掲示板前に移動してブロンズランクでも受けられる依頼をいくつか選ぶ。そしてカウンターで手続きを終えて町の外へと出た。

穏やかな草原。そう呼ばれているここは、ファーレン東部に位置する。依頼の手続きをしてくれたギルド職員によると、ここは町の四方を囲むフィールドの中で最も敵が弱いらしい。初めて外に出る人にオススメのフィールドだそうだ。

視界の悪い中、マモルとともに歩みを進める。足元に茂っている草々が風に揺られる音がやけに大きく感じた。

「っ!?　マモルどうした!!」

突然、マモルが駆け始める。見失いそうになったので慌てて背を追う。しかし、ステータスの差があるからか中々追い付かない。

『キュッ』

小動物の鳴き声のようなものが、微かに聞こえた。やっとの思いでマモルを視界に捉えると、そこには角の生えた兎《うさぎ》の首に骨の牙を突き刺したマモルがいた。

「魔物を見つけたから走ったのか」

しばらくするとマモルは角の生えた兎をぺっと吐き出す。

「死んだってことか？」

マモルは尻尾を左右に揺らして返事をする。

「てっきり倒した魔物は消えて肉や皮とかのアイテムになると思ってたんだけど、違うみたいだな」

生き物の死骸をそのままにしておくのもどうかと思ったので、ひとまずアイテムボックスで保管することにした。その際、アイテム名が一角兎の死骸となっていたので、魔物の名前が判明した。

「マモル、ルールを決めよう。今度から魔物を見つけたときは、尻尾で軽く俺の背を二回叩いてくれ。そしたら俺はマモルについて行くから」

気を取り直して探索を始めてから十分。コンコンと背を叩かれた。

俺の言ったことを理解したマモルは、すぐさま行動に移したようだ。俺がマモルを見ると先程よりもゆっくりとしたペースで走り出していた。たぶん俺のついていけるペースに合わせている。速さの差にも気づいているのだろう。

「おっ、ここまでくれば俺にも見えたぞ。今回は自分で戦ってみるからマモルは待機してて」

今度の敵も一角兎だ。あちらはまだ俺たちに気づいていない。

音を立てぬように背にある鞘から剣を抜く。本来、剣の扱いなどわからないはずなのに、どういうわけかそれっぽい構えが頭の中に浮かんだのでマネをする。きっとこれが剣術（初級）の効果なのだろう。

「ふぅ――――」

一度、大きく深呼吸をする。

そして一直線に一角兎へと走った。

「くらえっ！」

声を出したことで相手もこちらに気づいた。しかし、俺はもう剣を振り上げている。横っ飛びに逃げようとする一角兎の背を木の剣が叩く。

『キュキュッ』

鳴き声を上げながら、転がる一角兎。まだ倒せているかわからないので、すぐさま追撃する。

『見習いテイマーのレベルが1あがりました。SPを2獲得』

倒せたのか。念のため、木の剣の先で一角兎を突《つつ》いてみるが反応はなかった。すぐにアイテムボックスへ収納して、ステータスを確認する。

ハイト・アイザック（ヒューム）
メイン：見習いテイマー　Lv.2
サブ1：見習い戦士　Lv.1
サブ2：見習い錬金術師　Lv.1
ＨＰ：60/60　ＭＰ：60/60
力：12（+6）
耐：12（+3）
魔：13
速：13
運：13
スキル：テイム、錬金術、剣術（初級）
称号：—
ＳＰ：4

サブ職のレベルは上がっていない。もしかしてメイン職の方がレベルアップしやすいとかあるのだろうか。気になるところだ。

『骨狼のレベルが1あがりました』

続いてマモルのレベルアップがアナウンスされたので、ステータスを見る。

マモル（骨狼）
Lv.2
ＨＰ：140/140　ＭＰ：45/45
力：35
耐：15
魔：19
速：43
運：13
スキル：骨の牙、気配察知、暗視
称号：闇の住人

今更だが、スキルの詳細も見ておこう。

骨の牙……かみついて攻撃する際の威力があがる。また骨の牙が折れた場合、ＨＰを消費することで再び生やすことができる。

気配察知……生き物の気配に敏感になる。

暗視……夜や暗い場所でも視界に制限がかからない。

視界が悪い中、どうしてマモルばかり獲物を見つけられるのか疑問に思っていたのだが、どうやら気配察知と暗視のおかげのようだ。こうなると索敵は引き続きマモルに任せた方が良さそうだな。

「俺もある程度戦えそうだし、もっとバンバン狩っていくか。索敵、頼むぞマモル！」

よし、今日は夜明けまでがんばろうか。

◇◇◇

「やっばいっ。急げ、マモル!!　俺のことはいいから、先にいけえええええぇぇぇぇぇぇ！！！」

マモルは少し逡巡《しゅんじゅん》するが、すぐに俺の意を汲《く》んでファーレンへと走り始めた。

「そうだ……それでいい」

さて、俺はゆっくり帰るか。

いやー、まさか狩りに夢中になっているうちに日が昇り始めるとは思わなかった。もう少し気づくのが遅ければ、マモルが死んでいたかもしれない。草原には日陰なんてないからな。先に一人で町に帰らせたのは俺の移動速度に合わせていたら無駄に受けるダメージが増えてしまうからだ。

流石に日照ダメージで従魔を死なせたりしたらテイマー失格だろう。

「それはそれとして、今日は稼げたなぁ」

出会った魔物は全て一角兎だったので、一晩中一方的な戦闘を続けられた。おかげでレベルが結構上がっている。

それでは戦果を確認しますか。

ハイト・アイザック（ヒューム）
メイン：見習いテイマー　Lv.5
サブ1：見習い戦士　Lv.2
サブ2：見習い錬金術師　Lv.1
ＨＰ：98/110　ＭＰ：90/90
力：14（+6）
耐：15（+3）
魔：16
速：14
運：16
スキル：テイム、錬金術、剣術（初級）
称号：ラビットキラー←new
ＳＰ：12

予想していたサブ職はレベルが上がりにくい説はほぼ確定と見てよさそうだ。ただ、同じサブ職同士なのに見習い錬金術師と見習い戦士でレベルが違うのが引っかかるな。もしや、生産職は戦闘より職業専用スキルをバンバンつかって生産する方がレベルが上がりやすかったりするのではないだろうか。宿に帰ったら一度ログアウトすることになるが、再度ログインしたときには錬金術を使って検証しよう。

ちなみにＨＰが減っているのは、ヘマをして一角兎から何度か体当たりを受けたからである。

「称号ねぇ、確認しなくても内容はなんとなーくわかるんだよな……」

それでも見ないままいるのも、気持ち悪いので詳細を確認する。


ラビットキラー……短期間に多くの兎系統の魔物を屠《ほふ》った者。兎系統の魔物との戦闘時、速さが少し上昇する。


予想通りの内容ではあるが、まさかステータスに恩恵があるとは思わなかった。兎系統の魔物とやらがどれくらい存在するのかわからないが、少なくとも次の一角兎狩りが更にはかどることを思えば、もらえてラッキーな称号だろう。

マモルもいくらかレベルアップのアナウンスがあったので、後で確認しておこう。

宿に戻り、借りている部屋に入るとマモルがベッドの隣におすわりして待っていた。

「えらいぞ。マモル、俺はそろそろログアウトするから戻ってくるまでこの部屋で大人しくしていてくれよ」

頭を撫でながら言うと、いつものように尻尾が左右に揺られる。この動作はマモルの中では、完全にわかったのサインになったんだな。

宿のベッドに寝転がり、ログアウトを意識する。

「――――おぉ～、戻ってきた」

一瞬で現実へと戻ることができたので、被っていた専用のヘルメットを外す。そして妻がいると思われるリビングへと移動する。

「隼人、おかえり～」

こたつに入りながら、本を読んでいた妻がこちらを見る。

「ただいま。もう打ち合わせ終わった？」

「うん、元々そんなに長い予定じゃなかったし。時間できたから読みかけだった漫画を読んでるの」

そう言って、手に持っている漫画の表紙を見せてくれる。

「そっか。ご飯はどうしよう……また俺が作る？」

「ううん。今日は出前にしよ。隼人ちょっと疲れた顔してるし」

ゲーム内とはいえ、数時間ひたすらに剣を振り続けたからね。流石に精神的に疲れたよ。

「わかる？」

「もちろん。私には隼人の全てが見えてるんだから！」

「それは怖いなぁ……」

もし全部見えていたら、またマモルを日光に晒《さら》したのがバレるからね。一度目はマモルについて全然知らなかったから仕方ないと思って何も言ってこなかったが、二度目はダメだ。バレたら、たぶん叱られる。

「ならバレて困ることはしないの」

「肝に銘じておくよ」

その後、寿司の出前を頼むと一時間も待たないうちに家に届いた。醤油とワサビと小皿を用意して、二人でこたつに入る。

「「いただきます」」

俺は好物のタコの握りを食べながら、ずっと気になっていたことを妻へ尋ねる。

「そういえばさ、植物魔法ってどんなタイプの魔法なの？」

「まだわかんない。今、使える魔法って一種類だけだし。でも、それは茨を地面から生やして相手を拘束する。みたいな効果だったと思う」

それだけ聞くと行動阻害を得意とする魔法に聞こえるが、現時点ではなんとも言えないな。妻も口にしたが、効果がわかるのが一種類だけだとな……あと一つ二つ魔法を覚えてくれれば傾向が分かるのだが。

「まぁ、追い追いわかるか」

「そうだね。って、そのエビは取っちゃダメだよ！」

しれっとエビの最後の一貫を取ろうとすると妻に止められる。

「しょうがないなぁ……エビは譲るからマグロの方はもらうよ」

「むう……致し方なし」

ふくれっ面の妻は普段の二割増しでかわいかった。

# 第二章　日常とイレギュラー

朝一からログインした俺は妻と二人でパーティーを組み、穏やかな草原を訪れていた。目的は妻のレベルを上げること。俺のレベルアップもできれば嬉しいが、一角兎を倒すことで手に入る経験値ではなかなか上がりにくくなってきたので期待はしていない。

「今日はレベルあげるぞ～」

「ここ初心者用のフィールドだし好きにしていいよ。サポートは俺がするから」

「余裕だね」

「まぁ、マモルと一緒に一晩ここで戦ってたから」

勝手知ったる我が家とまでは言わないが、ここなら多少ミスしたところで死ぬことはないだろう。

「おっ、早速獲物発見！」

日が出てしまっているので、マモルは連れてきていない。そのため今日は俺が索敵を担当する。明るいので、スキルなしでも大丈夫だろう。

「ほんとだ！　早速行くぞ～」

「リーナ、ストップ！　せっかくだから植物魔法を試してみなよ」

魔法ってどんな感じで発動するのか気になるから。

「おっけー！　植物魔法・ソーンバインド」

妻がそう唱えると狙っている一角兎の足元に黄緑に発光する魔法陣が現れた。それから一、二秒ほど置いて、魔法陣から四本の茨が伸びて目標へと絡みつく。

「捕獲完了！」

こちらにピースする妻だが……。

「後ろ危ないぞ～」

別の一角兎が俺たちに気づいて裏から接近している。そいつのヘイトは魔法を使った妻へ向いていた。

「きゃっ」

可愛らしい悲鳴をあげた妻は、小型の魔物にぶつかっただけとは思えないほど大げさに転がる。

「大丈夫か？」

「う、うん。衝撃はすごかったけど痛みはないから」

このゲームでは攻撃や防御をする際、衝撃のみ有効と設定されている。だから痛みがないことはわかってはいたが、派手に転ばれると心配になる。

「とりあえず一角兎は俺が倒すから。ここで休んでて」

妻を転ばせた一角兎は再び彼女を標的として、体当たりするために跳んだ。その間に入った俺は向かいくる魔物の頭を木の剣で思いっきり叩く。続けて、植物魔法の効果が切れたことで解放されたもう一匹の敵に対して全速力で距離を詰める。俺の接近に気づき、逃げる背に一撃を加えて戦いは終わる。

「倒したよ。リーナのメイン職、レベル上がったんじゃない？」

俺のときは一角兎を二匹討伐した時点でレベルアップした。メイン職は同じだし、たぶん妻もそうなるはず。

「上がったよ。さっきアナウンスが流れたから間違いないと思う」

「それならよかった。ＳＰもらえたはずだし、攻撃に使えそうな魔法を取ってみるのもありかもね」

「そうだね。スキルリスト見てみる」

しばらくリーナがスキルリストとにらめっこしているのを見守る。もちろん魔物が近寄ってこないかの確認は怠らない。

「……ハイト～、ダメだったよぉ」

「え、どういう意味？」

「スキルリストを見る限り、魔法って基本的なものでもＳＰ４は必要みたいなの」

それは予想外だ。俺のスキルリストにはなぜか魔法系が一切ない。なので必要ＳＰがまさかレベルアップ二回分だとは思いもしなかった。自分で取得した剣術（初級）を始めとする武器系スキルは全て必要ＳＰ２なので、魔法も同じだと思い込んでいたのだ。

「仕方ないから、俺が後数匹倒してもう一つレベルあげるか」

「お願いしていい？」

それから一時間も経たずに、妻の見習いテイマーとしてのレベルが３になった。その際、ＳＰ４を消費して魔法を一つ習得。

リーナ・アイザック（ダークエルフ）
メイン：見習いテイマー　Lv.3
サブ１：見習い料理人　Lv.1
サブ２：見習い農家　Lv.1
ＨＰ：38/60　ＭＰ：51/80
力：6
耐：3（+3）
魔：28
速：24
運：5
スキル：テイム、料理、栽培、鑑定、
植物魔法、水魔法←new
称号：―
ＳＰ：0

水魔法の取得時にウォーターボールという魔法を覚えたので、次からは妻も戦闘に参加できる。高い魔力を持つダークエルフの強みを発揮できるはずなので楽しみだ。ただ、そうなると俺一人でも余裕で戦い抜ける穏やかな草原ではおもしろくないだろうという話になり、別のフィールドへ向かうことになった。

◇◇◇

――――ペックの森。ファーレンの四方にあるフィールドの一つであり、穏やかな草原の次に難易度の低い場所だ。

背の高い木々と、揺れる葉の隙間から窺《うかが》える日の光がなんとも心地良い。ここに湖でもあれば、その畔に家を建ててスローライフでもしてみたいものだ。

「ハイト～、魔物いないね」

森に入ってから一時間。未だ魔物との遭遇はなし。普通に考えていないわけはないのだが、どうも見つけられない。

仕方ない。ここまで全て貯めていたSPを少しだけ使うことにしよう。俺はSPを6消費して気配察知のスキルを取得する。マモルが持っているので、取らなくてもいいかと考えていたが、あの子は日中ほぼ戦えない。それを考えると俺か妻のどちらかが取った方がいいだろう。

「いた。木の上だ」

姿が視認できるわけでも臭いがするわけでもないが、スキルの効果で感覚的に敵の位置がわかった。ただこの感覚は妻と共有することはできないため、まずは敵を視認できる場所に引きずり出さなければならない。俺は一番近くの魔物の気配がする木の真下に移動して全力で木の幹を蹴る。

『キキッ』

甲高い鳴き声と共に背丈が俺の腰まである緑の体毛を持つ猿が落ちてきた。やはり木の上に潜んでいたのか。森の中で生き物が隠れられる場所は茂みか木の上だろうと予想していたのが当たったようだ。

「昆虫みたいな見つけ方だね」

『ギイィ！！！』

妻の言葉を理解したのか、それとも本能的に煽《あお》られたと感じたのか。猿は妻へとかなりの速度で迫る。

「させるか！」

猿の前に躍り出て、木の剣を横に振るう。すると猿も乱暴に腕を振るい、互いの攻撃がぶつかり合う。

――――押し切れない。

俺より小柄なはずの敵の攻撃が重く、耐えるだけでも精一杯。このままではまずいが、どうするべきか……。

「植物魔法・ソーンバインド」

次の行動を決めかねていると妻の声が聞こえる。直後、足元に魔法陣が展開されて、そこから四本の茨が出現し、猿を捉えた。

「ありがとう、リーナ！」

魔法によって拘束された猿は身動きがとれない。好機を逃すまいと俺は全力で攻撃を続ける。

「くそっ、血は出てきてるけどぜんっぜん死なない！」

剣術（初級）に従って様々な角度から剣を振るうも決定打に欠ける。猿の体には痣《あざ》や小さな傷が増え続けているが、倒れる気配が全くないのだ。

「ハイト、私も攻撃するね！　水魔法・ウォーターボール」

人の顔くらいある水弾がこちらへ飛来する。俺は念のため一度猿から離れた。

『見習いテイマーのレベルが1あがりました。SPを2獲得』

初めて出会った強敵は、妻のたった一発の魔法によって沈められた。

「すごいな……俺の攻撃ではなかなか倒れなかったのに。リーナの魔法で即死だった」

「ハイトの攻撃で血は流れてたんだし、全部私のおかげではないでしょ？　それに魔力特化の種族なんだからこれくらいできないと困るよ」

たしかにバランス型が魔法特化型の魔法より威力の高い攻撃なんてできたら、特化型の面目丸潰れだ。

「リーナの言う通りか。でも、これではっきりしたね。俺は索敵と盾、リーナは火力担当って感じでいけば上手く戦えそうだ」

「うんうん、ここからは役割分担していこっ。よ〜し、草原ではおんぶにだっこだったから森ではがんばるぞ！」

猿の死体を回収した俺は、張り切って先に歩き出した妻を見失わぬよう、急いで華奢な背を追った。

◇◇◇

「また蹴り落とすから」

「了解！　ソーンバインドいつでも使えるよ」

木の上で呑気にお食事中だった猿のような魔物、レッサーコングは突然木が揺れたことに驚いて自ら地上へ飛び降りた。

落ちてくる場所はだいたい予測できるので、着地直後に攻撃を加える。猿も防御しようとするが間に合わず、脳天へと木の剣による一撃が叩き込まれた。そこへ妻が植物魔法・ソーンバインドを発動し、茨で拘束。後はひたすら剣でぶっ叩く。最後に水魔法・ウォーターボールがトドメとして飛来して終わりだ。

俺一人だと拮抗《きっこう》する相手も妻がいることでスムーズに討伐が進んでいた。朝から狩り始めて早三時間。アイテムボックスにあるレッサーコングの死骸はもうすぐ十になる。

「これって結局、猿？　ゴリラ？」

「名前的にゴリラっぽいけど、どっちでもいいんじゃない？　俺は一応猿派ではある」

仮にゴリラの魔物なら、ヒュームである俺の筋力程度ではそもそも攻撃を受け止められないのではないだろうか。

「じゃあ、私は名前を信じてゴリラ派になろっと。ハイトは逆張りしてるし」

「別にそんなつもりはないんだけど……おっと、話は一旦中断で。また猿の気配がする」

「あっ、ハイトちょっと待って！」

流れるように木を蹴る動作に入ったところで妻から止まれと言われた。

「どうしたの？」

「その剣の耐久値、もうほとんどないよ」

耐久値…………？

「もしかして……ハイトまだ鑑定取ってない？」

「うん。今のところSPってレベルアップ以外で手に入らないっぽいから、スキルの取得は慎重にしてるんだ」

「すぐに取った方がいいよ。鑑定持ってないと装備とアイテムの詳細わからなくて困るみたいだから」

なんだって!?

そんなこと一切知らなかったよ……。

俺よりプレイ時間が短いはずの妻がどうして知っているのかは非常に気になるが、それより先にやることがある。

木の上の猿は放置して、俺はすぐにステータス画面を開く。そしてSPを2消費して鑑定を取得した。

木の剣
レア度：1　品質：低　耐久値：1／15
上昇値：力＋1
特殊効果：なし
見習い用の木の剣。すぐに壊れる。

本当に壊れる寸前だった。

「リーナありがとう……これで次戦ってたら危なかった」

危うくあの猿と素手で取っ組み合いをする羽目になるところだった。妻がいるので負けることはないと思うが、そんな見苦しい絵面は勘弁だ。

「いいのいいの。二人ともレベルはあがったんだし、一回町に戻ろっか」

丁度、時間も昼時なので俺たちはファーレンに帰還した。

宿に戻ると女将さんから朝晩のご飯は最初に支払った料金の内だけど、昼は別にもらうと言われた。なら外で食べようという話になったが、その前に俺はやりたいことがあるからと少し時間をもらっている。妻は絶賛マモルにちょっかいを出し中だ。

「これでわかるといいんだけどな」

アイテムボックスから一角兎とレッサーコングの死骸を一つずつ取り出す。

一角兎の死骸
レア度：1　品質：低
解体前の一角兎の死骸。解体すると取得可能なアイテムへとランダムで姿を変える。

レッサーコングの死骸
レア度：1　品質：低
解体前のレッサーコングの死骸。解体すると取得可能なアイテムへとランダムで姿を変える。

やっぱりヒントが隠されていたか。

俺がマモルと初めての狩りに出た夜、冒険者ギルドで受けたのは一角兎の角や皮の納品依頼だった。なので魔物を倒せばそういった素材が手に入ると考えていたが、実際に戦って手に入ったのは魔物の死骸のみでどうすればいいのかわからなかった。

しかし、妻が鑑定を持っていればアイテムの詳細を見ることができると言ったときにピンときた。死骸を鑑定すれば何らかのヒントを得られるのではないだろうかと。

その結果がこれだ。解体というワード。実際にナイフか何かですることもできるかもしれないが……ここはスキルリストを覗いてみるべきだろう。

「あった！」

やっぱり解体という名のスキルが存在した。ＳＰも最安値の2だったので即取得。目の前にある一角兎の死骸に対してスキルを発動させた。

一角兎の角
レア度：１　品質：低
一角兎の角。先を触ると少しチクりとする。調合や錬金術の素材となる。
一角兎の皮
レア度：１　品質：低
一角兎の皮。あまり頑丈ではないが、軽く扱いやすい素材。

きたきたきた！

納品依頼を達成するために必要なアイテムだ。俺はアイテムボックスに山のようにある素材を次々と解体していく。

レッサーコングの歯
レア度：1　品質：低
ヒュームの歯に似ている。用途は不明なので売っても二束三文。

アップルン
レア度：1　品質：低
レッサーコングの好物である果実。熟した赤い状態であれば料理の食材として扱うことができるが、この実はレッサーコングによって熟す前の青い状態で採取されたので食用としては使えない。

「レッサーコングのドロップアイテム、ゴミばっかりだな……」

「どうしたのハイト？」

俺がゴソゴソとアイテムを取り出して解体していたのに気づいたのか、妻とマモルが興味津々でこちらへ近づいてくる。

「鑑定のおかげで死骸をアイテムに変える方法がわかったんだよ。でも、レッサーコングのドロップアイテムが使い道のなさそうなものばかりでガッカリしてたとこ」

「まぁ、そういうこともあるって。ご飯でも食べに行ってさ、切り替えよ？」

「そうだね。美味しいご飯が見つかると嬉しいな」

食の好みなんて人それぞれなので、宿のご飯が万人にとってまずいものだとか言うつもりはない。ただ、俺たちの口には全く合わなかった。どうせ同じお金を払うなら、よりおいしいと感じられるものを食べたい。そういうわけで、昼ご飯だけは外で食べることにした。

「根気よく探そう。味覚まで再現された世界なんだし、きっと私たちに合うご飯もあるはず！」

こうして午後は旨いもの探し兼ファーレン散策をすることになった。

◇◇◇

まだ見ぬ美食を求めてファーレンの町へとくり出したものの、最初に宿代を一週間分まとめて払ったことが響いて金欠状態だった。どうにかしてお金を得ないと満足な食事ができない。俺たちは問題を解決すべく冒険者ギルドへ向かい、依頼の品である一角兎の角と皮を納めたのだが……なんとこれらの依頼は常設依頼であるため、繰り返しの受注、納品が可能とのことだった。アイテムボックス内にあった一角兎の素材のほとんどを納品した結果、そこそこの額が手に入った。

「結構儲かった」

「ハイトとマモルがバカみたいに兎狩りしたおかげだね」

「ほんとだよ。もしあれがなかったら、金欠のまま使い道のわからない猿の素材に恨み言でも吐いてるところだ」

「それは嫌だなぁ」

二人で雑談を交えながら歩き続けていたが、ついに目的地へと辿《たど》り着いた。ここは初めてログインしたときに立っていた中央広場から繋《つな》がる屋台通り。

素材を納品した際、カウンターで対応してくれたギルド職員から食べ歩きに向いている場所だと聞いたので足を運んでみた。

「あっ、あそこ。フライドラビットっていうの売ってる……」

妻が前方にある小さめの屋台を見て呟《つぶや》いた。

「買ってくる」

俺は寿司と肉には目がないんだ！

日本では兎肉なんて一般的ではないし、食べることもそうないだろう。であれば、この機会を逃すなんて愚かなことはできないッ!!

「すみませーん。フライドラビット四つください」

「いらっしゃい！　フライドラビットなら一つで80G《ゴールド》だから四つだと320Gだよ」

体格の良い屋台のお兄さんにぴったり320G渡す。ちなみにこのゲームを始めたときの所持金は1000Gなので1本80Gは絶妙な値段設定だと思う。

「320G丁度だね。紙袋に入れるからちょっと待ってな……はい、どうぞ。味が気に入ったら、またきてくれよ！」

ニカっとした笑顔に見送られて俺は妻の元へと戻った。

「二つずつだから、欲しくなったら言ってね」

「うん、ありがと。その分お金渡すね？」

「今回は奢《おご》りでいいよ。一角兎のクエストクリアの報酬全部俺がもらったし」

　本当はクエストの報酬としてもらったお金は折半するつもりだったのだが、一角兎狩りに自分はほとんど参加していなかったからと妻が辞退した。独り占めはあまり気分が良くないので、ご飯代くらいは出させて欲しい。

「わかった。じゃあ、早速一つちょうだい？」

　それぞれ一つずつフライドラビットを食べながら、移動を始める。

「すっごい柔らかいお肉だね～」

「それにサイズが結構大きめだから食べ応えもある。屋台のお兄さんも良い笑顔の人だったし、リピート決定！」

「さんせ～い。ってことで、もう一つちょうだい？」

　一つ目を食べ終えた妻からおかわりを要求される。今日はやけに食べるのが速いな。どうやらフライドラビットをかなり気に入ったようだ。

　俺は紙袋からフライドラビットを取り出して妻に手渡す。こちらも一つ目を食べ終えたので、二つ目を口に運ぼうとしたところで、ふとあることに気づいた。これもアイテムなんだし、鑑定できるのではないかということだ。

フライドラビット
レア度：１　品質：中

満腹度＋20
一角兎の肉をフライにしたもの。

◇ヘルプ◇
満腹度はステータスには記載されていませんが、一定以下の割合になると空腹状態となりステータスが低下します。またその状態になっても食事を取らずに過ごした場合、以降一定時間ごとにＨＰが減少します。


試してみた結果、予想通り鑑定することができた。そのおかげで満腹度というものが設定されていることを知る。これまで空腹状態にならなかったのは満腹度がなくなる前に宿の食事で満たされていたからだろう。

でも、俺にとって重要なのはそこじゃない。材料である兎肉が一角兎から取れるという点だ。自力で肉を手に入れられるのであれば、肉に溺れる日々も夢ではない。ただ、あれだけ狩ったのに俺は入手していない。どうやらかなり運が悪いらしい。一応、ステータス上同レベル帯なら、低い方ではないと思うんだけどなぁ。

「リーナ、道具さえ手に入れば兎肉で料理できそうだよ。鑑定したら兎肉は一角兎から取れるってわかったし」

「えっ、ほんと!?　すっごい嬉しい!!」

妻は料理ができると聞いて、フライドラビットを食べているとき以上の笑顔を浮かべていた。

現実だと彼女は料理の腕が壊滅的で、実家にいた頃からずっと料理をさせてもらえなかった。だが、このゲームの世界でなら、料理人系の職業を選択すれば料理に関するスキルを取得して補助を受けることでおいしい料理が作れるかもしれない。そう考えてサブ職を見習い料理人にした彼女からすれば、食材の情報が手に入るというのはとてもうれしいことなのだろう。

「他の食材もこの先、入手方法が分かると思うから。そうしたら好きなだけ料理に挑戦してみるといいよ」

「早く作ってみたいな……お料理。うぅ～、これからどんどんこのゲームが楽しくなる予感！」

「俺もリーナの手料理が食べられる日を楽しみにしてるね」

◇◇◇

フライドラビットで腹を満たした俺たちは、新しい武器を手に入れるためにファーレンの中央から少し外れた武器屋や防具屋などが集まっている地区を訪れた。

「まずはハイトの武器を見つけないとね」

「流石に素手で戦うのは嫌だからなぁ。あと、お金に余裕があれば盾も買いたい」

これまでは剣で攻撃も防御もしてきたが、そのせいで武器の耐久値の消耗が早かったのではと考えている。それなら防御用に盾を買った方が武器の消耗を抑えられるし、今までより猿の相手を楽にこなせるだろう。多少の出費が増えたとしても構わない。

「私が紙耐久だから、前衛任せっきりだもんね。もしお金が足りなかったら、兎狩り手伝うからがんばろう！」

妻からも盾購入の了承を得られたところで適当な店に入る。どの武器屋が良いのかなんて俺にはわからないので勘に任せた。

「おぉ～、すごい！　いろんな武器が飾られてるよ」

店内に入ると多種多様な武器が綺麗に陳列されていた。

「ほんとだ。種類も多いけど、剣だけでもいろいろあるみたい」

これだけ武器が並んでいるとテンション上がるな！

男に生まれた性《さが》ってやつだろうか。

「さっそく剣を見てみよ。一緒に選ぼ？」

「いいけど、使うのは俺なんだからあんまり特殊なのは選ばないよ」

「は～い」

それから一時間ほどかけて、じっくりと店内を回る。そして妻と選んだ武器がこれだ。

銅の剣
レア度：1　品質：中　耐久値：40／40
上昇値：力＋6
特殊効果：なし
見習い鍛冶師《かじし》が打った剣。銅でできているため刃はあまり鋭くない。

「すみません、これください」

代金を支払うためにカウンターに行くも、人がいなかったので大きめの声を出す。

……………。

「こないね。お店が開いてるんだから、留守ってわけはないと思うけど。お昼休憩中とか？」

「違うと思うよ。カウンターの奥の部屋に一切動かずに隠れている人が五人いる。あと二人くらいが奥に繋がってるあの扉のところからこっそり俺たちのこと見てるし」

気配察知のおかげで近くにいる生物は見えなくても気配で捉えられる。便利なものだ。

「じゃあ、どうして誰も出てこないんだろう？」

問題はそこだよね。俺たち別にＰＫや窃盗をしたお尋ね者ってわけじゃないのに。どうして避けられているのか……。

「お疲れさんです。イッテツ休憩から戻りました！」

俺たちがどうするべきかと困っていると誰かが店内へ入っていた。イッテツと自分で名乗ったプレイヤーは黒のツナギっぽい服をきた男だった。発言からしてここの鍛冶師なのだろう。

「あの、すみません。この銅の剣を購入したいんですけど」

妻がすかさず用件を伝える。この人にも避けられると困るから、逃げる間を与えたくなかったのだろう。

「あっ、お客さんですね。ありがとうございます……しかもそれ俺の打った剣じゃないですか！いや～嬉しいなぁ。お会計はカウンターでしますので、ちょっと待っていてくださいね」

どうやら彼は俺たちを避けたりしないようだ。なら、他の者たちはどうして避けるのかという話だが、これは後でいい。

「おまたせしました。銅の剣は１０００Ｇになります！」

ゲーム開始時の所持金と同額か。やっぱり武器は値が張るな。盾の購入はまた別の機会にした方がよさそうだ。

「これで」

「はい、確かに受け取りました。ありがとうございます！」

本来ならここでやり取り終了なわけだが、俺たちには聞かなければならないことがある。

「あの、一つ聞きたいんですけど、お店の他の方はどうして隠れたまま出てこないんですか？」

イッテツは驚いた表情を見せる。

「お気づきだったんですね……」

「はい、スキルで感知していたので」

「理由はお話しますけど、気を悪くしないでくださいね？」

彼が語ったのはログイン初日に俺たちが雑魚モブ三人衆を撃退したときのことだった。あいつらは自分たちがナンパしたことは伏せて、妻にボロクソ言われたことだけをこのゲームの掲示板に書き込んだらしい。それを見たプレイヤーの間で真偽不明ではあるが、ヒュームとダークエルフの二人組と関わらない方が良いだろうという話になっていたらしい。

その後も二人組のうちヒュームの方が怪しい従魔を連れて、夜中ひたすら兎を狩るヤバい姿が目撃されたりしているということも追加で聞かされた。

一通り話を聞いた後、真実を伝えるとイッテツは信じてくれた。

「話してくれてありがとうございます」

「いえいえ。こちらこそうちの鍛冶師たちが失礼なことをして本当にすみませんでした」

「いいですよ、イッテツさんがこうして俺たちに武器を売ってくれましたし」

「そりゃあ、自分が打った品物を欲しいって言ってくれているお客さんを無視するわけにはいきませんから。よければまたいらしてください。他の奴らにはしっかりと俺が真実を伝えておくので！」

「わかりました。またきます！」

まさか偽の情報を流されたせいでこんなことになるとは思いもしなかった。イッテツさんによると掲示板には攻略情報とかも流れてくるらしいので、俺もちょくちょく確認しておいた方がいいのかもしれない。


**【フリフロ】有名プレイヤーについて語るスレ**

フリーフロンティアオンラインで早くも有名になってきているプレイヤーについて書きこむスレです。

ゲーム内掲示板はマナーを守らないと運営からＢＡＮされるようなので気をつけるように。
＊＊＊＊＊＊＊＊＊＊＊＊

**４３　：ハゲデブポン太**
今のところ有名な人って、難波アキとかバッゴーンミッチールとかＨＡＲＵＴＯとかの配信者くらいじゃね？

44：わびない助
確かに。でも、夜中にアンデッドの従魔と一緒に一角兎を狩りまくる変人こと、例のアノ人も有名と言って良いのでは？

45：リネン
ヴォ〇〇モートっぽい呼び方やめてｗｗｗｗ

46：わびない助
名前わからないんだから仕方ないだろ？

47：リネン
まぁね。きっと初期設定のままなんでしょ。

48：ハゲデブポン太
名前を知られていない例のアノ人のことは、現状一角兎の件しかわかっていないので置いておくとして。
彼の隣にいつもいるダークエルフたんが俺は気になる。

49：わびない助
わかる！
ボンキュッボンだし、かわいいし。
このゲーム、リアルと体の造形変えてない人の方が多いから彼女はガチナイスバディ美人の可能性あり。

50：たくま
たしかにあの人綺麗だよなぁ。
ただ、ゲーム開始初日にトラブル起こしたっぽくない？
それがなければ今すぐお迎えにあがるんだが。

51：リネン
＞＞49
はぁ……これだから男は……。
それを書き込んだプレイヤーのうちの一人とたまたま話す機会があったんだけど、あいつ話してる間ずっと体を舐《な》め回すように見てきてほんとに不快だったわ。ダークエルフさんも同じことされてキレた説。

52：たくま
俺らのビーナスになんてことを……仲間集めてそいつボコってくるわ。

53：リネン
その必要はないと思うよ。
他の女の子にも似たようなことしてて、運営に通報されたっぽいから。ちなみに私も通報した。

54：たくま
それはよかった。
じゃあ、俺はビーナスを捜して自己紹介でもしに行こうかな。

55：イッテツ
丁度アイザック夫妻の話してるじゃないですか。さっき知り合って、色々聞けましたよ。
それと彼等リアル夫妻らしいんで、そういうちょっかいは本気で嫌がられますよ。
ちなみにリアル夫婦ってことと、プレイヤー名は本人たちから言って良いと許可をもらったので出しました。

56：ハゲデブポン太
いきなり爆弾投下w

57：たくま
>>55
夫妻…………。
なん……だと……？

58：わびない助
どんまい。

59：リネン
ざまぁ。

60：イッテツ
あと初日の騒動は上で出ていた通り、書きこんだプレイヤーの方が悪いと思います。いきなりナンパしてきた挙句、隣にいる旦那さんのこと罵ったりしたみたいなんで。流石に我慢ならず、言い返したって感じらしいです。

61：ハゲデブポン太
情報提供感謝。

62：わびない助
＞＞59
しんらつしんらつぅ！

【フリフロ】クエスト（依頼）について語るスレ
冒険者ギルドや生産ギルドで受けられるクエストやNPCが個人的に出しているクエストについて書きこむためのスレです。
ゲーム内掲示板はマナーを守らないと運営からBANされるようなので気をつけるように。
＊＊＊＊＊＊＊＊＊＊＊＊

821：ギル
結局、ユニーククエストってあんの？

822：たっつん
NPCがそれぞれ個別にAIを積んでいるみたいですし、アバター作成時のアナウンスで意味深なことまで言われたのであるとは思いますが……。

823：アリセナ
攻略最前線のギルたちですらフラグひとつ踏めていないと。

８２４：ギル
それは言うなよ。
ラノベとかでよくある意味の分からん行動を繰り返した結果、攻略組でもない奴がユニークリクエスト見つけるなんてことにはなったら、俺は死ねる。

８２５：アリセナ
命がけなのね。
がんばって～。
というかユニーククエストって攻略最前線にいる人より、そういうやつの方が見つけやすくなってるんじゃないの？

８２６：たっつん
僕もそれは思います。
あの手の作品のユニーククエストって、そのゲームの運営が攻略最前線にいる人物以外の新顔を前線へ送るために強力な職やスキル、武器などを配ったりするのに良い口実なんじゃないかなって。
もちろん簡単に攻略組のような力を得られては自力でコツコツ強くなった人たちから不満が上がるので、一回しか受注できなかったり、クエストを受けるまでに必要なフラグがいくつも設定されたりしているわけですが。

８２７：ギル
それじゃあ、俺たちはユニーククエストを見つけられないってのか？

828：**たっつん**
条件さえクリアすれば誰でも見つけられるものだとは思いますが、攻略組って最速最短を選ぶのでその外側にフラグを撒《ま》いておけば攻略組には踏めないクエストを疑似的に作成できますね。

829：**ギル**
最速でクリアしなきゃ最前線名乗れない。でも、その道を行くとユニークとは無縁ってことか!?
どうすりゃいいんだよ……。

830：**アリセナ**
＞＞828
悪魔的発想ね。

831：**たっつん**
お二人ともこれはあくまでも僕の予想でしかないので、半分冗談だと思ってください。

832：**ベル**
話題変えて悪いけど、生産系で初めてＮＰＣ個人から受けられるクエストが見つかったよ。
踏んだのは私のパーティーメンバーでまだクリアしてないから詳細は後で書きこみます。

833：**クッキングペペ**
生産系の話題キタ――――――――!!!!!

834：**アリセナ**

急に元気なのがきたね。

835：クッキングペペ
自分攻略組じゃないんで、そっち系の話題に入りにくかったもので。

◇◇◇

イッテツさんの武器を買ってから数日が経過した。

このところ仕事の関係でログインは最低限の時間しかできていない。その際、イッテツさんとたまたま町中で再会し、フレンドになったり雑談したりして仲良くなった。そこで聞いた話や、ちょっとした空き時間にゲーム内掲示板にアクセスして情報収集はしていたので基礎知識の方はかなり増えている。

テイマー関係の情報も、モフアイさんというプレイヤーがかなり検証をがんばって書き込んでくれているので入手できた。

今日は久しぶりに自由な時間ができたので、フリーフロンティアオンラインの世界へと意識を飛ばすことにした。

「マモルごめんな、元気にしてたか？」

宿の部屋の中で大人しく待ってくれていた賢い従魔に声をかけた。頭を撫でてみると尻尾を揺らして喜んでいる。

「夜になったら、久しぶりに狩りへ出よう。それまではここでまた待機していてくれ」

長い時間部屋に閉じ込めておくのは主人としてどうなんだと思うが、マモルは日に当たるとダメージを受けるので仕方がない。掲示板でも対処法を漁《あさ》ってみてはいるが、今のところ見つかっていない。

イッテツさんたちみたいに土地や家を借りてみるのも手かもしれない。庭付きなら暗所を作ってやればマモルでも庭の中でなら自由に動き回れるから。それかペックの森みたいに木々の間隔が狭いところなら、入ってくる陽射しが少ないしどうにかなるのかもしれない。

今の俺の所持金では家を買うことはおろか、借りることさえ夢のまた夢だろうし、ログインした目的を果たすとしよう。

「へえ～。見た目は冒険者ギルドとあまり変わらないんだ」

宿を出て向かった先は生産ギルド。イッテツさんから生産系の職についているなら、こちらで生産者として登録しておいた方が良いと言われた。

中に入ってみたが冒険者ギルドの酒場のような喧騒《けんそう》はない。無音というわけではないが、とても静かで落ち着いた雰囲気である。

「すみません。生産者登録をお願いしたいのですが」

冒険者ギルドと同じくカウンターがあり、そこに立っていた職員に声をかける。すぐに近くにいた職員が対応してくれたのだが、予想していた以上に生産者登録は簡単な手続きで終了した。職員の説明によると、どうやらギルドカードは冒険者ギルドと生産ギルドで共通だったようだ。ただ、ちゃんと登録した方の依頼しか受けられないらしい。俺はどちらでも登録したので両方の依頼を受けられるようになった。

「早速なんですが、錬金の釜と見習い用錬金本を購入したいです」

生産者ギルドの説明を聞き終えた俺は職員へそう伝えた。イッテツさんの話によると生産系スキルを使うのに必要な道具やレア度の低い素材はここで買うことができるらしい。せっかくなので早速、錬金術に必要な道具を買いそろえてみようと思ったのである。

「わかりました。合計で２０００Ｇになります」

高い……銅の剣二本分だ。

これは来週の宿代が足りなくなるな。

「これでお願いします」

代金を支払い終えた俺の懐はすっからかんになった。

また一角兎でも狩るか、それともファーレン周辺でまだ足を踏み入れたことのない二つのフィールドに出て戦うのか。お金の稼ぎ方について考えながら宿へと帰っていたところ、目の前に妙な人だかりが見えた。

何事かと人だかりに紛れ込み、その中心にいる人物たちへ目を向ける。

「おい、あんた大丈夫か！」

「この有り様を見て…………大丈夫だと……思うか？」

狼の獣人と初期装備のプレイヤーがいた。獣人の方はどてっぱらに穴を開けられて息も絶え絶えといった感じである。

「誰か神官系の職についている者はいないか!!」

「呼ばなくていい。おらぁ、…………もう助からねえ。血を……流し過ぎた」

今の発言からして獣人の方はＮＰＣなのだろう。プレイヤーならＨＰが０になっていない限りは魔法やアイテムでどうにでも助かることができるからだ。

初期装備のプレイヤーの方はどうにか獣人を助けようと、回復魔法が含まれてる光魔法がスキルリストから取得可能な神官職の者を探しているようだ。

「何言ってるんだ！　光魔法による治癒なら可能性はあるはず。諦めるには早いだろ!!」

「たしかに……上位の回復系魔法……なら、治るかもなぁ…………でも、こんな辺境の町に都合よく……それを扱える神官がいるわけがねぇ」

きっとプレイヤーが必死になって獣人を生かそうとしているのは、ＮＰＣは一度死ぬと蘇《よみがえ》らないからだろう。

「それよりも……あそこにいる、あんちゃんを…………呼んで、くれ」

獣人はそう言うと、俺たち野次馬がいる方を指した。プレイヤーは少し悩むような素振りを見せるも、頼みを聞くことにしたらしい。

「聞いていただろ？　こっちにきてやってくれ」

「えっ、俺？」

なんと彼は俺に声をかけてきた。どう考えても人違いである。狼の獣人ＮＰＣなんて知り合いにいない。

「なんだ、知り合いってわけじゃないのか……狼さん、この人でいいんだよな？」

彼も俺たちが知り合いなのだろうと思い、声をかけたらしい。

「ああ、そいつで……いい」

本当に俺でいいの？

赤の他人なんですけど。

「だそうだ。とりあえずきてやってくれ」

「わかりました」

流石に死に目の者の頼みを断るわけにもいかず、俺は獣人の方へと駆け寄った。

「あの、なぜ俺を？」

「別に頼みがある……とか、そういう、話じゃねえ」

「じゃあ、どうして？」

「ただ、気をつけろ。そう……忠告した、かった……お前も俺と同じくアレを大量に狩ってきた……はずだ。俺を襲ったやつはきっと、お前の……ところにも――」

獣人は最後まで言い切ることなく息を引き取った。

狼の獣人が残した言葉を元に考えると俺はあいつと同じく何かを大量に狩ったゆえに謎の化け物に狙われているらしい。

俺がこれまでに狩った魔物は一角兎とレッサーコングの二種だけ。どちらからより恨みを買っているかといえば、一角兎の方だろう。ご丁寧に求めてもいないラビットキラーなる称号まで与えられているのだから。

先程の助言を素直に聞き入れるなら、妻がログインしてくる明日以降にその化け物の対処をした方が良い。フィールドに出てどのくらいで襲われるのかは分からないが、それまではファーレン内で大人しくしておくのが賢い選択だろう。

だが、俺はログインしてすぐにマモルと久しぶりに狩りに出ようと約束してしまった。あの子には不自由な生活を強いてしまっているので、これ以上我慢しろとは言えない。だから俺は穏やかな草原へ向かうつもりだ。

「――――マモル、今日はヤバい敵がくるかもしれない。そのときは俺のことは気にせず本気で戦ってくれ」

マモルと合流した俺は、今日の狩りは危険だと伝える。だが、マモルは特に気負うような様子も見せず、いつものように元気よく尻尾を振り返事をした。

◇◇◇

――――夜の帳《とばり》に包まれた穏やかな草原。

本来は足元に生い茂る草々に紛れて、愛らしい一本角の白兎が遊んでいるはずだが、今日は見当たらない。いや、それどころか俺の気配察知はスキルの有効範囲内に一匹たりとも生き物がいないということを知らせていた。不自然な静寂。辺り一帯には不穏な空気が漂っていた。

あなたたちはこれから襲撃されますよと予告をされているような気分になる。

「マモル気をつけろよ。いつ仕掛けてくるかわからな――――」

そう言い切る前に気配察知の範囲内にとてつもない速度で移動する魔物が入り込んだ。そいつが放つ強大な気配を受けて体が反射的にそちらへと向く。

隣をチラッと見るとすでにマモルの姿がない。きっと敵の気配を察知してすぐに駆け出したのだろう。これまで見せてこなかった従魔の本気は、俺の想像を軽く超えていた。

反射速度からして俺とは桁違い。その上、骨密度の高い四足から生み出される速度は、こちらに迫る謎の化け物に勝るとも劣らない。

そんなことを考えている間に、彼我の距離がかなり詰まっていた。おかげでなんとか敵の姿を目で捉えることができる。

狼の獣人の腸を抉《えぐ》った化け物は――漆黒の毛を全身に生やした3m近い巨体の二足歩行兎だった。そして遠目からでもヤバいと分かるほど禍々《まがまが》しい赤黒いオーラが全身を覆っている。

迎撃はマモルが向かってくれている。その間に俺は相手の情報を取ることにした。

怨嗟《えんさ》の大将兎（ユニークボス）
エリアボスであり穏やかな草原に出現する兎系魔物の頭である大将兎が、多くの仲間の死を経て怨嗟に囚われた末路。兎族を多く狩ったことを称号として掲げる憎き存在を殴殺する。通常の大将兎は特定の場所に居座るが、ユニークボスと化した黒兎は穏やかな草原全域を跳び回り標的のみを襲う。

あのユニークボスってなんですか？

ラノベとかでよく聞くユニークモンスターならなんとなく分かるよ。突然変異で生まれたりする強い個体のことでしょ。でも、それのボスってどういうこと……ボスの癖に変異したりするのってありなの？

俺がそんなことを考えている間に怨嗟の大将兎とマモルの距離がゼロになる。真正面から二体の魔物がぶつかり合う。体軀《たいく》の差か、マモルは力負けして後方へ吹き飛ばされた。

「マモル!?」

一方、余裕を持って着地した巨体の黒兎は追撃に出ようと丸太より太い両足に力を溜《た》めている。マモルの耐久力は俺と同程度。無防備な状態であんな巨体の攻撃を受ければ致命傷となるだろう。

「やらせるか!!」

一瞬でも気を引くために、あえて大きな声をあげながら敵へ迫る。

先に仕掛けたので、こちらに分《ぶ》があるはずだ。防御態勢を取られる前に攻撃するべく俺は銅の剣を脳天へと振り下ろす。


――――鈍い音がした。

折れた銅の刃が視界の端で舞う。

そして何が起こったのか把握する前に視界はブラックアウトした。

# 第三章　リベンジマッチ

「負けたのか……」

気がつくと俺は宿で借りている部屋のベッドで横になっていた。

マモルを助けるために咄嗟の大将兎へ攻撃を仕掛けた結果、カウンターをくらったのだと思う。俺の耐久力では奴の攻撃を受け切れず、ファーレンの宿へと死に戻ってしまったらしい。

ベッドから体を起こすとマモルは心配してくれているのか、頭を俺に擦りつけてくる。

「大丈夫だよ」

俺たちプレイヤーは死んでも蘇るから。目の前で亡くなったあの狼の獣人と違って。

「ごめんな、マモル。俺が弱過ぎたせいで負けた」

奴の鑑定内容からして、称号のラビットキラーを持っている限り俺は狙われ続けるだろう。穏やかな草原以外のフィールドにまではこないだろうが、あそこで一角兎を狩れないとフライドラビットの材料である兎肉が手に入らない。だが、それは困る。なぜなら妻が兎肉を使って料理するのを楽しみにしているからだ。よって、あのユニークボスは絶対に倒す。

このまま負けっぱなしっていうのも嫌だしね。

とはいえ、圧倒的な実力の差を気持ちや根性論でどうにかできるわけがない。まずは対策を考えるところから始めなければならない。

今回分かったことはまずステータスの差が大き過ぎると戦いにならないということだ。俺自身の剣を扱う技術やスキルの熟練度を上げることでもある程度対抗できそうだが、一番手っ取り早いのが、レベルアップしてステータスの底上げを計ることである。

ＳＰがスキル取得だけでなくステータスにも振れるようになっているのはそのためだと思う。

しかし、さっき死んでしまったせいでデスペナルティが発生中。全てのステータス値が半減状態になっている。流石にこのままレベル上げのためにレッサーコングに挑んだりするのは厳しいだろう。マモルの方は元のステータスが高いので半減していてもある程度戦えるとは思うが、俺という足手まといを庇《かば》いながらの戦いは流石に無理だ。

……今の状態でもできるのは見習い錬金術師のレベル上げくらいか。生産職でもレベルさえ上がればステータスは上昇するので、やる意味は大いにある。むしろ見習い錬金術師としてのレベルは未だに1なので戦闘で見習いテイマーや見習い戦士のレベルを上げるより効率が良いだろう。

ついでに錬金術で作成したアイテムを生産ギルドで買い取ってもらえば防具代の足しにもなると思う。

やることも決まったので、早速作業に取りかかる。

最初に見習い錬金本を開いて手元にある素材、もしくは安価で手に入る素材でできる物を探す。

・低級ポーション
薬草＋水

・頑丈な石
石ころ＋レッサーコングの歯

これくらいか。

低級ポーションは効果の低い回復薬。薬草はスキルの採取を持っていればフィールドで入手できるもので、冒険者ギルドで納品依頼が出ていた。俺はスキルを取っていないので受注しなかったが。

頑丈な石は現状最も武器に加工されている素材だ。普通の石から加工した武器は銅の武器に劣るが、錬金術で生み出した頑丈な石を加工すると攻撃力はさほど変わらないが銅より頑丈な武器ができるらしい。二日ほど前に他の見習い錬金術師と鍛冶師がこのことに気づき掲示板に書き込んでいた。俺としては大量にアイテムボックスに入っているレッサーコングの歯の使い道が見つかってとても嬉しい。

水は宿の井戸から汲んでいいから、低級ポーションの素材で足りないのは薬草か。確かレア度の低いアイテムは生産ギルドで売っているはずだから、こっちはお金の力でどうにかしよう。

それと石ころはフィールドでも町中で足元に時々転がっているので拾えば問題ない。薬草を買いにいくついでに済ませればいいだろう。

「マモル、生産ギルドで必要な物を買ってくるから待っててくれるか？」

いつものように尻尾を振って返事をしたので、俺は一人で宿を出た。

一時間ほどで錬金術に必要なアイテムを揃えた俺は早速作業に取りかかっていた。これがかなり集中力を必要とする作業で、額からは汗がだらだらと流れている。

「ハイト～、おまたせ！」

石ころとレッサーコングの歯を錬金の釜を使って頑丈な石へ変えようとしているところへ妻がログインしてきた。突然、声をかけられたことで俺の集中が僅《わず》かに乱れる。

「あっ」

次の瞬間、錬金の釜から大きな爆発音が鳴り響いた。

錬金術失敗である。この場合、素材は全損。

「び、びっくりしたぁ……もしかして声かけない方がよかった？」

妻はとても申し訳なさそうに錬金の釜と俺の間で視線を行き来させていた。

「素材は大したものを使ってないから問題ないよ」

レッサーコングの歯がドロップ品の場合、なぜか一体で三十二本も手に入るから素材が不足するなんてことはそうそうない。それに石ころの方もなくなったら、また町中で拾えばいいだけだしね。

「でも、ごめんね？」

「いいよ。それよりリーナは水魔法の熟練度が上がって新しく使える魔法が増えたんだったよね？」

「そうだよ。クリエイトウォーターっていう水を生み出すだけの魔法だけどね」

戦闘時間が長いはずの俺の剣術（初級）は未だに熟練度が上がったというアナウンスを受けていないのに、妻の水魔法はもう熟練度が上がったらしい。

魔法スキルと武器スキルの違いもあるのかもしれないが、なんかこう……ちょっと悔しい。

「実は下級ポーションの作成に水が必要なんだけど、それに井戸で汲んだ水と魔法で生み出した水を使ったとき違いはあるのか調べたいんだ」

「そういうことなら任せて！　ＭＰの続く限り水を出すから」

妻が隣で宿の部屋にあった適当な容器に魔法で生み出した水を注ぎ始めた。

俺もそろそろ錬金術を再開するか。

最初に錬金の釜へ素材となる薬草と井戸の水を入れる。そしてＭＰを消費して魔力を流す。錬金術のスキルのおかげか、なんとなくどういう風にすればいいのか分かるのだが……これが真っ暗闇の中で僅かな光で照らされた平均台の上を歩くような、とてつもない集中力を要する作業なのでさっきみたいに声をかけられると失敗してしまう。

今回は妻自身も作業をしているので声はかからない。先程同様に汗を流しながら、錬金の釜へ集中して魔力を流すこと五分。ようやく作業が終わりを迎えた。

「……できた」

低級ポーション
レア度：１　品質：低
使用者のＨＰを最大ＨＰの10％回復させる薬品。味は苦いので子供には不人気。

「青汁みたいな色だね」

「説明に苦いって書いてあるし、あながち間違いじゃないかもね」

「えっ、飲みたくないなぁ」

「ダメージを受けなければ飲む必要ないよ」

前衛を担当している以上、俺は何度もお世話になりそうだ。

「……がんばる」

この後、水魔法のクリエイトウォーターによって生み出された水を使って低級ポーションを作成したが内容は井戸の水を使ったものと変わらなかった。

それから更に三時間が経過して、俺の生み出したアイテムは頑丈な石と低級ポーション合わせて百近くになっていた。

『見習い錬金術師のレベルが1あがりました。SPを2獲得』

錬金術を始めてから四度目のアナウンスが聞こえた。

『規定条件を満たしたため新たなスキルがスキルリストへ追加されました』

キリがいいのでそろそろ終わりにしようか。連続ログイン時間の制限にも引っかかりそうだし。

でも、最後にステータスだけは確認しよう。

ハイト・アイザック（ヒューム）
メイン：見習いテイマー　Lv.6
サブ１：見習い戦士　Lv.2
サブ２：見習い錬金術師　Lv.5
ＨＰ：120/120　ＭＰ：10/180
力：14（+11）
耐：15（+3）
魔：25
速：15
運：21
スキル：テイム、錬金術、剣術（初級）、気配察知、鑑定、解体
称号：ラビットキラー
ＳＰ：12

見習い錬金術師のレベルがかなり上がったおかげでＳＰに余裕が出てきた。それにしても魔力とＭＰがかなり伸びたな。錬金術師は魔法系の生産職に分類されるらしい。見習いテイマーのレベルアップでも魔力が伸びてきたことを考えると、前衛のビルドとしてはあまり良くなさそうだ。ゲームの攻略メインに遊んでいる人たちなら後悔しそうだが、俺は好きにやった結果なので気にしない。ただ、妻ほどではないにしろ、耐久が低い問題は解決した方がいいだろう。次ログインした際には今日作ったアイテムを売って防具を買わないとね。

ついでに取得可能なスキルリストも確認する。ＳＰを使うのは後にしようと思っていたが『新しいスキルがリストに追加されました』なんてアナウンスをされたら気になってしまった。

「……水魔法と火魔法か」

水魔法は今のところいらないだろう。妻が持っているスキルだし、二人とも使えるようにしたところで利点があるようには思えない。

火魔法は……う～ん、どうだろう。見習い錬金術師のおかげである程度魔法攻撃でもダメージを入れられそうではあるけど。魔法攻撃は魔法陣が展開されてから発動するから近距離だと扱いづらそうなんだよね。

それに前々から気になっていたＳＰ10を消費して取得できる身体強化をしたいっていう気持ちもあるし………。

まぁ、いいや。スキルの方は一旦、保留で。次にログインしたときまでに決めておくとしよう。

◇◇◇

翌日、仕事を終わらせた俺はさっそくゲームにログインする。

「リーナが先にいるのって珍しいね」

いつもは俺の方が先にログインしていて後から妻がくるパターンが多いのだが、今日は逆みたいだ。いつも借りている宿の部屋で微妙な表情のマモルに妻がじゃれついていた。

「だって今日は私の従魔を探しに行くんでしょ？　これまではゲームに慣れることを優先して、テイムしたい欲を我慢してきたから……私、今とっても嬉しいの」

妻は両手でマモルをわしゃわしゃしながら、顔だけこちらへ向けて答えた。

「好みの子が見つかるといいね」

「うん！　あと、できれば強い方がいいよね。ハイトたちの敵討ちしなきゃだし」

昨日、ログアウトした後に怨嗟の大将兎について妻へ伝えた。話を聞いた彼女はすぐに手伝うよと言ってくれたので、ユニークボス戦に参加することが決まっている。

「敵討ちって、ちょっと嫌だなぁ。確かに死にはしたけど、蘇ったから。まぁ、でもあのユニークボスを倒すために戦力が少しでも欲しいのは事実だし。強い子が仲間になるとうれしいかな」

「マモルがいたのに勝てなかった相手なんだもんね。よ～し、私自身もがんばって強くなるぞ！」

「俺も次は一撃でやられるようなことはないようにしないと」

気合も十分なので早速フィールドに出向きたいところだが、その前に昨日保留にしたスキルについて。

一日考えた結果、身体強化の取得は後回し。代わりに火魔法と盾のスキルを取ることにした。

火魔法を選んだ理由は、穏やかな草原なら足元の草に着火できるのではないだろうかと思ったからである。それができれば火の強さ次第では敵の行動を制限できるかもしれない。もしくは怨嗟の大将兎の毛皮を燃やせるかも。どちらかが可能であれば戦闘はかなり有利になるだろう。

もう一つの盾スキルだが、これは俺の持っている剣術（初級）などと同じく盾の扱いに補正が入るものだ。これにより盾で攻撃を防いだり、弾いたり、受け流すといった行動がしやすくなる。あの化け物の相手をするなら、ただ装備を更新して耐久力を上げるだけでなく、盾によってダメージの軽減を計るべきだと考えたゆえの選択だ。

二つのスキルを取得した結果、ＳＰがまたしても一桁台になってしまった。レベルアップ以外に手に入れる方法はないのだろうか。

「よし。スキルも取れたし、装備の更新をしに行こう」

「その前に生産ギルドで低級ポーションを売らないと。お金ないでしょ？」

「あっ、忘れてた」

宿を出た俺たちは、生産ギルドにて下級ポーション五つを納品しろと記載された常設依頼を受注して８００Ｇを受け取る。それを四回繰り返し、計二十本を手放した対価として３２００Ｇの儲けが出た。低級ポーションはあと十本ほどアイテムボックスに入れてあるが、これは自分たちで使う用なので、生産ギルドへは渡さない。

予算を確保して、次に向かったのはイッテツさんたちの武器屋だ。事前に頼んでいた頑丈な石の剣などを受け取るつもりである。

このゲームではフレンド間のメッセージ送受信と掲示板機能のみログアウト状態でも使用することができるので、昨日ログアウトした後にメッセージを送り頼んでおいたのだ。ちなみに普段からこの機能を使って、イッテツさんとはよく連絡を取っている。

「いらっしゃいませ！」

武器屋に入るとカウンターのところで彼が待っていた。

「お疲れ様です。すみません、急に注文入れちゃって」

「気にしないでくださいよ！　俺とハイトさんの仲じゃないですか」

「ありがとうございます。それじゃあ、昨日伝えたように頑丈な石を六十個お渡ししますね」

「はい、受け取りました。それにしても……本当に六十個も用意するなんて、すごいですね。おかげでまた頑丈な石の剣を店に並べることができそうです」

実は昨日俺からイッテツさんへ連絡を入れると、最初は断られたのである。耐久値が頑丈な石の剣の方が銅の剣より高いという話が掲示板から出回って数日が経っている。そのせいで頑丈な石の剣が飛ぶように売れて材料不足に陥っていたのだ。もちろん知り合いに見習い錬金術師がいる見習い鍛冶師は頼み込んで素材を用意していたようだが、この武器屋は知り合いに見習い錬金術師がおらず困っていたようだ。そこで俺が見習い錬金術師であることを告げると、頑丈な石の剣代を無料にして必要な防具を知り合いの防具屋から取り寄せるから、頑丈な石が欲しいと言われて承諾した。

よってさっき生産ギルドで稼いだお金は武器代ではなく防具代となる。

「いえいえ。俺もサブ職のレベルが上がりますし、これからも言ってくれれば渡しますよ」

「本当にありがたい。では、こちらをどうぞ。皮の盾が８００Ｇと、防具一式１２００Ｇが二人分で３２００Ｇになります」

イッテツさんが立て替えてくれていた防具代を渡して、俺たちは装備の更新を終えた。二人してスキルや装備の構成が変わったので、一度ステータスを互いに見せ合うことになった。

ハイト・アイザック（ヒューム）
メイン：見習いテイマー　　Lv.6
サブ1：見習い戦士　　　　Lv.2
サブ2：見習い錬金術師　　Lv.5
ＨＰ：120/120　ＭＰ：180/180
力：14（+11）
耐：15（+12）
魔：25
速：15
運：21
スキル：テイム、火魔法←new、錬金術、剣術（初級）、盾←new、気配察知、鑑定、解体
称号：ラビットキラー
ＳＰ：6
〈装備〉
　頭：なし
　胴：皮の鎧（上）
　脚：皮の鎧（下）
　靴：皮の靴
装飾品：—
　武器：頑丈な石の剣
　盾：皮の盾

リーナ・アイザック（ダークエルフ）
メイン：見習いテイマー　Lv.6
サブ1：見習い料理人　Lv.1
サブ2：見習い農家　Lv.1
ＨＰ：90/90　ＭＰ：110/110
力：7（+1）
耐：3（+9）
魔：31（+5）
速：26
運：8
スキル：テイム、料理、栽培、鑑定、植物魔法、水魔法
称号：—
ＳＰ：6
〈装備〉
頭：なし
胴：皮の鎧（上）
脚：皮の鎧（下）
靴：皮の靴
装飾品：—
武器：樫の杖

「ハイトに魔力で追いつかれそうなんだけど。それにＭＰで負けてるし……」

「サブ職が全く育ってない状態なんだからしょうがないよ。ユニークボス戦が終わったら、兎肉を料理して見習い料理人のレベルをあげよう」

逆に五つ分のレベル差があるのに覆せないのはすごいよね。流石特化型の種族。俺の経験からして見習いテイマーはレベルアップ時に魔力が1上がるのはほぼ確定と言っていい。後はサブ職でも魔力が上がるようなら、妻はかなり高火力な魔法系プレイヤーになれそうだ。

「うんうん!!　そのためにぜーったい、ユニークボスを懲らしめないとね」

妻のやる気が更に上がる。

「そうだね。じゃあ、まずはリーナの従魔探しに行こうか」

「よしっ！　今から行くから待っててね。私のまだ見ぬ相棒ちゃん!!」

軽くスキップする妻の背を追ってファーレンを後にするのだった。

◇◇◇

「ここがファーレン周辺のフィールドで一番テイマー向けの場所なんだっけ？」

「そうだよ。他のフィールドと違って、複数の魔物が見かけられるから従魔を探しているテイマーにぴったりな場所らしいよ。それ以外の職業の人もいろんな素材が取れるし、敵が他のフィールドより強くてレベルアップもしやすいから、結構人が集まるみたい」

妻の従魔を探すために俺たちが訪れたのはファス平原というフィールドだ。穏やかな草原より地面の起伏が少なく動きやすい。それに足元で風に揺られる草々も、あちらのものと比べると背が低い。

最弱のフィールドである穏やかな草原より戦いやすい条件が揃っているが、その分出てくる魔物が一角兎より強いものばかりなので注意が必要だ。もちろん怨嗟の大将兎みたいな化け物はいないはずだ。

「おっ、早速魔物が気配察知に引っかかったよ」

スキルが知らせた位置を見るとそこには真っ赤な猪《いのしし》がいた。背丈は俺の膝上くらいまでで、そこまで大きい魔物ではない。

レッドボア
小柄な猪の魔物。同族の中では最弱。体毛が赤いのは、それで敵対生物を威嚇するためだという。

鑑定結果によると、その見るからに危険な体色に反して最弱の猪らしい。それでも一角兎より強いのは明白ではあるが。

「リーナ、とりあえず一度、倒してみよう」

「わかった！　水魔法、ウォーターボール」

魔法陣が展開されている間に、攻撃を仕掛けられないかと警戒するも相手は俺たちに気づいてすらいないらしい。

完成した魔法陣から、水の弾が生成されてレッドボアへと放たれた。

「命中！　でも、まだ死んでない」

妻の高火力魔法を受けても一撃では倒れないか。レッサーコングと同じくらいは耐久力があるということだろう。

「距離を詰めて仕留めてくる」

新調した皮装備一式の重みを感じながら、標的に向かって走る。それに対してレッドボアは真正面から突進で迎え撃つつもりらしい。

「負けないよ！」

一旦、停止して盾でガードすることも頭に過《よぎ》ったが、その選択はしない。俺の今の武器は耐久値の高い頑丈な石の剣だ。多少の無理は通るはず。

眼前に迫る猪頭へ剣術（初級）のアシストを受けながら頑丈な石の剣を振り下ろす。

「えっ――――」

衝突した瞬間、俺の方が後方へと吹き飛ばされた。

まさかの結果に妻も大慌てで駆け寄ってくる。

「大丈夫!?」

「あ、あぁ。死んではいないみたいだから」

すぐにステータスを見るが、HPは九割残っている。

「もう！　いきなりふっ飛んだから、びっくりしちゃったよ」

「俺もだよ。ノックバック効果、みたいなのがあるのかな。あの攻撃には」

「かもしれないね。あっ、そうだ！　レッドボアの方はどうなったんだろう」

ノックバック効果のすごさに驚いて、敵の存在を忘れていた。気配察知に引っかかっているということは死んではいないはずだが、相手は全く動かない。

「これは失神してる……のかな？」

レッドボアへ近づくと、なんと白目を剝いて倒れていたのである。

「当たり所が悪かったのかな」

いや、それだけじゃない。きっと自身の突進と俺の頭部への攻撃が合わさった結果、こんな可哀想なことになってしまったのだと思われる。

「ちょっと悪いことした気になるなぁ」

「ハイトもふっ飛ばされたんだからお互い様じゃない？」

「それもそうか。じゃあ、今度こそ終わらせるよ」

無防備な頭部へ、再び頑丈な石の剣を振り下ろして初のレッドボア狩りは終わりを迎えた。

「レベルアップはこなかったね。私、ちょっとだけ期待してたんだけど」

「メイン職は二人ともＬｖ．６だから。そう簡単にはいかないんじゃないかな」

今日は妻の従魔探しがてらこうして魔物を狩っていくつもりだし、そのうちレベルも上がるだろう。

「忘れないうちに解体するね」

レッドボアの皮
レア度：１　品質：低
レッドボアから取れる皮。脱色してから皮の鎧などに加工される素材。

「俺たちの鎧の素材が手に入ったね」

「皮かぁ〜。ボア肉期待してたのに……」

「序盤で手に入るお肉のド定番だもんね。ちなみに料理の掲示板で見たんだけど、ボア肉は普通に焼くだけじゃ臭みが酷《ひど》いから注意しろって書いてあったよ」

「えっ、切って焼く以外にもしなきゃいけないの……スキルありでもできる気がしないよぉ」

妻は頭を抱えて困り顔を見せる。どこぞの野郎がやっていたら滑稽な仕草も、うちの妻がすると絵になる。

　その姿を見て、さっきまで戦っていたとは思えないほど気持ちが緩んでいるのが自分でも分かった。

「ちょっとハイト。今、バカにした？」

　口をムッとした、拗《す》ねた表情。これもまた良い。

「いや、全然」

「前も言ったけど、私にはハイトの考えてることはぜぇ～んぶわかるんだからね！」

「本当にバカにはしてないよ。ただ、かわいいなって」

　彼女には考えが全て見透かされているらしいので嘘偽りなく思っていたことを伝える。

「えっ……ちょっと、急にズルいよ」

　少しばかり妻の顔が赤くなった気がする。

「はぁ。ズルいのはどっちなんだか」

「へ？　どういうこと⁇」

「べーつに。そろそろ次の魔物を探そっか。リーナの従魔を今日中に見つけるんだろ？」

「……そうだね。じゃあ、気を取り直して、私の相棒探しへ出発！」

「おー！」

　あまり大きな声を出して周りにいるプレイヤーに見られるのも恥ずかしい。小声で気合を入れて、再び妻の従魔探しを再開する。

◇◇◇

「今度の相手はすばしっこいな」

「私の魔法が全然当たらないよぉ！」

レッドボアを倒した後、次なる標的を発見した俺たちはすぐに戦闘を仕掛けた。一角兎より小型の魔物だったので楽勝だと考えていたのだが、苦戦を強いられている。

スモールラット
小型のネズミ。三～六体の群れで行動している。素早い動きと地味に痛いかみつき攻撃が厄介な魔物。

鑑定通り、こいつらはとても素早い。その上、小柄なことも合わさって攻撃が当てづらいのである。俺の攻撃は数回に一度は当たっているが、妻の魔法は全部空振り状態。俺の後方で若干やけくそ気味になっている。

こういうときこそマモルみたいな速さの高い味方の出番なのだが、日中なので彼はお留守番である。

「本当にちょこまかと鬱陶しいなぁ。でも、どうせまた耳を齧《かじ》ろうとするんだろ」

かれこれ五分以上、同じところを狙って攻撃をされていれば、嫌でも対策できるようになる。皮の鎧には歯が通らないスモールラットたちが狙うのは俺の耳。大ジャンプして俺の耳へと飛来するネズミをギリギリまで引きつける。

「今だ」

素早くしゃがんで敵の攻撃を躱す。そして空中で無防備な状態になったそいつへ頑丈な石の剣を叩き込む。

『キュッ』

散々どこかで聞いた鳴き声に似た断末魔を上げて、スモールラットは絶命した。

相手の速さに慣れ、対策ができたことで戦いは一気に楽になる。一体ずつ確実に潰していき、最終的に五匹の群れは壊滅した。

「私役立たずだった」

「相性の問題だし、今回は仕方ないよ。レッサーコングと戦う場合だと俺一人ではかなり時間がかかったりするだろ？」

「それもそっか。でも、ダークエルフのステータスって速さが高いんだから、どうにかできそうな気はするんだけど……なかなか魔法のコントロールが上手くいかないんだよね」

「う～ん、それはどうなんだろう。速さが高いからって、それだけで速い魔物に攻撃を当てられるようにはならないと思う。どちらかというと精密なコントロールが必要なんだから魔法の熟練度の方が怪しいけど」

ウォーターボール自体が飛来する速さは魔力か速さのステータス依存かなって思うけど。

でも、このゲームのパラメータの意味って公式からは大雑把《おおざっぱ》にしか発表されていないからよくわからないんだよね。その内容だって各ステータスを表している力とか耐とかの文字の意味でなんとなく察せられる程度のものだし。

そのおかげで見習い研究家の人たちが検証班を立ち上げて色々調べているみたいだ。検証結果は掲示板に無料で載せてくれているらしいので、今度覗いてみようと思う。

「とにかく魔法の扱いをもっと上手くならなくっちゃ！」

「じゃあ、早速次の標的に魔法を撃ってもらおうか。後方五メートルくらい離れたところに小型の魔物がいるよ」

「了解!!」

今回、俺のスキルに引っかかったのはファンタジー世界でド定番の生物、スライムだ。スライムといえば、ドロドロとしたグロテスクなタイプと玉型だったり雫《しずく》型だったりするかわいい魔物のどちらか。このゲームの場合は後者らしい。まん丸なビー玉のような水色球体がぽよんぽよんと体を揺らしながら平原をお散歩中だ。

「ねぇ、ハイト」

「ん、どうしたの？　まだ気づかれてないし、先制攻撃のチャンスだよ」

「ムリだよ………」

「何が？」

「だから、攻撃するなんてムリ！　だって、あんなフニフニしたかわいい生き物を傷つけるなんて私にはできないの」

どうやらスライムは妻好みの魔物だったらしい。

「じゃあ、テイムできるか掲示板でも見て調べる？」

「もちろん！　自分で調べるから、ハイトは逃げられないように見張ってて!!」

「わかったよ」

真っ直ぐ前を向いて掲示板を見始めた妻を視界の端へ。頼まれた通り、スライムの行動を注視する。

ふにょん。ふにょん。ふるふるふる。ぽよよ～ん。

なんだろう……ずっと見ていると癖になりそうな動きだ。こうやって観察すると確かにかわいいかもしれないと思えてきた。

でも、俺の隣にいるダークエルフがとてつもない執念で君をテイムしようと掲示板で情報を漁っているのに、どうしてそこまで呑気にしていられるのだろう。俺たちに気づいていないのか、それともマイペースな魔物なのか。

見ている分には癒されるし、逃げられるより断然楽だからいいんだけどさ。野生動物っていうよりペットショップの犬を見ているような感覚に陥る。

「わかった！　掲示板の内容だと、何かしらのアイテムをスライムに与えて、その子がそのアイテムを気に入った場合テイムされてくれるんだって」

つまりスライムをテイムできるかどうかはほとんど運次第ってことか。

「何をあげるつもり？」

「自分がもらって嬉しい物かな」

「そんな良い物、俺たち持ってたっけ？」

「ハイトが作ったポーションがあるでしょ。あれって回復するためのアイテムだから、もらってうれしくない人ってあんまりいないと思うんだ」

「あぁ～、それはそうかも」

回復アイテムはいくらあっても困らないもんね。それにスライムは自分でポーションなんて作れないだろうし、良いプレゼントになるのではないだろうか。

俺はアイテムボックスから低級ポーションを一つ取り出して妻へと差し出す。

「ありがと。お～い、スライムちゃん。これど～ぞ！」

突然、近づいてきた妻には流石に警戒したようで、スライムは動きを止めた。しかし、ポーションが差し出されると態度は一転。ぽよ～んとジャンプをしてポーションを体内に取り込んだ。そしてなぜか妻の頭の上へと移動する。

「やったー！　初の従魔ゲットだよ!!」

「えっ、一発でテイムできたの!?　すごい運だなぁ」

スライムは貢ぎ物をとても気に入ったのか、妻の頭の上でご機嫌そうに震えていた。

妻は早速テイムしたスライムにすらっちと名前をつけた。

「あっ、別の魔物の反応が近い」

気配察知が反応した方を見ると、またしてもスライムがいる。

「またスライムだね。そうだ！　せっかくだから、すらっちに戦ってもらおうよ」

「いいんじゃない？」

妻は早速すらっちを戦闘へと送り出した。

「すらっち！　がんばれっ、が～んばれ!!」

二体のスライムは互いにしのぎを削っている。だが、傍からみれば二つのゼリー状の球体がぷるぷる震えているだけにしか見えない。

妻は大切な従魔の初戦闘ということで熱が入り、大声で応援している。

「おっ、やっと終わった」

水色の球体同士が震えながら溶解液をかけ合うこと数分、軍配はすらっちに上がり、彼は無事レベルアップを果たした。すらっちがダメージを受けると妻が低級ポーションを投げ与えていたので当然の結果である。

「よくがんばったよ！　次からは一緒に戦うから、今日中にＬｖ．５まで上げちゃおうね」

最初に掲げていた目標はすでに果たした。今日は残りの時間で怨嗟の大将兎を倒すためにレベリングをすることにしている。

その終了の目安として、すらっちがＬｖ．５になる頃と決めたのである。なぜなら、スライムはそのレベルで物理耐性という有用なスキルを手に入れるからだ。

◇◇◇

二人と一体でしばらくレベリングしていると日が沈み始めた。

「そろそろ暗くなるだろうし、俺は一度マモルを迎えにいくよ」

俺たちのパーティーであの化け物と真正面から渡り合える可能性が一番高いのは、やはりマモルである。それなら可能な限りマモルのレベリングもするべきだ。

「私はすらっちと二人で戦う練習しておくね」

「無茶して死なないようにね」

「はーい」

フィールドから宿の部屋に戻るとマモルがこちらへと駆けてくる。勢い良く飛びついてくるので、俺はこけそうになった。

「なんだマモル、戦いたくてうずうずしてるのか？」

反応は顕著だ。

いつもの三割増しで骨の尻尾をブルンブルンと振り回している。

きっとマモルも強くなりたいのだろう。ユニークボスと真正面からぶつかって力負けし、俺の従魔として召喚されてから初めての敗北を味わったのだから。骨とはいえ、狼であるマモルには己がそれなりに強いという自信もあったはず。それを踏みにじられて、じっとしていられるものではないだろう。

「明日のリベンジマッチに向けて、今日は最後のレベリングと調整になる。気合を入れていくぞ」

日が完全に沈んだことを確認した俺はマモルを連れて、ファーレンを出た。

ファス平原に到着すると昼間よりプレイヤーの数が減っていた。やはり魔物が強くなる夜は、強さに自信のある者と効率良くレベリングをしたい者しかいないらしい。

平坦なフィールドをマモルと共に進んでいると、妻とすらっちの姿が目に入った。

「お～い、マモルを連れてきたよー」

「お帰り、ハイト。それにマモルも！」

「ただいま。マモルのやる気がすごいから、頼りっきりにならないように俺たちもがんばろう」

「任せてよ。すらっちと私のコンビネーションはマモルにだって負けないんだから！」

「それは楽しみだね。じゃあ、早速狩りをしようか」

そこから四時間ほど魔物との戦闘に明け暮れ、俺たちはそれぞれ最終調整を終えた。

ハイト・アイザック（ヒューム）
メイン：見習いテイマー　Lv.8
サブ1：見習い戦士　Lv.4
サブ2：見習い錬金術師　Lv.5
ＨＰ：180/180　ＭＰ：200/200
力：18（+11）
耐：20（+12）
魔：27
速：16
運：23
スキル：テイム、火魔法、錬金術、剣術（初級）、盾、気配察知、鑑定、解体
称号：ラビットキラー
ＳＰ：14

リーナ・アイザック（ダークエルフ）
メイン：見習いテイマー　Lv.8
サブ1：見習い料理人　Lv.1
サブ2：見習い農家　Lv.1
ＨＰ：110/110　ＭＰ：130/130
力：8（+1）
耐：3（+9）
魔：33（+5）
速：27
運：10
スキル：テイム、料理、栽培、鑑定、植物魔法、水魔法
称号：ー
ＳＰ：10

マモル（骨狼）
Lv.7
ＨＰ：250/250　ＭＰ：120/120
力：47
耐：16
魔：24
速：54
運：11
スキル：骨の牙、気配察知、暗視、威嚇←new
称号：闇の住人

すらっち（スライム）
Lv.5
ＨＰ：50/50　ＭＰ：32/32
力：10
耐：16
魔：5
速：8
運：10
スキル：溶解液、液状化、物理耐性
称号：—

◇◇◇

夜空の星々が見守る中、俺たちは穏やかな草原に立っていた。数日前、一切の抵抗もできずに敗北したあの場所に。今度は妻とその従魔を連れて。

隣では頼もしい相棒がリベンジに闘志を燃やす。

「かかった。みんなすぐくるよ」

相も変わらず禍々しい気配を放っている宿敵は、気配察知可能な範囲に入ると一瞬で距離を詰めてくる。

「すらっち、マモルの上に乗って！」

妻の指示を聞いたすらっちはすぐにマモルへと飛び乗った。それを確認するとマモルは前回同様、全速力で標的を迎え撃つ。

「リーナ、植物魔法の準備頼んだ！」

俺がそういうと妻は怨嗟の大将兎とマモルがぶつかるであろう場所に魔法陣を展開する。それからコンマ数秒後、黒と白の魔物が激突した。

レベルアップして強くなったマモルと怨嗟の大将兎。両者の初撃は威力が相殺される形で終わる。力の能力値自体はおそらく怨嗟の大将兎の方が上だった。しかし、両者がぶつかる瞬間に、すらっちが緩衝材として挟まったのである。ふにゃふにゃとしたゼリー状の体なら、可能なのではないかと考え試してみたが予想以上に上手くいった。マモルのステータスをチラッと確認するが、ダメージはほとんど受けていない。すらっちの方は流石にノーダメージとはいかないだろうが、物理耐性のおかげで死んではいない。

「すらっち、マモルナイス！　次は私の番。動きを止めて、ソーンバインド」

あらかじめ展開されていた魔法陣から四本の茨が出現し、怨嗟の大将兎の体に絡みつく。

「マモル、やってやれ！」

「すらっち、溶解液」

二体の従魔はそれぞれ指示を聞き、動きを止めた標的へ攻撃を仕掛ける。

マモルは一瞬で四足に力を溜める。そしてその力を一気に解放した。勢いを乗せた爪での一撃が黒い体表を引《ひ》っ掻《か》く。赤黒い血液が飛び散った。

更にその傷口へとすらっちが溶解液をぶっかける。

怨嗟に囚われ目つきが悪くなってしまった兎面が痛みから歪む。

『――――グウォオオオオオオオオオオオ』

とても兎の発する声だとは思えぬ轟音が、その場にいた全員の鼓膜を叩いた。

「なんだ……これ」

強烈な音圧に体がすくむ。

ついこの前、軽く叩き潰した相手にしてやられたことが頭にきたのか。もがけばもがくほど茨が食い込むことも気にせずに、怨嗟の大将兎は力尽くで拘束から逃れようとし始めた。

まずい……。

俺と妻は離れた場所で雄叫《おたけ》びを聞いたので、ほんの少し影響を受けただけで済んだが、近くでくらった従魔二体はそうもいかない。ひるみ状態か何かに陥って動けない可能性が高い。

「ヒートラインッ!!」

即座に俺が唯一使える火魔法を唱えた。

茨の方はビリビリと嫌な音を立てて、一本また一本と引きちぎられていく。

「頼む、間に合え!!」

怒れる兎は血を流しながらも、最後の茨の拘束から逃れた。そして眼前の獲物へと拳を振るおうとする。

次の瞬間、怨嗟の大将兎の正面に展開されていた朱の魔法陣が輝き、火が噴き出した。それは左右へと広がり奴の視界を塞ぐ。そして中途半端に突き出された黒毛の拳を燃やす。

「引け！！！」

動けるようになった従魔たちは、全力で敵から距離を取った。逆に俺は前方に出る。ここから妻は魔法攻撃に専念。残りの俺たちでこいつを止める。

こちらが体勢を立て直したと同時に魔法の効果が消えた。姿を現した標的は足元の草々に移った火を巨大な黒い足で踏み消す。そして焼け爛《ただ》れた片方の拳を忌々しそうに睨んでいた。

草原を燃やして相手の行動範囲を狭める作戦は失敗した。

しかし、反応からしてしっかりと状態異常にかかったな。

奴はおそらく火傷《やけど》状態になっている。なぜなら火魔法ヒートラインが火で直接ダメージを与えるのではなく、中確率で火傷状態にする魔法だから。

火傷をするとこの世界では一定時間経過するごとに少量のダメージを受ける上、状態異常から回復するまでの間、速さが一割減するという効果がある。速さと力が最大の武器である怨嗟の大将兎を相手する上でこの効果はかなりデカい。

「マモル、速さでかく乱して余裕があれば攻撃してくれ」

「すらっちは危なくなったら割って入ったり、溶解液で援護ね！」

マモルはすぐに駆け出す。そして怨嗟の大将兎へ迫り……急に進行方向を変えた。迎え撃とうと振るわれた剛腕は空を切り、僅かな隙ができる。

「くらえ！」

それを見逃すわけにはいかない。予《あらかじ》め走り出していた俺自身が敵の懐に飛び込み、右手に持った頑丈な石の剣を斜めに振るう。速さが落ちているといえど、流石はユニークボス。もう片方の手で咄嗟《とっさ》に反応してガードされてしまった。そこへすらっちが反撃をさせぬようにと、溶解液でけん制する。僅かに稼げた時間で、俺は再び距離を取った。

速さがまだ足りていないか。隙をついての攻撃でもダメなのはかなりきつい。やはりマモルと妻の攻撃に期待するしかないか。

しかし、一つ朗報がある。銅の剣と違い頑丈な石の剣なら、こいつを相手に武器として成り立つということだ。銅の剣ならば、今の一幕で壊れてしまっていただろう。

武器が壊れないなら、防御されて大きなダメージを与えられなくとも相手の注意を引くことくらいはできる。それができるだけでも、前とは大違いだ。

「絶対、倒してやる。怨嗟の大将兎」

俺の言葉に呼応するように、マモルが標的の背後から骨の牙の一撃をお見舞いしようと迫っていた。スキル骨の牙の効果で、マモルの嚙みつく攻撃は常に与ダメージに＋補正が入る。溶解液でのアシストがあったとはいえ、補正の入らない爪での攻撃でも怨嗟の大将兎は痛みで顔を歪ませたのだ。あれ以上の威力がある牙が体に突き刺さればただでは済まないだろう。ならば、その攻撃は必ず成功させたい。

さっきの隙を狙った攻撃でヘイトはこちらに向いたままなので危険だが……もう一度、俺が攻撃をして他のメンバーへの警戒を少しでも減らすべきだ。

全力で怨嗟の大将兎へ向かって走る。ヘイトが向いた状態でそんなことをすれば当然、相手は迎え撃とうとする。火傷していない方の拳を振りかぶり、赤い瞳をギラリと輝かせた。

ヘイトを他へ向けないために行動した俺は攻撃するための剣ではなく、攻撃を受け流すための盾を構える。少しでもダメージを軽減させて俺が死ななければ、マモルの攻撃は通るんだ。絶対に耐えてみせる！

丸太のような黒腕が風切り音を上げながら、眼前に迫る。火傷の状態異常で相手の速さが下がり、自身のレベルアップでステータスが以前より上昇してもなお、速過ぎる動き。

拳と盾が正面からぶつかった。

全身を巡る衝撃。

ぶっ飛ばされまいと踏ん張る両の足。

急速に減っていくＨＰ。

このまま耐え抜くことは不可能だと思い知らされる。しかし、そんなことは最初から分かっていた。

盾を少し右へ傾ける。同時に己の体の運びに全ての集中力を向け、右半身を後ろへ引く。

真正面からぶつけられていた強大な一撃に宿る力の方向が逸れた。

半身を引いたことで踏ん張りが利かなくなった俺の体は易々と弾き飛ばされる。何度も何度も地面を跳ねながら、気がつけば妻の近くで転がっていた。

「……生きてる」

ステータスをチラッと確認するとＨＰゲージはほとんど空になっていた。本当にギリギリの勝負だったようだ。

極限の集中を要した攻防の後だからか、全身にどっさりと疲れがのしかかる。しかし、まだ戦闘は終わっていない。すぐにアイテムボックスから低級ポーションを取り出し、がぶ飲みする。

「ウォーターボール!!」

隣に立っている妻の魔法を唱える声に釣られて、視線を前線へと向ける。そこには首元をマモルの牙で突き刺された怨嗟の大将兎の姿があった。距離があるので、傷口がどうなっているかまでは見えないが、少なくとも骨太で長さのあるマモルの牙の半分以上が兎の肉に埋まっていることだけはわかる。首にこれを受けては流石のユニークボスにもかなりのダメージが入ったはずだ。

更に追い打ちをかけるように妻が放った水弾が顔面へクリーンヒット。

そしてついに奴はガクッと片膝を折った。

「勝った……の、かな?」

動かなくなった相手を見て妻がそう呟いた瞬間、ドクンと心臓が大きく脈打ったような音がフィールドに響いた。

怨嗟の大将兎が纏っていた赤黒いオーラが突然モヤモヤと動き始めた。それはまるで死した兎の妄執が形を持ったような、不安定でおどろおどろしいものとなる。そして俺たちめがけて襲いかかってきた。避けようと皆動いてみるも追跡されてあっさり囚われる。速さのステータスで唯一、このユニークボスと渡り合えるマモルのみがそれに捕まらず、逃げ続けていた。

――足が動かない。気持ちの悪いずっしりとした重みが下半身を地面に縫い付ける。さっきの咆哮《ほうこう》による怯《ひる》み状態なんかとは比べ物にならない。呪いのような何かが俺を逃がさぬと絡みつく。

どうにかこの呪縛から逃れる方法はないのかと足掻《あが》いていると、怨嗟の大将兎がゆっくりと立ち上がった。白目を剝いて意識を失ったような面。それでも俺の持つ気配察知がこいつはヤバいと訴えかけてくる。

「マモル、トドメを刺せ！」

この状況でも自由に動けるマモルへ咄嗟に指示を出す。しかし、それでは遅かった。俺が叫び終わる前に怨嗟の大将兎は動き出したのだ。

何度も見た、重そうな巨体から生み出されるとは到底思えぬ驚異的なスピード。白目を剝いた状態でどうしてそんなに動けるのだろう。

逃げることはできない。ならば、迎え撃つ。まだ半分程度までしかＨＰを回復できていないが関係ない。俺がこれを止められれば、少し後ろにいる妻は生き残る。そうすれば、おそらく最後であろうこの一撃も止められた怨嗟の大将兎は倒れてパーティーとしての勝利を摑《つか》めるはずだ。死んで勝利するのではリベンジとは言えないかもしれないが、これが唯一の勝ち筋だ。やるしかない。

満身創痍《まんしんそうい》なのか、怨嗟の大将兎は拳すら振り上げてはいない。ただの突進。だが、一角兎がすれば可愛らしいそれも黒の巨体がすれば脅威となる。

彼我の距離はすぐに詰まるだろう。急いで盾を真正面に構え、両足に力を入れる。

覚悟を決めて待ち受けている俺と死力を尽くして突進する怨嗟の大将兎。刻一刻と衝突の瞬間が迫る。だが、そこへとてつもない速度で割り込む者がいた。

マモル。

それにすらっちだ。

どうして――――。

額にすらっちを乗せたマモルは、白の弾丸の如く。猛スピードで突進する怨嗟の大将へ横からぶち当たった。

しかし、体格の差か。マモルたちの方が押し負けて弾き飛ばされる。思わず目でそちらを追うとマモルもまた俺を見ていた。

何かを訴えるような、強い意思の籠《こ》もった目だ。骨の身の従魔の本来、瞳があるべき場所に灯る蒼い炎から、確かにそれを感じた。

なんとなく、なんとなくだけどわかる。マモルの言いたいことは。生きて勝って、完璧なリベンジを果たそうと。そういうことだと思う。

テイマーと従魔には何か特殊な繋がりでもあるのだろう。俺がマモルの気持ちを察したように、きっとあいつも俺がパーティーとしての勝利を手にするために個人としてのリベンジを捨てたことを感じ取ったんだ。

ここまで共に戦ってきた相棒にそこまでされたら、相討ちでなんて終われないじゃないか。

「負けねーぞおおおおお!!」

雄叫びをあげて自分自身を奮い立たせる。

今更、追加でポーションなんて飲めない。妻が近くにいるので攻撃を逸らすわけにもいかない。結局、選べるのは受け止めるということのみ。だけど、絶対死んでたまるか。気合でも運でもいいから、とにかく生きて勝つ！

構えた盾と黒毛の大きな体がぶつかり合う。本日二度目。再び味わう衝撃。全身がビリビリとしびれて今にも盾を手放しそうになる。それを気合で持ち堪える。

未だに衰えない勢い。巨体から生み出される圧を必死になって受け止めていると、メキメキメキと嫌な音がする。

まずい。と言葉にする時間もなく皮の盾が耐久値を失い砕け散った。

また負ける？

嫌だ。そんなの認められるか。

マモルが再び灯してくれた心の炎は盾の破損という絶望を前にしても消えることはなかった。

咄嗟に右手で持っていた頑丈な石の剣を自身と相手の間に差し込む。そして両の手でそれを支えた。

「止まれぇぇぇぇぇぇえええええええええ――――」

『ユニークボス、怨嗟の大将兎が討伐されました』

機械音声によって俺たちの勝利が知らされる。

目の前にあるのは立ったまま停止している、大柄な黒兎の亡骸。身長差のせいか、体からは相変わらず圧を感じるが……最も恐ろしかったあの赤黒いオーラは四散して消えている。

『ユニークモンスターのプレイヤー初討伐報酬』
ランダムスキルスクロール×2
選択スキルスクロール×1
ランダムレアチケット
10万G

『ユニークボスのプレイヤー初討伐報酬』

ランダムスキルスクロール3
選択スキルスクロール×3
選択レアアイテムチケット×2
１００万G

『見習いテイマーのレベルが3あがりました。SPを6獲得』

初めて聞くアナウンスが終わると、続いて聞き慣れた言葉が流れてくる。

だが、意識はどうにもそちらへは向かない。もしかすると怨嗟の大将兎に勝利できたということが自分でも信じられないのかもしれない。ふわふわとした、どうにも落ち着かない気持ちで、アナウンスを聞き流す。

『見習い戦士のレベルが2あがりました。SPを4獲得』

長い知らせから意識をそらし、視線を足元へ向ける。そこには砕かれて粉々になった盾の破片が。

先程までの苛烈な戦いの残痕を目にすることで、気持ちは徐々に落ち着いてくる。

『骨狼のレベルが3あがりました』

ようやくアナウンスが終わった。俺は無意識にしゃがみ込み、盾の破片を手に取っていた。

――本当に勝てたんだなぁ。

「お～い、ハイトー！」

妻が大声を上げながら走ってくる。視線を周囲へ巡らせるとマモルとすらっちもこちらへ駆けてきていた。

「勝ったね」

「うん！　最後のハイト、とってもかっこよかったよ!!」

飛びついてくる妻を受け止める。

「ありがと。リーナは怪我とか大丈夫？」

「多少ＨＰは減ってるけど、大したことないよ」

「そっか、よかった」

二人で無事を確かめあったところに従魔たちも駆けつける。

マモルは俺と目が合うと、いきなり飛びついてきた。押し倒された俺の腹に骨の頭をぐりぐりとなすりつけてくる。尻尾も大きく揺らしまくっているので、勝利を喜んでいるのが見てとれる。

妻の方もすらっちと抱き合っており、幸せそうな顔をしていた。

それからしばらくみんなで勝利を喜び合った後。落ち着きを取り戻した俺たちは今回の報酬について確認することにした。

「討伐報酬なんてあるんだね」

「すっごいよね……これでスキルをたくさん覚えられるし、お金も現状使い切れないくらい入ってきちゃった」

「うん、しばらくお金のことは気にせず遊べそうだ」

討伐報酬とやらの豪華さに圧倒される妻へ返事をしつつ、立ったまま死んだ怨嗟の大将兎を解体する。

黒兎の大毛皮
レア度：4　品質：中
ユニークボス、怨嗟の大将兎の毛皮。丈夫でとても軽い。

怨嗟の魔核
レア度：5　品質：中
怨嗟の大将兎の核。ユニークモンスターおよびユニークボスは通常の魔核から変質したものを身に宿していることが多い。

大将兎肉
レア度：2　品質：中
大将兎から取れる兎肉。他の兎肉より更に柔らかい。

「素材のレアリティも高いものばっかりだなぁ」
これまで鑑定していたアイテムも装備も全てレア度1のものばかりだった。それがここにきてレア度5の、見るからに特別そうなアイテムが出てきてしまった。怨嗟の魔核の使い道は定かではないが、序盤で手に入れて良いものではない気がする。それに複数個手に入った黒兎の大毛皮もレア度4なので、もう何がなんだかかって感じだ。
「ねぇねぇ、ハイト。これだけスキルスクロールもらったんだしさ、ランダムの方だけでも使ってみない？」

「いいね、早速やろう」

妻の提案に乗った俺は早速アイテムを使用する。

『ランダムスキルスクロールを使用しました。スキル、採取を取得しました』

採取か。薬草集めとかできるから便利だけど、大喜びするほどのものでもないね。

『ランダムスキルスクロールを使用しました。スキル、聴覚強化を取得しました』

聴覚強化は取得した瞬間、周囲の音を今まで以上に耳が拾うようになった。怨嗟の大将兎が討伐されたからか、フィールドには再び一角兎が出現するようになったのだろう。それらが草を揺らしている音が鮮明に聞こえる。

『ランダムスキルスクロールを使用しました。スキル、槍術（初級）を取得しました』

三つ目は槍術（初級）だが、これは今のところスキル欄の肥やしにしかならない。もったいない気がするので、そのうち槍を買ってみてもいいだろう。

手元には残り二つのランダムスキルスクロールがあるわけだが、これについては試したいことがある。

「マモル、おいで」

声をかけるとマモルは一歩近づいてくる。

「よし、ちょっとじっとしててくれよ――――おっ、やっぱり使えるみたいだ」

俺が試したのはマモルにランダムスキルスクロールを使えないかということ。

「よかったな、マモル。新しいスキルが増えたよ。ステータスの方確認するね」

ハイト・アイザック（ヒューム）
メイン：見習いテイマー　Lv.11
サブ１：見習い戦士　Lv.6
サブ２：見習い錬金術師　Lv.5
ＨＰ：28/250　ＭＰ：170/230
力：23（+11）
耐：25（+9）
魔：30
速：17
運：26
スキル：テイム、火魔法、錬金術、剣術（初級）、槍術（初級）←new、盾、気配察知、聴覚強化←new、鑑定、解体、採取←new
称号：ラビットキラー
ＳＰ：24

マモル（骨狼）
Lv.10
ＨＰ：80/310　ＭＰ：165/165
力：54
耐：16
魔：27
速：60
運：13
スキル：骨の牙、気配察知、嗅覚強化←new、暗視、威嚇、採取←new
称号：闇の住人

……マモルも採取ゲットしたのか。

ランダム要素が悪い方に転んだみたいだ。どうせなら戦闘に役立つスキルがきて欲しかった。嗅覚強化に関しては鼻が良くなるんだろう。どれくらいの効果があるのかはわからないが、俺の取得した聴覚強化の効果を考えればハズレというわけではないと思う。

「ハイト～、スキルどんな感じだった？」

一通り確認を終えたことを察した妻が、再び声をかけてきた。

「今、ステータス見せるよ」

「ありがと！　じゃあ、私とすらっちのも」

さて、妻とすらっちは当たりのスキルを手に入れられたのか。拝見させてもらおう。

リーナ・アイザック（ダークエルフ）
メイン：見習いテイマー　Lv.11
サブ1：見習い料理人　Lv.1
サブ2：見習い農家　Lv.1
ＨＰ：90/140　ＭＰ：94/160
力：10（+1）
耐：3（+9）
魔：36（+5）
速：28
運：13
スキル：テイム、料理、栽培、鑑定、採掘←new、植物魔法、水魔法、闇魔法←new、短剣術（初級）←new
称号：―
ＳＰ：16

え～と、妻が新しく覚えたのは採掘、闇魔法、短剣術（初級）か……運良くない？

生産、遠、近距離攻撃、全てまんべんなく手に入ってるんですが。

闇魔法の解釈は作品によりけりだが、俺のイメージとしては高火力の魔法もしくは相手をデバフてんこ盛りにするいやらしい魔法のどちらかだ。このゲームでもそうとは限らないが、使えないものではないと思う。それに扱える魔法の属性が増えるとこの先、特定の属性に対して耐性を持つ魔物なんかが出てきても臨機応変に対応できるので当たりだろう。

　短剣術（初級）は名前から効果は推測できるが、これもないよりある方がいい。妻は魔法が得意なのでメインウェポンは杖だが、接近された際の護身用にサブウェポンとそれに対応するスキルを取るように勧めようかと考えたことがある。このスキルを覚えたことでその問題は解消された。あとで短剣を買うように勧めよう。

　採掘に関しては一度、調べたことがあるので効果は知っている。このスキルを持っていると鉱山などのフィールドによくある採掘ポイントで鉱石などを手に入れることができるのだ。もちろんツルハシなどの採掘道具は必須だが。

「ステータス上の運は俺の方が良いはずなのに……ランダムスキルスクロールで手に入ったスキルの質で負けた気がする」

「たしかにハイトは武器スキルが二種類になっちゃったもんね。いっそ、槍も買って練習してみたら？」

「そうするつもりだよ。せっかく手に入れたスキルを無駄にしたくないし」

　続いて、すらっちのステータスも覗いてみる。

すらっち（スライム）
Lv.9
ＨＰ：8/70　ＭＰ：18/44
力：14
耐：21
魔：6
速：10
運：10
スキル：溶解液、液状化、物理耐性、
再生←new、投擲術（初級）←new
称号：外道←new

手に入ったスキルは再生と投擲《とうてき》術（初級）。再生は自分のＨＰを徐々に回復させるスキルか。そして投擲術（初級）はアイテムやスキル、とにかく何でも投げさえすれば補正が入るっぽいな。これで溶解液を飛ばす射程とかコントロールに補正が入ったら、けっこう凶悪な気がする。

すらっちはかなり自分に合ったスキルを手に入れられたみたいだ。だが、それ以上にどうしても気になる箇所がある。

――――称号欄にある外道だ。

取得条件は読んで字のごとく外道な行為をすれば良いんだろうが、なぜ取得できた？

もしや怨嗟の大将兎の傷口に溶解液ぶっかける等の行いがこの称号を呼び寄せたのだろうか。あれは戦略であって、決してすらっちが道を外れたわけではないのに。

「リ、リーナ、そのすらっちの称号なんだけど……」

とても内容を聞きづらい。自分の従魔が外道なんて称号を与えられたら俺なら凹むし、妻もきっと……。

「酷い称号だよね！　すらっちかわいいのに。でも、いいの。この称号のおかげで、すらっちが相手の弱点を突いた時のダメージが増えるみたいだから」

「それはすごいな、名前から想像できないくらい良い効果だ。俺の兎限定称号とは大違いだよ」

ユニークボスに絡まれるきっかけにもなったし、とても迷惑な称号だよ。ほんとに。

俺たちは勝てたから、報酬をもらって大喜びできた。だが、負け続けていたら穏やかな草原には足を踏み入れられないようになっていたし、その先へ進めなかっただろう。

今回、大活躍したマモルは初回限定盤購入特典のランダムレアチケットから出た従魔なので他の魔物より強力だ。きっといくつか先のフィールドで出会うことになる魔物なのだと思う。そんなマモルがいてもギリギリの勝利。他の人なら、怨嗟の大将兎を倒すのはけっこう厳しかったのではないだろうか。

「たしかにね～。でも、称号があるだけマシだよ。私はまだ一つも持ってないからがんばらないと！」

妻も称号が欲しいみたいだ。従魔に先を越されたのが悔しかったのかな。

「称号って狙って取るものなのかな？　どうしても欲しかったら掲示板漁れば一つくらいは取得条件が明かされているものもあるだろうけど。やりたいようにプレイしていれば、そのうち取れそうだし焦る必要はないと思うな」

俺たちの称号だって取れるとわかってやったわけじゃないし。好きなようにやっていけば誰しも一つ二つくらいは取れるのではないだろうか。

「う〜ん、それもそっか。じゃあ、称号は後回しにする。その代わり！　帰ったら早速、お料理に挑戦したいと思います!!」

「いいね！　うぅー、楽しみだな〜」

大将兎肉が手に入ったので、ついに妻が料理をするみたい。現実とは違いスキルの補助があるので怪我などもあまり心配する必要はない……はず。というか、あくまでもゲーム内なので怪我をしたとしても本当に体が傷つくわけじゃないから、安心できる。

「というわけで、お料理が終わるまでハイトは宿へ立ち入り禁止！」

「えっ、どうして？」

せっかく妻が台所で料理しているのを後ろから眺められると思ったのに。そういうの地味に憧れだったんだけど。

「一人で全部やってみたいの。ハイト近くにいると、口出ししたくなるでしょ？」

「うっ、たしかにそうかも。なら、俺はマモルと一緒に深夜の町を散策してるよ」

「ありがと。料理が完成したら、連絡するから急いで戻ってきてね？　それじゃあ、また後で！」

このあと、全員でファーレンへと戻る。そして妻の料理が完成するまでマモルとお散歩するわけだが、何か面白いものでも見つかるといいな。

**【フリフロ】ユニークボスについて語るスレ**
『ユニークボス、怨嗟の大将兎が討伐されました』
突然、ワールドアナウンスとして流れた上記の内容について語るスレです。
ゲーム内掲示板はマナーを守らないと運営からＢＡＮされるようなので気をつけるように。
＊＊＊＊＊＊＊＊＊＊＊＊＊＊＊

**1：アリセナ**
ついにユニークが見つかったみたいだね。

**2：ギル**
くそっ！
どこの誰がやりやがったんだよ。
どうせアナウンスするなら、倒した奴とその報酬も教えろよ!!

**3：たっつん**
ギルさん荒れてますね。

**4：アリセナ**
＞＞2
そこはプライバシーの関係でアナウンスしないでしょｗ
ていうか、それ知ってどうするの。攻略最前線からＰＫにでもなるつもり？

**5：ギル**

流石にそれはねーよ。
仲間と囲って圧かけて、決闘承諾させるくらいだ。ユニークは報酬として賭けてもらう。
もちろん俺だってそれ相応の物はかけるが、相手が攻略組でもない限り敗北はない。

6：アリセナ
それ録画機能使って撮られて、運営に報告されたらアカウント停止とかくらうかもだから
やめときなよ。やってることPKとほぼ同じじゃん。ルールの裏かこうとしてる分だけた
ちが悪いわ。

7：たっつん
まぁまぁ。
倒されてしまったユニークボスとやらの報酬なんて気にしても仕方ないですよ。
それよりも今後ユニークモンスターやユニーククエストと遭遇するために、少しでも情報
を収集した方が良いと思います。

8：アリセナ
そうね。
誰か少しでも情報を持っている人いる？

9：ポップ
あの、ユニークボスの名前からして穏やかな草原のエリアボス大将兎が変異したものだと
思うのですが、どうでしょう……。

10：たっつん

たしかにそうっぽいですね。

11：ギル
穏やかな草原って、たしかファーレン周辺で最弱のフィールドだったよな？

12：たっつん
ええ。
普通のプレイヤーがＶＲＭＭＯに慣れるため、そしてＬｖ．２になることでステータスの上昇などを体感するためのチュートリアルフィールドだと考えられている場所です。
それ以降はレベリングの効率が悪すぎるので、ほとんど人がいません。

13：アリセナ
あと、エリアボスの大将兎を倒すときくらいかな。普通のプレイヤーが近寄るのなんて。

14：マンハッタン土部
関係あるかはわからんが、俺は何かのクエストのフラグが立ったっぽい場面に遭遇したよ。

15：クリスチアーノ松村
あ〜、狼獣人のやつね。
俺たち、野次馬として覗いてたもんな。

16：シャム
14、15≫
ここで詳しくバラしちゃっていいの？
うちの情報屋なら、その情報高値で買うわよ。

17：マンハッタン土部
マジっすか!?
じゃあ、松村と一緒に情報屋の方に行かせてもらいます。
18：シャム
それじゃあ、待ってるわね♡

◇◇◇

妻の料理ができるまで宿への立ち入り禁止となった俺は、マモルとファーレンの町を散策していたのだが、特におもしろいものが見つかることはなかった。そこで妻以外で唯一のゲーム内フレンドであるイッテツさんが以前、マモルのことを見てみたいと言っていたのを思い出して、今から会えないかと連絡を入れた。すぐにオッケーとの返事がきたので、マモルと一緒に閉店後の武器屋を訪れた。

「お邪魔します」

「お疲れ様でーす。どうぞどうぞ」

閉店後の武器屋の扉を叩くと、すぐに開けてくれる。中に入ると他の見習い鍛冶師プレイヤーはログアウト中らしくイッテツさんしかいなかった。

「この子がマモル君かぁ～。骨身とはいえ、狼なだけあって大きいですね」

「そうですか？　ログイン初日から一緒にいるんで、見慣れちゃいました。さっきまで、マモルの倍以上ある敵と戦っていたからっていうのもありますが」

　マモルが大きいといっても俺の腰くらいまで、つまり大型犬と同じくらいかそれより少し小さいくらいだ。怨嗟の大将兎の二メートルを超える巨体とは比べ物にならない。

「マモル君より大きい魔物ですか……そんなのファーレン周辺にいましたっけ？」

　首を傾げるイッテツさん。

　そういえば、ユニークボス関連の話はまだ伝えてなかったか。もう終わったことだし、教えてもいいかな。

「実は、数日前から怨嗟の大将兎っていうユニークボスに絡まれていまして。ついさっき倒してきたところなんですよ」

　俺の言葉を耳にした彼はとても驚いた表情を見せる。

　この反応だとユニークボスってやっぱりレアだったんだな。

「あのワールドアナウンスはハイトさんたちのことだったんですね……」

「えっ、ワールドアナウンスって？」

　イッテツさんが言うには俺が怨嗟の大将兎を倒したことが全プレイヤーにアナウンスされていたらしい。掲示板でもそれ専用のスレッドができたりして、けっこう騒がしかったようだ。

　自分で掲示板を覗いてみたが、たしかにたくさんのコメントが飛び交いお祭り騒ぎになっている。中には物騒な発言をする輩もいた。うん、見なかったことにしよう。

「状況わかりました？」

「はい、とても」

「幸いユニークボスを誰が倒したのか、というのはまだバレていません。俺も口外するつもりはないですから、しばらくは大丈夫だと思います」

「助かります」

「ただ、そう遠くないうちに二人がユニークボスを倒したことはバレてしまうでしょう。掲示板にもいましたけど、情報屋が大金はたいて情報を集めているので」

狼の獣人が亡くなる一部始終を見たというプレイヤーがすでに名乗りを上げていた。他にも大なり小なり関係する情報を得ているプレイヤーたちがそれぞれ情報屋へタレコミを入れると最終的にはバレてしまうだろう。

「いっそのこと情報屋へ自分で情報を売るというのはどうでしょう？　俺と妻の個人情報に関しては誰にもバラさないことを条件に」

「……それはいいですね。情報屋の場所は俺が知っているので、案内役は任せてください」

「何から何までお世話になって、すみません」

「いえいえ、ハイトさんのくれた頑丈な石のおかげで俺はかなり稼がせてもらってますから。これくらい気にしないでくださいよ。あっ、そうだ。話が変わるんですけど、次のアプデ内容ってもうチェックされました？」

「いえ、まだですね」

ゲームが発売してからもうすぐ一ヶ月経つ。そろそろ最初のアップデートが入る頃である。

「でしたら公式サイトで確認するといいですよ。きっとハイトさんたちが喜ぶ内容だと思うので」

「ほんとですか？　だったら、ログアウトした際に見ることにします」

『――――ご飯ができたよ～♪』

　メッセージの通知が出た。妻から帰ってこいという合図である。

「あっ、妻の料理が終わったみたいです」

「それじゃあ、今日はお開きですね。では、また」

　会う約束をした際に、こちらの事情は伝達済みだ。そのためイッテツさんの方から会話を切り上げた。

「はい。お邪魔しました」

　妻の手料理が楽しみな俺は、急ぎ足で宿へと帰った。

「ただいま～」

「おかえり！　ささっ、早く早く」

　部屋に入るとすぐに奥へ行くよう急かされる。

「おぉ！　すごい!!　これってクリームシチューだよね？」

「せいかーい！　どう、すごい？」

「すごい。とってもすごいよ！」

　それに嬉しい。愛する妻の手料理をついに食べることができるんだから。

「よしっ、褒められて満足したから食べていいよ。っていうか、冷める前に食べて」

　古い木のテーブルとイス。その上には妻の作った手料理が。なんかこう、ほっこりするというか、現代日本、特に都会では感じられない風情があるというか。とにかくとっても良い。

「「いただきます」」

二人揃ってしっかり手を合わせた。ゲーム内とはいえ、食べる前には食材にしっかり感謝をしないとね。ありがとう、怨嗟の大将兎。君の血肉は無駄にはしない。

よし、まずは人参らしき野菜と大将兎肉をシチューに絡めて。贅沢に一口っと。

「うっ……」

「ど、どうしたのハイト!?　まさか、まずかった？　そんなぁ……」

妻はゲーム内でも自分の料理はダメだったのだと思ったのだろう。眉字を下げ、顔から笑顔も消える。みるみるうちに元気がなくなっていく。

俺が言葉を詰まらせたせいで妻に勘違いをさせてしまった。

「違うよ！　逆だよ、逆。うますぎる!!」

シチューの味も濃厚でとても良いが、それ以上に大将兎肉がほろっほろで最高だ。フライドラビットに使われていた兎肉も柔らかい物だったが、次元が違う。大将兎肉、流石はレア度2のお肉だ！

そこへ妻の手料理を食べているという感動も合わさって、最高に幸せである。

「よかったぁ……言葉に詰まるからまずかったのかと思ったよ」

「違う違う。最高においしい。ゲーム内で食べた料理の中で一番！」

「そんなに～？　ここまで褒められるとちょっと恥ずかしくなっちゃうよ」

お世辞抜きにマジでうまい。この感動を余すことなく妻へ伝えたいが、これ以上の褒め方がわからない。俺に語彙力がないことが悔やまれる。

その後も俺はうまいうまいと言いながらシチューを食べ続けた。妻も自分で作ったシチューの味

に満足できたらしく、次から次へと口へ運んでいく。その結果、鍋いっぱいに入っていたクリームシチューはすぐになくなった。そして残ったのは腹も心も満たされた俺たちと、隣で食事ができることを羨ましそうに見つめていたマモルだった。

今度、マモルにも何かプレゼントしよう。

従魔たちにお休みと伝えた俺たちはそのままログアウトした。

◇◇◇

現実でも夕食を取ると妻はまだ仕事をするらしく自室へ向かう。一方で風呂まで済ませて、暇になった俺はイッテツさんが言っていたフリフロのアップデート内容を確認することにした。

「たしかホームページを見ればいいんだったよな……おっ、あった」

どうやら次回アップデートは現実の時間で二日後に実施されるようだ。流石にＶＲＭＭＯのアプデはやることが多いのか、メンテナンス時間は丸一日。もちろんログインは不可である。そして元々ログインしていた場合も強制ログアウトになると。

メンテ直前に遊ぶ場合は要注意だな。フィールドで強制ログアウトをくらった場合、どうなるか分からない。流石にメンテ中は魔物から攻撃をされたりしないだろうが、終わった後が恐い。即ログインしなければ、フィールドに動かぬ状態で放置されて魔物に襲われてしまうなんてことになりかねない。デスペナルティを背負うのはフィールドでの戦闘が途端に厳しくなるので勘弁したい。

そう考えると余裕を持ってログアウトした方がいいな。アプデ日は宿で錬金術でもしますか。そうすれば強制ログアウトをくらわないで済むだろう。

そしてここからが重要なところ。アップデートの内容である。

ページトップに『あくまでも事前告知であるため、実施されるアプデ内容は大まかにしか記載されていません。また急遽《きゅうきょ》変更される場合もあるためご了承ください』と書いてあった。

上から順に見ていくが軽微な修正などが続く。それらをバーッと流し見していると『クラン機能および経営地、ハウス機能の追加について』という内容のものが目に入った。

クラン機能は他のゲームでもお馴染みのやつみたいだ。まぁ、一緒に遊ぶ奴らの集まりに名前つけたみたいな感じ。クラン立ち上げ条件はプレイヤーの人数が二人以上であること。そして立ち上げ時に冒険者ギルドや生産ギルドで報告する必要があるらしい。今後、クラン宛てにギルドから指名依頼とかがくる可能性もあるからだとか。これを見るとクランに入るメリットがかなり大きく感じるな。

ちなみにクランメンバーとして従魔やＮＰＣの登録も可能らしい。従魔たちをクランメンバーにするメリットがどういうものかはわからないが、二人揃ってテイマーである俺たちとしては嬉しいことだ。

次にクラン経営地について。

この世界には六つの国家があるが、まだまだ未開拓の地が山ほど存在するという。そういった土地は最も近い国へ報告した上で、単一クランメンバーにより一定時間支配しある程度の金額をその国へ献上することでクランの経営地とすることができる。

クラン経営地となった場所は報告を受けた国の土地にはなるものの、支配したクランが自由に建築や入場制限をかけることができるようになるとのこと。

実質、クランで好きなように町を作れるということだろうか。これはおもしろそうだな。モンスターファームを作ってみたいと思っていた俺たちにとっては。

一日中、陽光の入らない庭の一つでも作ればマモルも部屋の中でじっとしている必要もなくなるだろうし。可能かどうかはわからないが、経営地の半分くらいを日陰にできたらもっと良いんだけどね。

最後のハウス機能は、クラン経営地のどこかにクランメンバーがリスポーン地点に設定できるクランハウスを建てることができるというものだ。クラン経営地に関してはどれだけ厳しい制限にしたとしても同盟を組んでいるクランなどは入ることができるらしいが、クランハウスに関してはクランメンバー以外入ることができない。ここはクランの絶対不可侵領域みたいなものだろう。

仮に経営地の入場に制限をかけていなかった場合、リス狩り――――つまり死んだプレイヤーが生き返るのをリスポーン地点で待ち伏せして連続で殺し続ける、なんて非道な行いをやり放題だしね。そこらへんを考慮した場所なんだろう。後はクラン外には絶対に漏らせない話をするのに利用するとか。

ここまで読むとクラン未所属のプレイヤーがちょっと不遇過ぎないか、と思ったがその下にクランに所属しないメリットも記載されていた。

クランに所属しない者、公式曰く流浪の民はメリットとしてどのクランの経営地にも足を運べるらしい。それ自体にどのようなメリットがあるのかまでは教えてくれないようだが。そこのところはアプデ後に自分で確かめてみなってことかな。

「うん。アプデが楽しみだ」

ログイン制限がとけたら、早速クラン経営地候補を探しにいこう。そもそも未開拓地がファーレンの近くにあるのかはわからないが、とりあえず行けるところまで進んでみればいいんじゃないかな。クランの経営地とするにはクランメンバーでその地を支配しないといけないらしいから、途中で従魔を増やすのもいいだろう。あとはお金も必要だが、これはユニークボスを討伐したおかげでたくさんあるので問題ない。

……そろそろ寝るか。起きた頃にはログイン制限も解除されているだろうし。そうすれば、仕事が休みである明日もフリフロの世界で好き放題できるからね。

俺は仕事部屋にいる妻に一声かけてから、眠りにつくのだった。

# 第四章　ペックの森のエリアボス

翌日、朝六時に夫婦揃ってログインした。

明日は丸一日メンテナンスでログインできないので、今日は目一杯遊んでやろうと、休日にも拘《かか》わらず妻と早起きしたのである。

「マモルまた連れていけなくてごめんな」

また置いてけぼりかと、マモルは尻尾をぶら－んと垂らす。

「今度、埋め合わせは絶対するから。何かおもしろいものでも見つけたときは持って帰ってくるし」

全力で許しを乞うと、マモルは渋々といった感じで見送ってくれた。

宿を出た俺と妻、そしてすらっちが向かうのはペックの森だ。あそこは少し前までうまみの無いドロップアイテムばかりだと言われ、レベリング以外で立ち入るプレイヤーも少なかったので開拓が進んでいない。頑丈な石の剣が話題沸騰してからは錬金素材を手に入れようとするプレイヤーもぼちぼち入るようになったが、そういったプレイヤーは奥には興味がないため森の浅い部分にいる。なら、その先で経営地として使うことができる場所を見つければ、俺たちのものにできるかもしれないと考えての行動だ。

ファーレン周辺で人気のあるフィールド、ファス平原方面は攻略組がどんどん先へ進んでいるので、今から向かっても厳しい。それなら、今まで通り穏やかな草原やペックの森といった過疎フィールドにお世話になる方がいいだろう。

「それにしても人増えたね～」

「ファーレンで手に入る最高レベルの武器の素材が取れるんだから仕方ないよ」

ペックの森に入るとポツリポツリとプレイヤーの姿があった。ファス平原よりはまだ数は少ないと思うが、背の高い木々が密集して生えているこのフィールドではとても窮屈に見える。

器用に木登りしてレッサーコングと戦う者。俺たちのように気配察知で居場所を特定して、木を揺らすことでレッサーコング自ら下へくるように促す者。彼らがドロップアイテムであるレッサーゴングの歯を求めて奮闘する隙間をヒョイと軽い足取りで通り過ぎた。

「ハイトの武器の耐久値はまだ大丈夫そうだね」

頑丈な石の剣
レア度：1　品質：低　耐久値：39／70
上昇値：力＋6
特殊効果：なし
頑丈な石を剣の形に加工した物。切れ味は悪い。

「うん、まだ半分くらい残ってるから。でも、新しい盾を買い忘れたのは痛いかな」

ユニークボスを倒したことで得た大量の報酬。それからアプデ情報の事前告知に気を取られていたせいで皮の盾が壊れたことを忘れていた。ファーレンを出てすぐに気づいたので適当な生産プレイヤーから買ってもよかったが、前回防具を売ってくれたイッテツさんの知り合いからまた購入しようと思っていたので我慢した。今度は是非、直接会って話してみたい。

「そうだね。でも、今のステータスならレッサーコングレベルじゃ、相手にならないし……大丈夫じゃない？」

「確かに。気配察知で先手を打てるから、よっぽどの強敵じゃないと負けないか」

「わっ！　すらっち、急に私の上で暴れないでよ……どうしたの」

さっきまで妻の頭の上で大人しくしていたすらっちが急にプルプルと震え始めた。どうしたのだろう。自分の従魔だとある程度気持ちも読み取れるのだが、他人のだとそうもいかないらしい。

「あぁ、すらっちがいるから大丈夫ってことか。いきなり動くからびっくりしちゃったよ。二人とも大船に乗ったつもりでいろだってさ！」

「それは頼もしいな。じゃあ、報酬の前払いってことでこれをあげるよ」

かわいい見た目に反して、男前なすらっちには俺から低級ポーションを二つほど進呈した。受け取るとすぐに緑の液体を体へと流し込み満足気にふよふよしている。

テイム時に与えられて以降、好物がポーションになったらしいのであげてみたが大正解だったな。

「すらっちとハイトがいちゃついてる……」

「どうして従魔との関係性に嫉妬してるんだ」

「うっそ〜。流石にすらっちやマモル相手に嫉妬はしないよー」

どうやら冗談だったようだ。

表情が本気で嫉妬してるみたいだったから信じてしまった。

「なら、よかった。それより気づいてる？　足元が斜面になってきてるの」

「やっぱり傾いてる？　気のせいかと思ってたけど、二人してそう思うってことは正解だよね」

おそらく俺たちは別のフィールドへ移動している途中と思われる。地面に角度がついてきただけじゃない。ペックの森に生えていた木々よりも背が低いものが交ざり始めているので、そう考えた。

「次のフィールドは山っぽいね」

「わかんないよ？　上りは少しだけで、進んだ先には大きな谷って可能性もあるから」

「それもなくはないか。でも、勘弁して欲しいな」

「ハイトは高所恐怖症だもんね」

妻の言った通り、現実の俺は高所恐怖症で観覧車などは絶対に乗れない。高層ビルやマンションの上層も子供の頃はムリだったが、大人になってそういう場所に行かないといけないことが増えてからなんとか克服した。

ゲーム内補正でもかかって症状が緩和されるなんて素敵機能があればうれしいが、たぶんないので一歩踏み出せば奈落の底へ落ちる断崖絶壁から下を覗くような機会なんて死んでもいらない。

「ん？　魔物の気配が引っかかってる。そこそこの速さでこっちに向かっているのはレッサーコング……にしては少し大きいか？　まぁ、いい。正体は姿を見ればわかる。よし、リーナ、すらっち、とにかく戦闘準備！」

「え、急過ぎっ！」

妻は慌てて杖を構えて、魔法を唱える準備をする。一方、すらっちは一切の動揺なく妻の頭から飛び降りて一番前に出た。

今日のすらっちの背中はとても大きく見える。敵も普通のレッサーコングではなさそうだし、全力で頼らせてもらおう。

高低差のある木々を器用に飛び回りながら巨大なレッサーコングが近づいてきた。体色は普通のレッサーコングより深い緑で黒に近い。

レッサーコングキング（エリアボス）
ペックの森で暮らすレッサーコングたちの王。レッサーコングと同じく、普段は自分から戦闘を仕掛けることはない。しかし、無断で森を横断して山へ向かおうとする者には容赦しない。

王様なのにレッサーってついたままなのか……威厳に欠ける。おそらくレッサーコングの王であって他の猿やゴリラの王ではありませんよってことなのかな？

「可哀想な種族名だね」

「やっぱり？　俺も言葉にはしなかったけど、そう思ってた」

『――――ギイイィイイイッ』

俺たちの憐《あわ》れみを含む視線が気に障ったのか、レッサーコングキングは木から俺たちの元へと尻を向けて跳んでくる。

「これ前にもなかったっけ？」

「レッサーコングのときも似たような感じだったね」

俺がレッサーコングを地面へ下ろすために木を蹴っているところを見た妻が『昆虫みたいな見つけ方だね』なんて言ったからキレられたような気がする。

つまり今回も前回も妻が思ったことをそのまま口にしたから相手が怒っているのである。

「もう少し猿にも気を遣ってあげたらどうかな？」

こちらへ落下しているレッサーコングキングが僅かに表情を変化させる。どうやら妻が良い返答をするのに期待しているらしい。

「嫌だよ。かわいくないもん」

だそうです、レッサーコングキングさん。

俺も優しくするつもりはないので、別の人を当たってください。

見事に期待を裏切られたお猿さんは、瞳の端に涙を浮かべている。

「表情とやってることがぐちゃぐちゃでややこしい奴だなぁ。泣くのか、攻撃するのかどちらかにしてよ……」

「ほんとにね。流石にお尻で潰されるのは嫌だから、すらっちお願い！」

本日、とても張り切っているすらっち。妻の命令を聞いて、すぐさま行動に移る。ブルンブルンと体を揺らし、全力で敵へと跳んでいく。

「真っ向勝負か。流石に分が悪いんじゃ……」

怨嗟の大将兜戦ではマモルと敵の間に挟まれることで緩衝材となることができた。しかし、今回は後ろで支えてくれるものがない。基礎ステータスの低いスライム自身の生み出す推進力では、流石にエリアボスのケッストンプ攻撃を跳ね返すには至らないだろう。

「大丈夫だよ」

妻がそう言うとほぼ同時にすらっちとレッサーコングキングがぶつかる。案の定、ステータスで負けているすらっちの方が跳ね返された。

「ほら、私たちは潰されなかったでしょ？」

勢いをかなり殺された敵は、仕方なく地面へと着地していた。

「なるほど。本当に俺たちへ攻撃が当たらないようにするためだけの行動だったんだ」

「正解。そしてここからが反撃！」

妻の前方に紫の魔法陣が展開する。

「闇魔法？」

「うん！　ハイトにはまだどんな魔法か教えてなかったから、実践で見せようかなーって」

「だったら、時間稼ぎをしてくるね」

俺はいつも通り、敵の注意を引くために前に出る。

今は盾なしなので、防御にも武器を使うことになる。しかし、これまでの経験からそうすると武器の耐久値が落ちやすい気がするので、ここは攻めさせてもらう。

少し距離があったので、走って詰めている間に相手は防御体勢を取った。頭を守るように出した前腕を交差させている。

何度も繰り返し使うことで体に馴染んできた剣術（初級）による補正を受けた動き。俺はいつも通り剣を振り上げて大猿へと振り下ろす。

腕ごと頭を叩いてやるつもりだったが、流石にできなかった。前腕で攻撃を受け止めたレッサーコングキングは大きく後ろへ跳躍する。

こちらはダメージを一切受けていない。反対にレッサーコングキングは自ら距離を取ったので、今の攻撃でダメージがあったと見て良さそうだ。

再び攻撃を仕掛けるべく斜面を駆ける。そうはさせまいとレッサーコングキングはどこから取り出したのかわからない十センチ大の石をこちらへ投擲してきた。

一発目は進行方向を少し左に寄せることで難なく躱す。だが、続けて投じられた二発目の石を避けるために進行方向を変えるのは間に合わない。咄嗟に足を止めて、その場でしゃがむことで事なきを得る。しかし、そこへ更に二発の石が投げつけられた。

「どんだけ持ってんの!!」

これは躱せないと思った俺は頑丈な石の剣ではたき落とそうと構える。真正面から見ると思った以上に速度がある。

なんとか反応して二つのうちの片方を剣で左へ弾いた。

「二つ目はムリ」

こんな豪速球に二回も反応できるか！

諦めて体で受ける覚悟をするが、それが現実になることはなかった。

頼りになる妻の従魔、すらっちが溶解液を飛ばして石を溶かしたのである。

「助かった、ありがとう！」

すらっちへ礼を言いながら、俺は再び足を動かす。レッサーコングキングは接近されたくないのか、また石を投げつけてくる。しかし、投擲術（初級）の補助を受けたすらっちの溶解液が見事にそれらを撃ち落とす。

彼我の距離が縮まり、相手が俺の間合いに入る。走っていた勢いをそのまま剣に乗せ、斜めに斬り払う。

相手は咄嗟に両の腕を出してそれを受け止める。

――――まだ終わりじゃない。

俺は防御の上から無理矢理押し切ろうとせず、剣を引いた。その代わりに相手が次の行動へ移る前に追撃をする。

一発目より勢いはない。しかし、確実にダメージを与えられるであろう一撃が大猿の脇腹へと見舞われた。

「いけ！　ダークバレット」

そこへ更に妻が放った闇の弾丸が飛来し、レッサーコングキングの頭部へと直撃。すらっちも溶解液を追加で飛ばして追い撃ちをかける。

『エリアボス、レッサーコングキングを初討伐しました』

怨嗟の大将兎を倒して以来の討伐のアナウンスが流れた。

『剣術（初級）の熟練度が規定値に達しました。武技スラッシュを習得』

更に戦闘が終わると同時に、待ちわびていた剣術（初級）の熟練度上昇による武技習得が知らされたのだった。

◇◇◇

『エリアボス、レッサーコングキングが初討伐されました』

「おっ、元不人気フィールドもついにエリアボスが倒されたみたいっすね」

「そうだな……」

「どうしたんすか、ギルの兄貴。急に機嫌悪くなって」

「別に怒ってねーよ」

「いや、怒ってるとまでは言ってないっすけどねー」

　俺はＶＲＭＭＯフリーフロンティアオンラインで攻略最前線にいるプレイヤーのうちの一人、ギルだ。これまでにファーレンを囲う四つのフィールドのうちの穏やかな草原、ポップ墓地、ファス平原、更にその先のデュルジュの沼地のエリアボス初討伐という成果を上げ、ワールドアナウンスを流してきた。

　もちろんパーティーは組んでいるし、他の攻略最前線のパーティーと協力などしてきたからこその成果だが、俺の関わらないところでワールドアナウンスが流れるようなイベントはこれまでほとんど起こったことがなかった。

　しかし、昨日のユニークボス討伐のワールドアナウンス。それに今流れたエリアボスの初討伐には一切関わっていない。俺のパーティー以外の攻略組の者たちもほとんどが最前線から離れていないとなると……これらのワールドアナウンスを流した奴は俺の知らない強者。もしくはただ運が良いだけの野郎のどちらかだ。

初めてユニークボスを討伐するという偉業を成し遂げたのがまだ見ぬ強者だったなら、悔しさこそ感じるが納得できる。ただ、それを行ったのが運だけのエンジョイプレイヤーだった場合は流石に我慢ならん。ゲームなのだから楽しむのは構わない。だが、膨大な時間と努力をつぎ込み攻略のトップを走るプレイヤーが本来得るはずだった報酬を運だけで掻《か》っ攫《さら》っていくなど許せるはずがないだろ。

「ちょっとギルの兄貴！　自分の世界に入らないでくださいよ。もうすぐ次の村に着くんですから、ここで気を抜いて魔物にやられたら他のパーティーに笑われますよ」

「ん？　あぁ、悪い」

「ほんとにわかってます？　はぁ……。それにしても誰がやったんすかね。ペックの森のエリアボス」

「さぁ？　ただ近いうちに確かめなきゃならねーな。エリアボスの方はまだいいが、ユニークボスを倒したやつは絶対に」

そう、確認する必要がある。件《くだん》の人物が俺を納得させる者か否かを。

方法は簡単だ。決闘システムを用いてアイテムや装備を賭けてのタイマンをすれば良い。俺に勝つようなら、ユニークボスの討伐報酬をそのまま持っていてもらって構わない。これまでに俺が手に入れたレアなアイテムや装備もいくつか譲ろう。しかし、逆だった場合は全て没収してやる。運だけの奴には過ぎた報酬ばかりだろうからな。

「ええ、まさか掲示板で言ってたこと本気でやるんすか!?　アリセナさんに止められたからてっきり諦めたのかと思ってたのに……」

確かにアリセナのやつに掲示板で咎《とが》められたが、そんなことは関係ない。あいつとはリアルでの腐れ縁がゲーム内までもつれ込んだだけだ。フリフロ内での実力じゃ俺の方が上だから、止めにきたところで押し通ればいい。むしろあの女は俺のアバターを見たときに爆笑しやがった罪もあるし、ボコすべきだな。

他のプレイヤーだって髪や瞳の色を変えているのに、どうして俺が白髪赤目にしたら中二病だなんだとバカにされなきゃいけなかったんだよ。あー、ダメだ。あのときのことを思い出すのは良くない。余計にイライラする。

「チッ……運営から警告を受けたならともかく他のプレイヤーに俺のやることを止められるかよ。それともなんだ？　お前は俺がユニークボスを倒したやつに決闘で負けるかもとか心配でもしてるのか？」

「ギルの兄貴が負ける心配なんてしてないっすよ。俺が言いたいのは無理矢理決闘をさせた挙句、ボロ勝ちしてアイテム剝ぐのはちょっと……ってことで」

「システム利用してんだから何も問題ねーよ。お前は、んなことより村についてからの攻略スケジュールでも考えてろ」

「うっす。すいませんでしたー」

「わかったならいい。まぁ、安心しろ。しばらく俺たちはファス平原から王都へ向かうフィールドの攻略に力を入れるんだ。標的を見つけるのはそれがひと段落してからだから、しばらく先になるからよ」

ユニークボスを倒した奴は必ず見つけ出して決闘する。だが、優先順位を間違える気はない。あくまでも俺は攻略組。最短で強くなり、最速でゲームを攻略することこそが目的なんだから。

# 第五章　経営地候補

『ペックの森エリアボス、プレイヤー初討伐報酬』
８０００G
ランダムアイテムチケット×３

「初討伐報酬……けっこうショボい」

アナウンスを聞いた妻が微妙な表情でぼそりと呟いた。

「怨嗟の大将兎を倒した報酬と比べるとどうしてもね」

たしかに、初討伐でもらえるのってこの程度なんだ……と一瞬思ってしまったのは事実だが、ある程度は予想していたので悲しみはそれほど大きくはない。ユニークボスというのが例外だとことだろう。

「まぁ、いいんじゃない？　俺たちの目的はペックの森の先にあるフィールドに行くことだし。おまけで物もらえたと思っておけば」

それに解体して手に入る素材はきっとエリアボス特有のものだろうから、レア度はそこそこ高いはず。

レッサーコングキングの歯
レアド：2　品質：低
エリアボス、レッサーコングキングの歯。草食の魔物であるため、ボスかそうでないかで歯の頑丈さが変わることはない。ただ、通常のレッサーコングと比べると体格差もあるためサイズは大きくなっている。

大きな石
レアド：1　品質：低
拳大の石。投擲に用いることが主な用途。

レッサーコングキングの背皮
レアド：2　品質：低
エリアボス、レッサーコングキングの背を覆っていた皮。他の部位の皮と比べて少し分厚い。

「大きめの石と歯か。この二つ錬金術に使えないか後で試したいな。レッサーコングキングの背皮も新しい防具に使えそうだし……解体で手に入ったアイテムはけっこう当たりか」
　錬金術を用いて石と歯で頑丈な石が作成できるのなら、それぞれの上位互換らしき素材なら何ができるのか。かなり気になる。

「ファーレンに帰ったらレッサーコングキングの背皮を使って、ハイトの防具を作ってもらおうよ。私は後衛だし、速さもけっこうあるから防具の優先順位は低いでしょ？」

「そう言ってくれるなら、お言葉に甘えるね」

俺の耐久が上がるとパーティーの安定感が増す。妻からも勧められたことだし、イッテツさんに例の防具屋さんを紹介してもらって新たな鎧でも作成してもらおう。

………………ん？

イッテツさん、イッテツさん……何か忘れているような。

あ！！！

今日、情報屋へ案内してもらう約束してた!?

ヤバい、完全に忘れてしまっていた。時間は決めてないからまだ大丈夫だと思うけど、急いで連絡しなきゃ。

「ごめん、ちょっとだけ時間頂戴！」

「え、うん。いいけど、どうしたの？」

「ひと段落したら、話すからちょっと待って」

えーとフレンドメニューを開いて、イッテツさんを選んで、さも忘れていなかったかのようなメッセージを……いや、正直に忘れていてフィールドに出てしまったことも書いた方がいいよな――。

「ごめん、とりあえず大丈夫だよ」

「別に私は気にしてないけど、もしかして何かやらかしちゃった？」

「やらかしたというか、なんというか――――」

さっき思い出した約束の話を一通り妻に説明した。

「へ～。ちゃんとしたやらかしだね、それは。ハイトにしては珍しい」

「ははは……クラン周りのアプデ情報を知って舞い上がってたみたいだ」

痛恨のミス。危うく仲良くなったゲーム仲間からの信用を失うところだった。

「ちょっと子供みたい。そうだ、よしよししてあげよっか？」

俺が落ち込んでいると、妻はニタニタしながら頭に手を伸ばそうとする。

「やめてくれよ。流石に二十四で、子供扱いはきついって」

どんな罰ゲームなんだよ。そういうプレイが好きな奴なら喜ぶだろうが、俺はノーマルだからお断りだ。

「えぇー、ケチ」

「どうしてそうなるの」

――――ピロン。

「あ、メッセージが届いた。たぶんイッテツさんからの返事だ」

メッセージを開くと、予想もしていなかった返事がきていた。なんでもイッテツさんは休日出勤させられることになったらしく、帰ってくるのが日の変わる一時間前になるとか。それでもアプデ開始までゲーム内時間では四時間もあるので用件は済ませられる。だが、俺たちの方も別のことをしているのなら、また後日にするのはどうかという提案が書かれていた。

仕事から帰ってきて、俺たちのためにゲームへ即ログインさせるというのも気が引ける。ここはイッテツさんの提案通りにしようと思う。

「なんて言ってるの？」

「イッテツさんは休日出勤らしくて、できたら後日にしませんかって。忙しそうだし、後日でいいですよって答えておいた」

「なるほど。イッテツさんも大変だね、休みの日に会社に行かなきゃならないなんて」

「そうだね、労《ねぎら》いとして今度ゲーム内で美味しいものでも奢ってあげようかな」

俺のお気に入りのフライドラビットか、それか今度一緒に食べ歩きして新たな美食を開拓するのもありだな。もしくは料理スキル持ちの妻の料理か。

「うんうん、そうしてあげて。でも、今日の約束がなくなったおかげでこのまま先へ進めるようになったね」

「だね。じゃあ、早速行こうか」

基本的に新たなフィールドへ行くには、その前のフィールドに出現するエリアボスを倒さなければならない。レッサーコングキングを初めて討伐したプレイヤーは俺たち。つまり、この先はプレイヤーにとって未知の領域だ。

鬼が出るか蛇が出るか。ワクワクして仕方ない。

新たなフィールドは予想通り、山のようだ。傾斜は緩やかでそれほど問題はないが、人によっては開けた道がないため、非常に先へ進みづらい。邪魔な草やツルを払いながら、ここに住まう魔物によって作られたと思われるけもの道を辿る。

「……虫とか出てきそうだよね」

「どうだろう？　ペックの森も虫の魔物が出てきそうだったのに、いなかったし。案外、大丈夫かもしれないよ」

虫が苦手な妻は体に触れる植物一つ一つを警戒しながら先へ進む。魔物なら俺の気配察知に引っかかるから大丈夫だよ、と伝えたが聞く耳を持たない。

以前聞いた話によると、子供の頃にセミが自分の方に飛んできて頭に止まったかと思うとその場で放尿されたらしい。それまで虫に対して特に苦手意識がなかった彼女でも、これには大泣きしたと苦々しい表情で語っていた。

ペックの森では木々が密集していたものの、他の草花の背丈は膝下くらいまでだったので平気だったらしい。たぶん顔の近くに虫がいそうな植物があまり近づいていないからかなと、本人は言っていた。しかし、セミというのは草花ではなく木に止まってるもの。警戒するところを間違えている気がするが、指摘すると彼女の苦手意識が木にまで広がるだけな予感がするので言わないようにしている。

「きゃっ!?　な、なんだ、草が揺れただけか。はぁ……きつ過ぎる。もうリタイアしたいよぉ」

顔付近に伸びていた植物の蔦《つた》が少し揺れるだけでこの始末。このフィールドは妻との相性最悪だ。

「ダメだよ。せっかく他のプレイヤーが入っていないフィールドにこられたんだから。もう少しがんばろうよ」

説得してもムリだったら、妻だけ帰らせるか？

ソロで新たなフィールドを巡るのはかなりリスクがあるが、この先に求めるものがあるかもしれないのにそれを諦めるのは嫌だからね。

最悪、死に戻ってもデスペナでステータスが一定時間減少するだけ…………じゃなかった。所持金も半分持っていかれるし、アイテムも一つその場にドロップするんだった。前回、死んだのが怨嗟の大将兎にやられたときで、あの頃は貧乏だったから気にしなくてよかった。でも、今死ぬと60万近い金額を失う上、あえて使わずに残している選択スキルスクロールを落とす可能性がある。

これは流石にソロでの挑戦はやめるべきか。

「…………わかった。でも、虫の魔物は絶対に私に近づけないでね？」

「もちろん。全力で守るよ」

どうやら妻は嫌々ながらも先へ進むことに納得してくれたらしい。ひとまずこれで探索を続けることができる。

虫がどうのこうのと会話をしながら道なき道を進んでいるとようやく少し開けた場所に出た。木々が乱暴に倒された痕跡があり、どう考えても自然にできたものではないとわかる。根本付近を強引にへし折った形跡があるため、魔物がやったと推測できた。

しかし、気配察知には魔物の気配は引っかからない。ここは住処《すみか》ではなく、たまたま謎の魔物が暴れてできた場所なのか。もしくは住処だが、今は留守にしているのか。どちらかはわからないが、とにかく今、この場の安全はスキルによって保障されている。

山に入ってからずっと神経を使いっぱなしだった妻を休ませるには良いかもしれないな。何があるかわからないので長居するわけにはいかないが。

「ちょっと休憩しようか。満腹度はまだ大丈夫そうだけど、気分転換にご飯でも食べよう」

「うん。ここならちょっとは気が休まりそうだし、賛成」

なぎ倒されている木に腰かけた俺たちはアイテムボックスからフライドラビットを取り出した。初めてフライドラビットを買ったあの店のものだ。今はお金があるので、アイテムボックスに十個は入れておくようにしている。

「相変わらず美味しいね、これ」

「ほんとにね。そういえばこの前調べたんだけど、リアルでも兎肉って食用であるらしいよ。俺が調理するからお取り寄せしてみる？」

「そうなの!?　じゃあ、ログアウトしたら早速、頼もうよ」

俺が現実でも兎肉の料理が食べられると伝えたところ妻は食い気味に反応した。分かりやすいな。ゲーム内の兎肉はあくまでも兎系魔物の肉なので、リアル兎肉と全く同じ味というわけではないと思うが、調べたところ美味しいらしいので俺も今から楽しみだ。

フライドラビットを頬張りながら、リアルでは兎肉の他にも熊肉やら猪肉などもお取り寄せすれば食べられるという話をして妻と盛り上がっていた。

そんな緩んだ空気をぶち壊すように、気配察知の範囲内に魔物が侵入した。

「ん!?　いきなり魔物が。ちょうど、俺たちの真上？　さっきまで気配は一切感じなかったのにどうやって……」

「――――上って、あれじゃない？　空を飛んでる大きい鳥っぽいやつ！」

俺の言葉を聞いて、反射的に空を見た妻から報告を受ける。すぐに真上を向くと彼女の言う通り、大柄な鳥《からす》のような魔物が滞空していた。ただ太陽の光が眩しくて体の色などはよく見えない。

「あれ？　こっちを見てはいるみたいだけど、動かないね」

「たしかに。今までに自分から攻撃してこない魔物なんてほとんどいなかったし、流石にあいつがそうだとは思えないんだけど」

遠目なのでわからないが、たぶん俺より大柄。下手すれば怨嗟の大将兎より大きいかもしれない。このサイズの魔物が見掛け倒しというわけがないと思うんだが。

「あいつが攻撃するわけでもなく、見てる理由……何か思いつく？」

「わっかんないけど、お腹が空いたから私たちの食べているご飯を狙ってたとか？」

「あー、その可能性はあるかもね。現実でも鳥が人の食べ物を空から掻っ攫っていくことあるらしいし。試しに少し離れたところにフライドラビットを置いて、様子見してみよう」

俺は新しいフライドラビットをアイテムボックスから取り出すと俺たちのいた場所から少し距離のあるところへ置いてみた。

「さて、あいつはどうするのかな」

金の翼をはためかせ、大柄な鳥は空からフライドラビットの元へと舞い降りた。最初は警戒するように嘴《くちばし》で突いては観察、突いては観察となかなか口に入れそうになかった。しかし、何度もその行動を繰り返すうちに毒などはないと納得したようで少しずつ食べ始めた。

「体が大きいわりに、食べ方はかわいいんだね」

俺たちは警戒されないように魔物から距離を置いたまま観察している。少しずつ啄《ついば》む姿に妻はご満悦のようだ。

しばらく待っていると、魔物は食事を終えたにも拘わらず飛び去ろうとはしない。それどころが、物欲しそうな瞳でこちらを見ていた。

「もしかして、まだくれって訴えてる？」

「たぶん」

「もう一回あげてみるか。また俺があげてもいい？」

「うん。さっきもハイトがあげたんだし、その方が警戒もされないでしょ」

アイテムボックスから新しいフライドラビットを取り出すと鳥は体をピクっと反応させる。しかし、自ら近づいてくる気配はない。食欲は刺激されるが野生動物の本能、いや魔物の本能が働いているのだろう。

相手を刺激しないように中腰でゆっくりと近づく。目線もずっと互いに合わせたまま距離を詰める。手の届く近さまで到着したので、そっと料理を差し出した。

鳥の魔物はフライドラビットを俺から奪い取るのではなく、直接手に持っている状態で啄み始めた。最初こそ手ごと食べられたりしないよなと恐怖も感じたが、徐々にそれも薄れていく。それにしてもこの魔物やっぱりリアルの鳥とは違うんだなぁ。黄金の羽毛はもこもこしていてとてもフカフカそうだし、足が一本しかないし、何より体が人間より余裕で大きい。

しばらく観察していると魔物は食事を終えたようだ。突然、バサッと翼を広げると、ゆっくりと俺を抱擁する。急だったので、俺が戸惑っていると何やらアナウンスが流れた。

『一足鳥をテイムしました』

「あっ、テイムできちゃった」

『テイムの熟練度が規定値に達しました。テイム上限数が増加します』

現在：２／４

名称未定（一足鳥）
Lv.1
ＨＰ：105/105　ＭＰ：55/55
力：10
耐：22
魔：12
速：9
運：11
スキル：飛行、挑発、硬化
称号：ー

ステータスを確認すると俺の予想に反した数値になっていた。鳥だからてっきり速さが高いのかと思っていたけど逆だったようだ。ＨＰと耐久力が優れていて魔力はそこそこ。力と速さが低めに設定されている。飛行ってスキルもあるし、空飛ぶタンクってことか？

ステータスの考察は短く済ませて、名前を考えるか。空飛ぶタンクでフラタンクか防御型の鳥でバガード。あとは大きな鳥でビットリ。バガードが1番かっこいいな。

「決めた。今日からお前の名前はバガードだ。よろしくね」

『カァー』

お気に召したらしく、バガードは一鳴きして答えた。

名づけまで終えた、新しい仲間を連れて妻のもとへ戻る。

「いいな～。ご飯に食いついてきた時点でテイムできたりしてって思ったけど、まさか本当に成功するなんて。私もすらっちの後輩従魔が欲しいから、次に新種の魔物を見かけたら譲ってね」

「もちろん、いいよ。バガードみたいにその魔物が自らテイムされにくるかはわからないけどね」

これまでバガードみたいに自分からテイムされにくる子はいなかったから、きっと今回はかなり運が良かったんだと思う。

「そんな都合の良いことが二回も連続であるわけないし、色々試してみるしかないね。っていうか、その子の名前もう決めたんだ」

「ステータスを見たら防御型の鳥っぽいから、バードとガードを組み合わせてバガードって名前にしたよ」

「なるほど。それじゃあ、これからよろしくね。バガード」

バガードは妻が頭を撫でるのを黙って受け入れた。

「そろそろ休憩も終わりにして先へ進もう！　って言いたいところなんだけど、実は選択スキルスクロールを一つ使いたいからもうちょっとだけ時間もらっていい？」

「大丈夫だよ。何か欲しいスキルでもできたの？」

「うん、俺にではないけど。バガードに何かしら魔法を覚えさせてあげたくて」

ステータスを見た感じだと、若干ではあるが物理攻撃よりは魔法攻撃の方が得意そうだったからね。

「それなら、私たちがまだ覚えていない魔法の方がいいよね」

「俺もそう思ってた。とりあえずアイテム使ってみて、スキルリストを一緒に見ながら決めよう」

アイテムボックスから選択スキルスクロールを一つ取り出し、使用する。大量の取得可能スキルの中から魔法を探す。

バガードが現状で覚えられる魔法は四つ。火魔法、水魔法、風魔法、土魔法。見習い魔法使いが最初から取得可能なスキルで魔法の基礎とされているものだ。これらのスキル取得時に覚える最初の魔法は全て掲示板で明かされていた。

あわよくば妻が覚えているような闇や植物といった特殊な魔法を狙っていたが、そんなに都合良くはいかないようだ。

「風魔法が一番それっぽくない？」

「う〜ん、それはそうなんだけど……普通にレベルアップしたときに覚えそうじゃない？」

「鳥だし、あるかも。それだとスキルスクロールを使用して覚えるのはもったいないね」

というわけで、風魔法は選択肢から外す。

「残りで俺たちが覚えていない魔法ってなると、もう土だけだね」

土魔法を取得したとき、最初に覚えるのはアースウォールだ。耐久値の設定された土の壁を指定した地点に出現させる魔法。これは妻のよく使う植物魔法、ソーンバインドと同じく魔法陣が展開されてから発動までに少し時間がかかるタイプなので扱いが難しいとの噂《うわさ》だ。

「でも、それってな〜んかイメージ的に合わない気が……」

妻の言うイメージうんぬんはわからなくもない。それに扱いの難しい魔法を従魔に任せて良いのかもわからない。だが、もし空から戦場を俯瞰《ふかん》して見られる魔物が、先読みしてトラップのように土魔法を用いたらどうだろう。地を行く人や魔物にはきっと脅威となるに違いない。

それに烏ってリアルだと結構かしこいって言われてるから、種族名に烏と入っているバガードもそう育ってくれると信じてみるのもいいか。

「まぁ、微妙な結果になったらそのときはもう一つバガードにスキルスクロールを使ってあげればいいよ。何事も挑戦だからさ」

『カーッ』

「バガード自身も賛成してるっぽいし、いいんじゃない？　本人と主人であるハイトがおっけーなら、私は文句なんてないよ」

「決まりだね」

俺はスキルリストから土魔法を選択し、バガードに新たなスキルを与えたのだった。

新たな仲間、バガードを連れて徒歩で山の中を進んでいるがあまり良い結果は得られていない。もうかれこれ一時間くらいクラン経営地候補を探しているのに。

「やっぱりそう簡単に見つからないのかな？」

「かもしれないね。このまま闇雲に歩き回ってもあんまり良い結果を得られるとは思えないし、やり方を変える必要があるか」

「何かいい方法でも思いついたの？」

実はさっき思いついた方法が一つだけある。

バガードに空を飛んでもらい、開けた場所を見つけ次第案内してもらうというやり方だ。木や草ツルに邪魔されて先の見えない地上を進むより、遥かに効率良く目的の場所を見つけられるだろう。

ただし、俺たちがバガードと遭遇した場所のようなハズレも交ざってくるので絶対に経営地候補を見つけられるというわけでもないが。そこらへんはバガードの頭の良さにかかっている。

「うん、バガードに頼ることになるけどね」

俺の考えた作戦を皆に伝える。

『カァー！』

新顔の従魔は一鳴きして、やる気を見せる。

「バガードも張り切ってるようだし、それやってみようよ！」

「そうだね。早速、頼むよバガード。空から見て開けている場所があったら教えてくれ」

金色の翼をはためかせ、バガードは大空へと飛び立つ。そしてすぐさま気配察知の範囲から外れる高度まで到達した。

大翼で空を自由に舞うバガードの姿はなかなかにかっこいい。そんなことを思いながら、俺はバガードを見送った。

それから三十分ほど経っただろうか。俺と妻、それからすらっちも、もしかしたら自力で目的地を見つけられるかもと地上を彷徨《さまよ》い歩いたが成果はあげられず。全員そろって意気消沈しているとバガードが戻ってきた。

『カァーカァー！』

ドヤ顔で鳴く彼の様子を見るに、無事目的を果たしたようだ。

「見つけたのか！　よくやったよ、バガード!!」

感謝の意を込めてバガードの頭を撫でるが……少し不満げだ。この視線はもしかして……またご飯をくれと言っているのか!?

さっき食べたばかりなのになんて大食いなんだ。

ずっと変わらない緑の中を彷徨っていた俺たちにとって、バガードが目的地を発見したのは朗報である。それの報酬としてなら、フライドラビットの一つや二つ喜んであげようではないか。

フライドラビットをアイテムボックスから取り出すと、バガードはスッと嘴で奪い取り、空へと向かった。

どうやら食べながら案内してくれるらしい。行儀が悪い気もするが、魔物なんだしこのくらいなら注意しなくてもいいか。

――バガードに導かれた俺たちを迎えてくれたのは美しい湖畔だった。

畔には色とりどりの花とそれに誘われた蝶々。澄んだ水で満たされている湖には蓮《はす》らしき植物が浮いていて、その陰に魚の姿が窺える。そして山の木々よりも更に立派に育った樹木たちについた葉が互いに重なり合い、湖の西側に日の当たらない涼しげな場所を作っている。

「綺麗……」

苦手なはずの虫もいるんだけど、妻は気にも留めていない。それよりも景色の素晴らしさに心を奪われているのだろう。ここで虫のことを指摘するのは野暮なので、間違っても口にはしない。

「ここをクラン経営地に使えたら、とっても楽しいだろうなぁ」

可能なら町というより長閑《のどか》な村みたいな場所にしたいな。元からある自然をできるだけ残しながら、最低限クランハウスや畑を作ったくらいの田舎っぽいところ。従魔たちも自由に過ごしてくれればいい。俺たちが別の場所へ出かけるときにはパーティーに加わってもらうことになるけど。

「本当にここがクラン経営地として選べる場所なんだったら、誰にも譲りたくないね」

「同感だよ。他のプレイヤーに運良くここを見つけられたりしたら、たまったもんじゃない。あと、クラン経営地として選ぶことができる場所とそうでない場所。それにどれくらいの範囲を手中に治められるのかも事前告知だけじゃわからないから……プレイヤーと関係ないところにも不安要素はたくさんあるね」

「アプデが待ちきれないね」

「そうだね。おーい、バガード」

いつの間にか俺たちから離れて、湖で喉を潤していたバガードを呼ぶ。声が届くとすぐに反応してこちらへ飛んできた。着地点は俺の目の前。美しい瞳でメシを出せと訴えてくるが、先程報酬として与えたばかりなので我慢してもらう。

「よし、きたね。バガード、俺たちはメンテを町の外で迎えるわけにはいかないから一度全員で町に戻る。それが終了すれば、全員でまたここを目指すことになるんだけど……次は最短でここまで案内できるか？」

天然の迷宮のようなフィールドだ。流石に厳しい要望かと思いつつも、聞いてみた。

『カァーアー』

「え、できるの？」

若干、呆《あき》れたような表情で答えたバガード。

うちの烏はとても賢いようです。これは今から次のご褒美を考えていた方がいいかもしれない。バガードは食べることが好きみたいだから何をあげるかはだいたい決まってるんだけどね。

「リーナ、クラン経営地が手に入った暁には、バガードに手料理を振る舞ってあげて欲しい」

「もちろんいいよ」

「だってさ、バガード。きっとお前が食べまくっているフライドラビットよりおいしい料理が出てくるから楽しみにしているといいよ」

『カァ!? カァァアア！！！』

大翼をばっさばっさと、その場ではためかせるバガード。鳴き声は今日一番の大きさなので、間違いなく大喜びしている。

「気合ばっちりみたいだ。これで他のプレイヤーが先に到着する可能性はかなり減ったね」

やる気満々のバガードに山を抜ける案内をしてもらい、ファーレンへと帰還した。

# 第六章　クランと経営地

「ログイン成功！」

丸一日かかったメンテが明けてすぐに俺たちはログインした。ゲーム内は夜。これでフルメンバーであの湖畔に向かうことができる。

だが、その前にやるべきことがあった。

「とりあえずクランを立ち上げよう」

「うん！　たしか冒険者ギルドに申請しなきゃいけないんだったよね？」

「そうだよ。早速行こうか」

三体の従魔には宿で待機してもらい、俺は妻と二人で冒険者ギルドへと急いだ。

「おう、嬢ちゃんたち。久しぶりだな」

「お久しぶりです、ガストンさん。今、ちょっと急いでいるのでまた後で！」

「わかった。またなー」

冒険者ギルドに入るとすぐに大剣を背負ったおっさん冒険者ことガストンさんが声をかけてくれたが、今は話している場合ではない。妻もそう思ったのか、会話を続けることなくギルドのカウンターへと移動した。

「夜分遅くにすみません、マーニャさん。頼みたいことがあるんですが」

「お久しぶりです、ハイトさん。それにリーナさんも。冒険者ギルドは昼夜問わず動いていますから気にしないでください」

俺はあまり冒険者ギルドに顔を出さないので、存在を忘れられていたらどうしようかと思ったのだが、その心配は必要なかったようだ。

「そう言ってもらえると有難いです。早速なんですけど、俺とリーナでクランを立ち上げたくて」

「二人だけでですか？」

驚いた様子のマーニャさん。一応、クランは二人から立ち上げられるはずだから問題はないと思うんだけど、やっぱり他のプレイヤーたちはもう少し大人数でクランを作るのだろうか。

「ええ一応。ただ俺たちの従魔もメンバーとして登録します」

従魔やＮＰＣもクランメンバーとして登録できるらしいので、マモル、すらっち、バガードもクランに入れようと思っている。

「そうですか。わかりました。では、必要書類を作成するので、私がする質問に答えてくださいね。まずは――――」

十分弱の質疑応答の末、クラン立ち上げに必要な書類は完成。冒険者ギルドにて受理されて俺たちのクランは設立された。

◇クラン情報◇
【アイザック一家】
プレイヤー：二名
ハイト・アイザック（ヒューム）★クランマスター
リーナ・アイザック（ダークエルフ）☆サブマスター
従魔：三体
マモル（骨狼）
すらっち（スライム）
バガード（一足鳥）

駆け足で宿に戻ってきた俺たちはそれぞれの従魔に声をかける。

「マモル今から出かけるよ」

「すらっちもおいで」

「バガードは道案内頼んだよ」

他のプレイヤーにあの湖畔を取られないようにと急ぐ俺たちは、案内役の空飛ぶ大鳥を追ってペックの森へと入った。気配察知に多数の魔物が引っかかるが気にしない。レッサーコングが自分から襲いかかってくることはないからだ。

背の高い木々の間を縫うように走り、山へと差し掛かる。前回はここでレッサーコングキングに襲われたが、今日は大丈夫。一度倒したエリアボスと再び戦うためには二日のインターバルが必要だからだ。ボス素材を集めて装備一式をそろえるのに時間がかかるとプレイヤーからの不満が多くあがっているので、近いうちに修正が入るのではないかと言われているが。今日ばかりはこの仕様に感謝しかないけどね。

「全員、戦闘準備！　前方から魔物の気配がする」

邪魔な草ツルを掻き分けながら走っているとスキルが反応した。昨日はバガード以外の魔物と遭遇しなかったのに。運が悪い。

「いた、鑑定」

ブラックボア

黒毛で大柄な猪。レッドボアの近縁種ではあるが、こちらの方が少々手強い。特に突進の威力にはかなりの差がある。

「レッドボアの上位互換みたいだ。突進が強力らしいから、こちらから仕掛けて一気に仕留めよう！」

最初に接敵するのはマモル。パーティー最速の骨狼はその鋭い骨の牙で猪の足の付け根を切り裂いた。そこへすらっちによる溶解液。ユニークボス戦で確立された傷口に追い撃ちをかける戦法だ。今は称号である外道の効果も発動するので以前より凶悪なコンボとなっている。

速さで劣る俺はまだ距離を詰め切れてはいない。だが、それでも問題はない。

「スラッシュッ！！」

俺が武技名を叫びながら、剣を横なぎにすると斬撃が発生する。それは寸分狂わずブラックボアの額を抉った。

「闇魔法、ダークバレット」

トドメとばかりに放たれた暗い闇の弾丸が己へ迫る光景に恐怖したのか、敵は逃亡を図ろうとする。

この距離だとギリギリ避けられるか？

『カァ！』

突然、バガードが一鳴きしたかと思えば、土の壁がブラックボアの左右に現れた。どうやら土魔法をあらかじめ唱えていたようだ。

左右の逃亡ルートを潰された魔物は傷ついた体に鞭打ち、後退して逃れようと試みたが遅かった。

妻の放ったダークバレットが見事に命中し、動かぬモノとなる。

「解体だけ使って、すぐに先へ進もう」

ブラックボアの死骸に近づき、解体のスキルを発動させた俺は手に入ったドロップアイテムの詳細を確認せずにアイテムボックスへと放り込んだ。そして再びバガードに先導してもらい、山を駆け始めた。それから一時間。いくつものけもの道を踏破した俺たちは、ついに目的地へと辿り着いた。

「やったぁ！　ついた～!!」

畔にプレイヤーの姿が見当たらなかったので、妻が歓喜の声をあげる。

『アーアー』

それに対して、バガードが当たり前だと鳴いて答えた。

「喜ぶのはちょっと早いよ？　まずはここが経営地化できる土地なのか調べないとね」

メンテが明けたのでもちろん実施されたアプデ内容は全て公表されている。それによるとクラン経営地とすることができる土地は限られているらしい。

俺はフィールドの端やたどり着きにくいところなどに経営地化できる土地があるのではないかと睨《にら》んでいる。

どこでも好きなところを経営地化できたら、新フィールドへの道を塞いで通行料を取るなんて輩が出てきたり、良い狩り場を独占するクランが現れたりするからね。

「たしかクランウィンドウを呼び出すとわかるんだったよね？」

「うん。経営地化はクランマスターしかできないらしいから、俺がやらなきゃいけないけど」

妻に返事をしながら、実際にやってみる。

クランウィンドウを呼び出すとまずメンバー表が現れた。隣にはオプションが存在し、クランの名称変更やメンバーの追加、脱退などが可能となっている。そして現在地が経営地化可能な土地ならば、それが選択肢として一番下に現れるはず――。

「あった！　この場所はやっぱりクラン経営地にできるみたいだ」

「ほんと!?　だったら、早速やってみようよ！」

興奮している妻にクランウィンドウが見えるように操作する。

（経営地化条件）
・区域に出現する魔物を各種討伐。
・区域に二時間クラン外のプレイヤーを入らせない。
・最寄りの町で冒険者ギルドへ報告。
・冒険者ギルドを通して国へ１００万Ｇの献金。

「なかなか厳しい条件だね」

冒険者ギルドへの報告は、俺か妻のどちらかが行けばいい。そして国への献金もユニークボス初討伐報酬のおかげで二人で出し合えばなんとかなる。区域内にクラン外のプレイヤーを入れないというのはなかなか難しい条件だが、幸いなことにこの場所はまだ他のプレイヤーに知られてはいない。おかげでなんとかクリアできるだろう。

問題は区域内にいる魔物各種の討伐というものだ。この項目を注視すると、湖畔に出現する魔物のリストが出てきたのだが、そこそこ数が多い。

スライム0／1
レッドボア0／1
ブラックボア1／1
スニークマンバ0／1
スリーピングアゲハ0／1
ニジマス0／1
ラニットアユ0／1
爆速ヤマメ0／1
人食いウナギ0／1
一足烏0／1

全十種だ。ブラックボアはすぐ近くで倒したからか、すでに討伐したとカウントされている。

スライムとレッドボアは今の俺たちにとって取るに足らない相手なので発見さえすればすぐに狩れるだろう。

問題はそれ以外。スニークマンバとかいう名前からして厄介そうな魔物。それから一足烏はバガードの同族なので頭が良いと思われるため、倒すのに苦労しそうだ。残りの魚系は湖から釣るか潜って狩るかだが、どちらにしろかなりの労力がかかる。

だが、嘆いたところで仕方ないので、とりあえず魔物退治に取りかかろう。

まず空飛ぶ一足烏は魔法で攻撃できる妻と溶解液を飛ばせるすらっちのコンビに任せる。

そしてレッドボアとスライムはバガードに任せようと思う。彼なら数的不利でも上を取っている状況と魔法を駆使して勝利してくれるはずだ。

水生の魔物に関しては釣りをするのもありだけど、道具を揃えることも考慮すると時間がかかりそうだから、手っ取り早く潜水スキルを取得して倒す。担当するのは残っている俺とマモル。俺の方はSPを消費して、マモルは選択スキルスクロールを使用してスキルを得るつもりだ。

残るスニークマンバとスリーピングアゲハだが、こいつらは自分のターゲットを手早く倒した者に担当してもらおう。

俺は考えた配役をみんなに伝える。

「すらっちとのタッグなら、絶対負けないから任せて！　ただ……私たちが一番早く終わったとしても虫は別の人が倒して欲しい。ダメ？」

上目遣いで頼んでくる妻。かわいい……けど、そんなことしなくてもは最初から他のメンバーに倒してもらうつもりだったから安心して欲しい。

「もちろん、わかってるよ。マモルとバガードも異論ないか？」

『カァ』

バガードは鳴いて肯定し、マモルは尻尾を振った。

「それじゃあ、取りかかろう！」

皆それぞれが討伐する魔物を探して散った。

残った俺とマモルはまず事前準備に取りかかる。

「俺たちはまずスキルを取らないと」

ハイト・アイザック（ヒューム）
メイン：見習いテイマー　　Lv.11
サブ1：見習い戦士　　Lv.6
サブ2：見習い錬金術師　　Lv.5
ＨＰ：250/250　ＭＰ：230/230
力：23（+11）
耐：25（+9）
魔：30
速：17
運：26
スキル：テイム、火魔法、錬金術、剣術（初級）、槍術（初級）、盾、気配察知、聴覚強化、鑑定、解体、採取、潜水←new
称号：ラビットキラー
ＳＰ：18

マモル（骨狼）
Lv.10
ＨＰ：310/310　ＭＰ：165/165
力：54
耐：16
魔：27
速：60
運：13
スキル：骨の牙、気配察知、嗅覚強化、暗視、威嚇、採取、潜水←new
称号：闇の住人

スキル取得完了。

「よし、行こうか。マモル！」

マモルは返事の代わりに尻尾を鞭《むち》のようにしならせて、地面を叩く。

――――夜の水中は思っていた以上に厄介な場所だった。陸地でも夜になると視認性が悪くなり戦闘しづらいが、水中はその比ではない。本当に真っ暗で一切見えない。そのため俺は気配察知と強化された聴覚を頼りに索敵、戦闘をこなすことになる。今の俺は防具のおかげである程度耐久力があるので、一撃で普通の魔物にやられることがないのは不幸中の幸いである。

マモルは暗視のおかげで俺より目が利くが、それでも陸の夜と同じようには見えないらしい。

そして最も困ったのは、潜水スキルはあくまでも水中での行動がしやすくなったり、深く潜れるようになるだけで、水の中で呼吸までできるようになるわけではないということだ。安全のため、体内の酸素量が減ることで苦しくなったりはしないようだが、視界の端に現れた酸素ゲージがみるみるうちに減少している。

酸素ゲージがゼロになったら、どうなるのかは簡単に予想できる。ＨＰが減り始めるのだろう。固定ダメージか、割合ダメージかはわからないが。

まずいな。

ちょっと考え事をしていただけで、もう酸素ゲージが短くなってきた。

「危なかった……」

一旦、酸素を取り込むために俺は陸へと上がった。それに気づいたマモルもついてくる。

「マモルは苦しくなったりしないのか？」

骨の尻尾がわっさわっさと振られる。

どうやら大丈夫なようだ。骨身でそもそも臓器とかがないから酸素は関係ないのか？

「羨ましいよ」

水中で呼吸ができるようになるアイテムでも手に入ればいいんだけど……掲示板でもそんなアイテムの存在は報告されていなかったので現状攻略されている場所では入手できないのだろう。

――――ん？

そういえば、俺って選択レアアイテムチケットなる物を持っていたような気がする。選べるアイテムの中にお目当ての物があるのかはわからないが、試してみる価値はありそうだ。レアアイテムから好きな物を選んで入手できる機会を一つ消費してしまうのはもったいない気もするが仕方なし。それに一枚使っても、もう一枚残るのでそちらで他に欲しいアイテムがあったのなら手に入れればいいだろう。

「頼む、水中で呼吸ができるアイテムをくれ！」

選択レアアイテムチケットを使用すると、知らない名称のレアアイテムが大量に載っているリストが表示された。

「……あった」

俺の求めていたアイテムが選択肢として載っていた。

それは変質草というアイテムで、使用者の肉体を一時間だけ好きなように変えられるものだった。これを使えば、エラ呼吸のできる肉体を造り、水中で心置きなく戦えるだろう。

一切の迷いなく、交換を決意。一つの選択レアアイテムチケットが三つの変質草へと変換される。手に入ったうちの一つを使用して、自身の体にエラを追加。そして体内の器官もそれに適応させてと。あっ、そうだ。ついでに水中でも周囲を鮮明に見ることができる目も追加で。

「変わったみたいだけど、これと言って違和感はないな」

アバター作成時に体をいじり過ぎると良くないよと言われたけど、それとこれとは別のようだ。

まぁ、気にしなくてもいいか。

「待たせたね、マモル。本当に大丈夫なのか、ちょっと心配だけど……確認のためにも潜ってみようか」

本当に水中で呼吸ができるのか、あの真っ暗な世界を見通すことができるのか。半信半疑で湖に飛び込むと、先程とは全く違う表情を見せた。いや、正確には見る俺の目が変わっただけなんだけど。とにかくだ、鮮明に見える湖というのはここまで美しいものなのか。思わずそう零《こぼ》してしまいそうになる。

頭上を見れば深緑の蓮がちりばめられている。星とはまた違うが、おもしろく見入ってしまう光景だ。そして周囲にはカラフルな藻が浮いていたり、虹色の魚が泳いでいる。映《ば》え命の女性プレイヤーが見れば大喜び間違いなしだろう。

「ていうか、あの虹色の魚ってもしかしてニジマスか？」

ニジマス
湖や川に生息する魚の魔物。鱗《うろこ》が特殊で常に虹色の光を放っている。その奇抜な外見からは予想もできないほど、美味な身を持つ。

予想は当たっていたようだ。他の魔物と違い名前がそのままなのは、外見にヤバすぎる変化をさせたから名前はそのままでいいだろう的なノリな気がする。

「マモル、あの虹色の魚をどっちが先にやれるか競おう」

俺はマモルにそういって勝負を挑む。

よーいドンで狩りは始まった。

「……歯が立たなかった」

俺がニジマスのもとに辿り着いたときには、マモルはすでに獲物を牙に突き刺して捕獲した後だった。今回の戦いはニジマスをどちらが先に捕まえられるというものだったが、それ以前に速さで大きく劣っている俺には勝ち目はなかったようだ。

マモルは獲ったニジマスを咥《くわ》えてこちらへ泳いできたのが、どういうわけか獲物はまだ生きたままなのに攻撃してこない。バガードのようにご飯に釣られたわけでもないのにどうしたのだろう。

俺たちがお世話になった最弱の一角兎ですら反撃してきたっていうのに。などと呑気に考えている俺たちは不意を突かれて、ニジマスの最後の抵抗をもろに受けた。

「うわ!? 眩し過ぎる!」

ニジマスの放つ虹の光が、突如強烈になった。少し離れている俺ですら、眩し過ぎて目をつぶってしまう。それを至近距離で受けたマモルは目つぶしという状態異常になったらしく、周りが見えなくなり混乱している。

俺が急いで近づいてなんとか落ち着かせたが、その隙にニジマスはまんまと逃げおおせたようだ。

「もう落ち着いたか?」

目つぶしが解けたマモルに確認すると、尻尾はシュンと下を向いたまま。まだ気持ちの方が大丈夫じゃないらしい。滅多にこんな姿を見せる子じゃないので、トラウマになったりしていないか心配だ。

「マモル、お前は一回陸で休みなさい」

大人しく従ったマモルは俺にしがみつきながら陸地へと上がった。

一人で再び湖の中へと飛び込んだ俺は、ある程度の深さまで潜る。すると視界に五、六匹のニジマスを捉えた。早速、その中からターゲットを一匹に絞る。

「スラッシュ!!」

叫びながら、水中で剣を抜き、全力で縦に振り下ろした。放たれた斬撃は狙っていたニジマスへと真っ直ぐに進む。そして周囲にいた別個体もろとも、その刃の餌食とした。

「簡単に片付いたね。目つぶしさえ警戒していれば、問題ない魔物ってことか」

マモルも生け捕りにしなければ楽勝だっただろう。ニジマスがトラウマになっていなければ、二度とやられることはなさそうだ。

「解体するか」

ニジマス
レア度：1　品質：低
身から鱗まで、活かすも殺すも使用者次第。湖や川でよく獲れるため、安価で流通している。また絞め方によって品質が変わる。

どうやらニジマスは倒せば、そのまま本体が手に入るらしい。説明を信じるなら、品質が低なのは俺がぶった斬ったからだと思われる。

次から傷などは極力つけないように仕留めよう。流石に生け捕りは目つぶしのリスクがあるのでやらないが。

　さてさて、次はどの魔物を狩ってやろうか。水中をプカプカしながら周囲に魔物がいないか探っていると、少し離れたところで爆速遊泳している気配をスキルで感知した。

　これは討伐リストにある魔物の中だと、名前からして爆速ヤマメだろう。だって、名前に爆速ってついているんだから。もし違ったら一種の詐欺だと思う。

　早速、戦いを挑みたいところだが……今の俺の速さではどう考えても追いつけない。どうにかして奴の泳ぎを止めなければ。

　どうしたものかとステータスを呼び出して自分のスキル構成を改めて眺めてみるが、現状を打破できるようなものはないように思える。では、未取得のスキルでどうにかできそうなものはないのかと探してみるも成果はいまいち。可能性があるとすれば、以前取得に必要なＳＰが大きいからとスルーした身体強化くらいだろう。しかし、これの効果は十秒間ステータスを１・５倍にするというもの。超短期決戦を強いられるためけっこうな博打《ばくち》に思える。そもそも俺の17という速さが26になったところであの爆速ヤマメに追いつけるとは思えない。

　これはお手上げだ。

　一旦、あの元気なお魚のことは後回しにしよう。

　そうなると次に狙うのは必然的にラニットアユか人食いウナギになる。

　人食いウナギだけやけに強そうな名前だし、もしかしたらエリアボスのような立ち位置なのかもしれない。そう考えるとラニットアユを先に狩りたいね。

　しかし、肝心のラニットアユの気配だけは未だに察知できていない。正体不明の大きな気配が湖底でどっしりと構えているが、これはどう考えても人食いウナギ。他に気配察知できているのはもう発見済みの魔物ばかりだ。

　スキルの範囲は縦半径五メートル、横半径十メートルくらいなのでこの大きな湖全てをカバーすることなど到底できない。なので、気配が見つからなくともおかしいわけではない。ただ、ボス的立ち位置で湖底にいる人食いウナギ以外の魚はだいたい少し移動すれば、その場所その場所で新たな個体を感知できる。それを前提とすると、ラニットアユが見つからないのには何か訳があるのではないだろうか。

　下は湖底まで感知範囲に捉えている。そして多少左右に移動したところでラニットアユは見つからない。

「もしかして上？」

　そういえば、湖畔に立っていたときに蓮に隠れている魚影を見かけたはずだ。あれは水中で感知しているどの魔物とも違う種類のような気がする。

　俺はラニットアユが居てくれることを願いながら頭上の蓮に向かって泳ぐ。少しずつ距離が縮まり、ついにスキルの感知範囲に蓮が入った。しかし……反応はない。俺が湖畔から見た魚影は気のせいだったのだろうか。そんな思いが浮かぶが、他に手がかりがないので蓮の真下まで移動する。

　ん？　やっぱり蓮の裏に魚がいるじゃないか！

　俺の気配察知が反応しなかったのはどういうことなんだ？

　これまで信用していたスキルに裏切られたような気持ちになりながらも魚に鑑定をかける。

ラニットアユ
ラニット地方に生息する魚の魔物。体長10～30ｃｍほどと小柄な上、気配を消すことからなかなか見つからない。夜は水生植物の陰で寝ているので狙い目。

どうやら索敵スキル潰しな魔物らしい。そんなやつ、気配察知を頼りに行動している俺が見つけられるわけがない。湖畔に辿り着いた際に、魚影を見ていなければずっと発見できずにいただろう。

運が良いのか悪いのか。なんとも言えない気持ちになりながら、俺はゆっくりと剣を抜く。起きられてはめんどうなのでできれば、このまま仕留めたい。

いや、待てよ。この状態なら手掴みでもいけるのではないだろうか。

そうすれば、切れ味の悪い頑丈な石の剣で斬るよりも良い状態のラニットアユをゲットできる。

「頼むから起きるなよ」

小声でラニットアユへ語りかけながら、そ～っと両手を伸ばす。そして……捕まえた！！！

俺の手の中で目覚めたラニットアユが暴れる感覚があるが逃がしてなるものか。お前は陸へあがるんだよ！

全力で陸へ向かう俺と逃げようとするラニットアユ。勝利したのは――――。

「よっしゃあ！」

湖畔へとあがった俺は手の中の獲物を見る。さっきまで大暴れしていたのに、今は大人しくなっていた。

これは勝ったなと思いながら、解体してアイテムと化したラニットアユに鑑定をかける。

ラニットアユ
レア度：3　品質：中
塩焼きが人気の魚。手に入りづらいため、小型の魚の割に高価でやり取りされる。また絞め方によって品質が変わる。

よしっ！

品質が低じゃない。レア度も予想以上に高いし、これは妻に良い土産《みやげ》ができたね。

残る獲物は爆速ヤマメと人食いウナギ。ボス的ポジションにいる人食いウナギに一人で挑むのはリスクが高いし、爆速ヤマメは俺の速さでは捉えられない。というわけで、陸で休んでいるマモルの力が必要なわけだが、もう立ち直れているのだろうか。

「おーい、マモル。もう大丈夫か？」

ラニットアユをアイテムボックスに入れてからマモルの方へ近づく。

俺に気がついたマモルも、すぐにこちらへ駆けてくる。手の届く距離にきたので頭を撫でると嬉しそうに尻尾を揺らした。

「これからまた湖で魔物を狙うから、できれば手伝って欲しいんだ。でも、無理はしなくて――」

無理はしなくていいから。そう言い終える前に、マモルは尻尾で地面をバチンと叩いて戦えるアピールをしてきた。

流石は骨で狼だ。立ち直れたのかはわからないが、肝は据わっている。

「そうか、やれるか。だったら、一緒に行こう。頼りにしてるからな相棒」

復活したマモルを連れて、再び湖へと潜る。先に狙うは爆速ヤマメ。これはマモルとターゲットの速さ比べになるので、俺にできることはほとんどない。

俺と同じくスキルで爆速ヤマメの位置を把握したマモルは早速、捕獲へ向かう。

「あれ？　マモルさっきより泳ぐの上手くなってないか」

潜水スキルのおかげで水中を自由に動けるとはいえ、慣れた地上と全く同じように能力を発揮するのは難しい。マモルも一度目に潜ったときは陸にいるときより明らかに動きが悪かった。

しかし、今はどうだろう。移動の仕方は犬かきで可愛らしいが、その速さは陸にいるときと遜色ない。もう水中での動きに慣れたらしい。

そんなことを考えているうちに、マモルは爆速ヤマメとの距離を詰めていた。移動速度はほぼ互角だが、マモルが相手の進路を予想して先回りするような動きをすることで少しずつ差を縮めているようだ。

さっきまでマモルのことを察知していなかった獲物も、常に自分の進路を先取りしようとしている存在がいれば流石に気づく。それならば捕まらないよう、複雑に進行方向を変えながら泳ぐのかと思ったのだが、爆速ヤマメはそうしなかった。

むしろ今まで以上に直線的に泳ぎ、ひたすら速さだけを追求し始めた。

一段階ギアをあげた爆速ヤマメ相手では流石のマモルも速さ負けするらしい。少しずつ、だが着実に二体の距離は広がる。もちろんマモルは全力で食らいついているが、どうにもならない。

何か手を打たなければ。

俺が今、爆速ヤマメにできることは――――。

「スラッシュ！！」

これしかない。

たった一つの斬撃を飛ばすくらいしかできない。

でも、それで十分だった。

直線的な動きの先を読んで放った武技。これ自体がかなりの速度で飛んでいるはずなのだが、爆速ヤマメは避けてしまった。だが、流石に余裕があったわけではないようでかなりの減速を強いられている。うちの相棒がこのような好機を見逃すはずもなく後ろから追いつき、白い腹へと牙を突き立てた。

「よくやったよ、マモル！　お前は最高のスピードスターだ!!」

獲物を仕留めたマモルが満足そうにこちらへ泳いできたので、頭をわしゃわしゃと撫でて褒めちぎった。

これで残るは人食いウナギだが、倒しに向かう前に他のメンバーの進捗《しんちょく》を確認しておきたい。

「バガード～、狩りは終わったー？」

畔に戻った俺は、丁度バガードが飛んでいる姿が目に入ったので、こちらへ呼び寄せることにした。

『アーアー』

なるほど、余裕だったか。

スライムもレッドボアもバガードからすれば物足りないレベルの魔物だったみたいだ。自分の狩りが終わった後、妻とすらっちコンビのことが心配になり空から見ていたらしい。危なくなったら、いつでも助けられるようにと。

もし二人が危なげなく魔物を討伐できそうなら、自身はスニークマンバとスリーピングアゲハを倒しに行こうと考えていたようだ。

バガードの優しい行動を知り、俺はオスである彼からママみを感じてしまう……いや、いっそママを通り越してババみか？

『カァ？』

嫌そうな顔をしたバガードに大きな翼で背中を叩かれた。

「あ、ごめん」

ちなみに左後ろで控えているマモルからも微妙な視線を向けられている。それ地味に心にくるからやめてくれ。

「ハイトー！　一足烏、倒したよ～」

従魔二体から呆れられて、ここからどう挽回《ばんかい》しようか考えていると、妻とすらっちが戻ってくる。

「おぉー、流石！　お疲れ様！！！」

無事に標的を撃破したようだ。

丁度良いタイミングだ。このまま話を進めて、さっきのくだりはなかったことにしよう。

「でしょでしょ？　最初は攻撃してきたと思ったらすぐに空に逃げられるから手こずってたんだけど、降りてきたタイミングですらっちに液状化して纏わりついてもらってからは簡単だったよ。溶解液でじわじわ溶かされるのをほとんど見てるだけだったからね！」

「そ、それは……恐ろしいね」

なんと惨《むご》い作戦だろうか。流石は外道とその主人だ。

仮にゲーム内で喧嘩《けんか》でもしたら、俺も同じ道を辿ることになるのかな。ヤバい、鳥肌が立ってきた。

「どうしたのハイト？　急に腕擦《さす》ったりして」

「いやっ、なんでもないよ！」

「そう？　だったらいいんだけど」

心臓がキュッとなるような最悪の想像をさせられたが、それはさておき。妻たちも無事ターゲットを狩ってきた。これであとはスニークマンバにスリーピングアゲハ、人食いウナギだけ。魔物各種討伐のラストスパート、がんばりますか！


湖底でどっしりと構えた貫禄のある太く長い体。何を食えばそこまで大きくなるのかと問いたくなるような、三メートルを超える長軀をくねらせてこちらを見つめるのは人食いウナギ。

「マモル、一発目は任せるよ」

俺がそう言うと、マモルはすぐに動き始める。爆速ヤマメと競り合った速さを活かして、人食いウナギの死角へと移動。そして骨の牙でウナギの体を斬りつける。

は？

嘘だろ……。

マモルの初撃は、不発に終わる。

人食いウナギの体に攻撃が当たった瞬間、肉を切り裂くはずだった牙はツルっと滑らされてしまった。

現実だとウナギの体表はヌルヌルとした粘膜で覆われている。おそらくこいつもそうなのだろう。

マモルの攻撃ですら効かないとなると物理攻撃はダメなのか？

「とりあえず……スラッシュ！！！」

攻撃が流されたことに驚いていたマモルだったが、すぐに気を取り直して人食いウナギからの反撃を警戒して一時的に距離を取った。それを見ていた俺は物理攻撃が完全に効かないのか、確かめるために自身が唯一使える武技を生物の急所に向けて放った。

人食いウナギは未だに無警戒。マモルの攻撃と同様に自分には効かないものだと思っているようだ。

動かぬ的へと飛来した斬撃は見事に当たった。次の瞬間、人食いウナギは長軀をばたつかせて、湖底で暴れ始めた。

やっぱり目には効くよね。

粘膜のいなし効果が発動するのはおそらく体表のみ。体内からの攻撃や俺が行ったような目への攻撃ではダメージが入るのだろう。

マモルにも目を狙って攻撃するようにと伝えようとしたとき、湖底にいた人食いウナギが俺たちの方へと突撃してきた。ダメージをもらうとは思ってもいなかったのだろう。さっきまでの余裕はなくなり、ぶち切れモードらしい。

速さはそれほどでもない。俺でもギリギリだが、避けられそうだ。

うわっ!?

俺もマモルも突進は回避した。だが、人食いウナギの長軀が通り過ぎたルートの周囲には激しい波が発生し、俺たちはそれに飲み込まれた。

変質草の効果はまだ切れていない。呼吸ができないなどの問題はないが、生み出された激流がなかなか収まらないので身動きがとれない。

人食いウナギはUターンして再び俺たちを狙う。今、ヘイトをかっているのはマモルではなく俺だ。耐久力がそこそこあるのでマモルが狙われるよりはマシだが、はたして耐えられるだろうか。

「こうなるなら新しい盾を買っておくべきだったなぁ」

今更そんなことを言ったところでどうにもならないか。俺は激流に弄ばれながらも、頑丈な石の剣を背中から引き抜いた。

スキルの補正効果が働き、少しだけ腕を動かしやすくなる。

人食いウナギという名前のわりに、俺を食べる気はないらしい。口を閉じた奴はヌルヌルとした粘膜に覆われた額で俺を弾き飛ばそうとする。

耐えの姿勢で剣を盾のように構えて、突進を受け止めた。

――――ぬるん。

踏ん張りの利かぬ水中。しかも粘膜がまたも仕事をした結果、まともに防御できなかった。本来、突進を受けて湖底に叩きつけられるはずだった俺は、ぬめりによってあらぬ方向へと吹き飛ばされていく。凄まじい勢いで目が開けない。

「ハイト!?」

畔で別の魔物を狩っているはずの妻の声がした。

死に際に幻聴でも聞こえたのだろうか。いや、そんなはずはない。これゲームはだし、死んでもリスポーンするから。おそらくだが、俺は水中から空中へ打ち上げられたようだ。

「いってぇ……」

突然、陸へあげられても上手く着地なんてできるはずもなく。俺は背中から地面に落ちた衝撃を受け、思わず声を漏らす。

「大丈夫!?　いったい何があったの？」

ド派手に帰還した俺を心配して妻が駆け寄ってきた。

「うん、ちょっと衝撃に驚いただけだよ」

すぐに立ち上がり返事をすると、妻はほっとした表情を見せる。

「今は俺のことよりも水中に残っているマモルの無事を確認したい。簡単にやられるような子じゃないから大丈夫だとは思うけど」

俺はできるだけ手短に、妻へ人食いウナギとの戦闘の流れを説明した。

「物理攻撃が目以外に効かないなんてめんどうな相手だね。でも、それだったら陸へ釣り上げることさえできれば、私の魔法でどうにかできるんじゃない？」

「そうだね。問題はあいつをどうやって陸へやるか。でも、それを考える前に俺はマモルのところへ行ってく――」

突然、湖から大きな飛沫《しぶき》が上がった。

その近くからマモルが浮上し、必死にこちらへと駆けてくる。その背後から巨大なウナギが蛇行しながら追ってきていた。

「大丈夫か、マモル！」

余裕はあまりないようでアクションは返ってこない。しかし、なんとなく心配しなくていいという気持ちが伝わってくる。

「リーナ、急いで植物魔法であいつを拘束する準備をして欲しい。マモルが陸まであいつを引っ張り出してくれそうだ」

「おっけー、任せてよ！」

『カー』

俺と妻とすらっち。そしていつの間にか戻ってきたバガードがそれぞれ攻撃の準備をする。

マモルは俺たちの意図を理解して真っ直ぐにこちらへ進んだ。そして両前足が畔へとついた瞬間、人食いウナギは全力でマモルに向かって跳び、襲いかかった。きっと獲物が陸へ逃げる前に捕獲したかったのだろう。だが、それは叶わない。俺の相棒の速さはお前程度じゃ、捉えられない。

「植物魔法、ソーンバインド！」

それどころか、獲物欲しさに水から飛びあがったところを狙われて妻の魔法によって地面に縫いつけられる。

ここでも粘膜が役割を果たし、普通の魔物よりも遥かに速く拘束を緩め始めた。

「厄介だね。でも、ちょっと遅いよ。ヒートライン」

続いて、俺が火魔法を発動させる。

魔法陣を中心として作られた火線に人食いウナギは焼かれ始めた。この魔法自体にダメージを与える効果はないが、火傷状態にすることができる。

「速さが落ちて動きが鈍った。バガード、すらっち頼むよ」

バガードが土魔法を使い、土の壁を作り上げて人食いウナギを囲う。四本の茨の拘束と火傷にこれが加われば、流石にもう逃げられないだろう。

すらっちはそこへ溶解液で追い撃ちをかける。

「どう見ても弱ってきたな。今のうちにトドメを刺そう！　いけ、スラッシュッ！！」

「わかってる！　闇魔法、ダークバレット」

一筋の斬撃と闇の弾丸が、人食いウナギの両の目をそれぞれ狙い撃つ。

右目に縦一文字が刻まれ、左目は木端微塵に爆ぜた。その衝撃で奴の体を拘束していた茨や土の壁が崩壊する。そして音にならない絶叫と共に長軀の魔物は湖へと沈むのだった。

『見習いテイマーのレベルが1あがりました。SPを2獲得』

エリアボスを討伐した際にはその旨がアナウンスされる。それがないということは、人食いウナギは強いだけの普通の魔物だったようだ。

『骨狼のレベルが1あがりました』

ただ手に入る経験値は多かったようでレベルアップ通知はなかなか止まらない。

『一足烏のレベルが3あがりました』

ハイト・アイザック（ヒューム）
メイン：見習いテイマー　Lv.12
サブ1：見習い戦士　Lv.6
サブ2：見習い錬金術師　Lv.5
ＨＰ：170/260　ＭＰ：190/240
力：23（+11）
耐：25（+9）
魔：31
速：18
運：27
スキル：テイム、火魔法、錬金術、剣術（初級）、槍術（初級）、盾、気配察知、聴覚強化、鑑定、解体、採取、潜水
称号：ラビットキラー
ＳＰ：20

マモル（骨狼）
Lv.11
ＨＰ：120/330　ＭＰ：180/180
力：56
耐：17
魔：28
速：62
運：13
スキル：骨の牙、威嚇、気配察知、嗅覚強化、暗視、採取、潜水
称号：闇の住人

バガード（一足烏）
Lv.4
ＨＰ：95/165　ＭＰ：55/85
力：11
耐：29
魔：14
速：9
運：13
スキル：飛行、挑発、硬化、土魔法←new
称号：—

人食いウナギを見事討伐した俺たちは個々のステータスを確認していた。バガードのみ元のレベルが低かったからか、一気に三つもレベルが上昇している。Ｌｖ．４にしてすでに素の耐久力で俺を抜いてしまった。流石は飛行タンク。オールラウンダーを目指す俺としては特化型の従魔が居てくれる方が嬉しい。マモルも速さと力特化なので本当に有難い存在である。

俺自身はスキルもだいぶ揃ってきてＳＰを十分余らせることができている。あと二、三回レベルアップしても取りたいスキルが新たに現れなかったら、そのときはＳＰ10を消費して身体強化を取得しようと思う。

メイン職が見習い戦士のプレイヤーが取得して効果を掲示板に載せていたのだが、このスキルは

発動してから十秒の間だけステータスを1・5倍にするものだ。短時間とはいえ、ステータスをそれだけ上昇させられるなら前衛は取得しておいて損はないだろう。

「ハイト～、ステータス確認できた？」

「うん、全員分見たよ」

「私にも見せて？」

俺も妻のステータスが気になるし、互いに見せ合うか。

でも、その前にやるべきことがある。

「ちょっと待ってね。人食いウナギの解体し忘れてたから」

「はーい」

ウナギの粘液
レア度：2　品質：中
ウナギの魔物を倒した際に手に入る、ぬたぬたした粘液。ＮＰＣの主婦の間では美容に良いという噂で、そこそこ需要がある。

人食いウナギ
レア度：3　品質：低
人や魔物をこれまでにたくさん食らってきたウナギ。通常のウナギより可食部が多い代わりに、やや大雑把な味となっている。

湖底に沈んだ亡骸をスキルで解体してアイテムを回収する。そして陸に上がって、それらがどんなものか確認した。

人食いウナギの説明的にどうやら普通のウナギも出てくるらしい。いつかそいつも捕まえて食べたいものだ。説明によると味は人食いウナギよりうまいようだからね。

粘液はいらないし、さっさとファーレンでＮＰＣに売ってしまおう。

「何か良さそうなドロップアイテムあった？」

「微妙かなぁ。一応、魚系の魔物は本体が丸ごとアイテムとして手に入るから人食いウナギもゲットしたんだけど……可食部が多い分、普通のウナギより大雑把な味って説明されてるから、美味しいかはわかんないんだよね」

「そっかー。でも、何はともあれ食材が手に入ったのは嬉しいね！」

妻はまた料理ができるのが嬉しいようで、満面の笑みを浮かべている。

「あっ！　食材といえば、ニジマスに爆速ヤマメ、それにラニットアユも手に入ってるよ!!」

アイテムボックスから食材として使える魚を全て差し出す。

ドロップしたときは妻に良い手土産ができたと喜んだのに、いろいろあったせいで危うく渡しそびれるところだった。

「うわぁ～……すごーい！！　これだけあればお魚パーティーができそうだね！　ここを無事に経営地にできたときには、お祝いしよっ？」

「いいね。でも、俺たちだけでやるのもあれだし、知り合いも呼ばない？　俺が呼べるのなんてイッテツさんくらいしかいないけど」

俺、ゲーム内フレンド少ないから……。

「それなら、私はガストンさんとマーニャさんを呼びたいかな？　一人でログインしたときなんかは、冒険者ギルドで依頼を受けることも多くてね。そのときに二人にはお世話になってるから！」

「もちろん、いいよ。じゃあ、そのためにさっさとこの場所を経営地として手に入れないとね」

| |
|---|
| スライム1／1 |
| レッドボア1／1 |
| ブラックボア1／1 |
| スニークマンバ1／1 |
| スリーピングアゲハ1／1 |
| ニジマス1／1 |
| ラニットアユ1／1 |
| 爆速ヤマメ1／1 |
| 人食いウナギ1／1 |
| 一足鳥1／1 |

うん、討伐リストは全部埋まっている。俺とマモルが水中で人食いウナギの相手をしている間に、他のメンバーはちゃんとスニークマンバとスリーピングアゲハを倒してくれていたようだ。

（経営地化条件）
・区域に出現する魔物を各種討伐。↑達成
・区域に二時間クラン外のプレイヤーを入らせない。↑残り三十分
・最寄りの町で冒険者ギルドへ報告。↑未達成
・冒険者ギルドを通して国へ１００万Ｇの献金↑未達成

「あと三十分で区域を占領する条件もクリアできるみたいだ。それが終わったら、俺かリーナがファーレンに戻ってギルドに報告しよう」

「了解！　じゃあ、時間がくるまで周りを警戒しつつ、ご飯でも食べる？」

「そうしようか。ほらっ、バガードあげるよ」

一旦、湖の景色を見ながら休憩することになった。アイテムボックスからフライドラビットを取り出すと、自分で食べるより先にバガードへ手渡す。

『カァー！』

うちの食いしん坊は喜んでくれたようだ。

それじゃあ、俺も食べますか。いただきます。

みんながご飯を済ませた頃には、二時間クラン外のプレイヤーを立ち入らせないという条件もクリアしていた。

これで残りは、ギルドへの報告と国への献金だ。献金の方は冒険者ギルドを通して行うらしい。

よって、俺と妻のどちらかがファーレンへ戻り、冒険者ギルドへ報告しなければならない。二人で戻ってもいいけど、その間にここで何かが起こったら困るので、どちらかは残っていた方がいいだろう。

「どっちが行く？　リーナが好きな方を選んでいいよ」

「私は待っていたいかな。ここの景色見てるとたまには風景画でも描きたいなーって気分になってきて」

どうやらこの湖畔から何かしらのインスピレーションを受けたらしい。休みの日にしているゲーム内でまで絵を描きたいだなんて、本当に妻は絵を描くのが好きなんだなぁ。

ちなみに画材は普通にＮＰＣの道具屋で売っているらしく、俺の知らぬ間に購入していた。もちろん妻は自分の所持金を使っているので文句を言うつもりはない。

「わかった。じゃあ、俺が行ってくるね。できるだけ急いで帰ってくるから」

妻とすらっちだけを湖畔に残して俺たちは山へと戻る。まともな道などない夜の山。普通のプレイヤーなら間違いなく迷ってしまうであろう場所で俺たちは間違うことなくファーレンの方角へと進む。頼れる従魔、バガードという最高の道案内がいる俺たちは幸運である。

山を下りれば、次はペックの森。

「どうした、マモル」

突然、マモルが止まったので何かあったのかと思い、問いかける。

…………え、乗れって？

マモルから背中に乗せて移動した方がいいという気持ちが伝わってきた。アバターの体重がリアルとリンクしていたとしたら、六十一キロでそこに皮の装備一式の重量が加わるから最低でも八十キロくらいはあると思うのだが、いけるのだろうか。

「皮とはいえ、鎧も着てるぞ？」

俺がそう言っても止まったまま動かない。どうやらマモルは本当に俺を乗せて移動するつもりのようだ。

まぁ、本人がいけるって思うんだったら信じるか。

「ありがとな、マモル」

そう一言感謝を述べてからゴツゴツした骨の背中へとまたがる。

――――はっや！！！

背に乗るや否や、マモルはすごい速さで森を駆ける。俺は予想以上の速さと顔に受ける風の強さに驚く。若干ビビッたが、なんとか悲鳴を上げずに済んだ。素の速さではバガードはマモルに敵わないが、彼は空を飛び障害物の影響をほぼ受けないので遅れるということはない。

骨の狼が皮の鎧を着た軽戦士を乗せて、木々の隙間を縫って駆ける。なんともファンタジーっぽい場面だ。こういうのゲームのＰＶでよくあるよね。

あっという間にペックの森を走破したマモルはファーレンの入り口付近で俺を降ろした。

そこから俺は自分の足で町に入り、マモルとバガードを横に連れて冒険者ギルドへ向かった。

「すみません、マーニャさん。夜中に二度も訪れてしまって」

「いえ、さっきも言いましたけど冒険者ギルドは日夜問わず、動いていますから気にする必要はありませんよ」

ギルドに入って真っ直ぐカウンターへと進み、顔見知りの職員へと声をかけた。クラン設立にきたときはまだ他の冒険者たちも依頼の納品やらなんやらで結構な数残っていたが、今は少ししかいない。なので、本当に申し訳ないなと思い言葉にしたが、また大丈夫と言わせてしまった。考えてみれば俺以外のプレイヤーが夜中にギルドへくることもあるだろうし、本当に気にしなくていいのかもしれないな。ちなみにＮＰＣの冒険者も数名残っているが、これらは飲んだくれて雑魚寝《ざこね》している人たちなので見て見ぬ振りをしておく。

「それでどういったご用件で？」

「実はクラン経営地としたい土地がありまして」

「……その、ハイトさん。経営地を手に入れるための条件はご存じでしょうか？　とても厳しい条件ばかりが挙げられており、そう簡単にクリアできるものでは――――」

「もちろん、知っています。未達成の条件はギルドへの報告と国への献金だけだったのでここへきました」

気まずそうな表情でクラン経営地について説明しようとするマーニャさんの言葉を遮って返事をする。説明聞いてたら長くなりそうだし、クリアしているから聞く必要もないからね。

「そ、そうでしたか。わかりました。では、実際に条件が満たされているのか確認をしたいので私たちをその場所へ案内して頂けますか？　経営地の確認には三名の職員が向かうことになっているので、そこはご了承ください」

「はい、大丈夫です」

「では、連れて行く職員を選んできますので少々お待ちください」

マーニャさんは大慌てでカウンターの奥へと消えた。そこへ入れ替わるように見知ったおっさんが声をかけてきた。

「よう、兄ちゃん。お前さんおもしれえことしてるみたいだな」

「ガストンさん、こんばんは。おもしろいかはわかりませんけど、珍しいことではあるみたいですね。マーニャさんの反応的に」

さっきまでガストンさんの姿はギルド内になかったと思うのだが、どこから現れたのだろうか。

「自分がやってることを理解してねーのか？　そもそも経営地を持つってのは疑似的にだが、国のお貴族様みたいに村や町を作って治めるってことだぞ。もちろん誰にでもそんなことさせるわけにはいかねーから、条件もかなり難しくなってる。それを新米の冒険者が成し遂げたんだからマーニャが驚くのもムリねえよ」

ＮＰＣの間では経営地を持つことは結構難しいことだと認識されているみたいだ。

「俺たちはただ従魔たちとくつろいで暮らせる土地が欲しいだけなので、そんなに滅茶苦茶《めちゃくちゃ》開発したりはしないですけどね」

あの美しい湖畔の景色を壊すようなことはしたくない。

「ほーん。ドカーンっと一発当ててたくてやるとかそういうのじゃないのか。あんまり冒険者らしくはないが……やりたいようにするのが一番だしな。精々、がんばれよ」

「お待たせしました――――ってガストンさんいいところに」

カウンターの奥からマーニャさんが戻ってきた。知り合いじゃない職員もその後ろに二人ついてきている。

「おう、マーニャ。この兄ちゃんがおもしれえことするらしいからちょっと話してたんだ」

「そうでしたか。丁度、今からその件で町の外へ出るので護衛依頼受けてもらえます？　私含めた職員は全員戦えないので、ハイトさん一人では守るのは厳しいでしょうから」

「連れている骨狼と一足烏がいれば十分だと思うが、まぁいいぜ。ただ、さっきまで飲んでたから酒臭いのは許してくれよ」

さっきまで飲んでたって……ガストンさんももしかして雑魚寝している残念な冒険者の中に交ざっていたのか？

「というわけだ、兄ちゃん。今からこいつらの護衛として、おめえの経営地候補へ一緒に行く。よろしくな」

「あっ、はい。よろしくお願いします」

話がまとまったので、俺たちはすぐにファーレンを出た。


俺たちが湖の近くまで辿り着いた頃にはもう日が出始めていた。バガードのおかげで最短距離を移動しているとはいえ、流石に二つのフィールドを何度も行き来するには時間がかかる。幸い、山の中は木陰などが多いのでマモルへの日照ダメージは多くない。このくらいなら、気にするほどでもないとマモルも思っているみたいだ。

「あと五分もすれば着くと思います」

「あいよ」

案内役のバガードを除くと、先頭を走っているのはガストンさん。気配察知に魔物が引っかかったことを伝えるとすぐにそちらへと向かい大剣で叩き伏せている。これまでに三回そういう場面があったが、敵はいずれもブラックボア。倒すこと自体は俺でも難しくないのだが、一撃でっていうのは流石、先輩冒険者だなぁと後ろから感心しながら見ていた。

手伝って経験値を稼いでもいいかもしれないが、今のところ別にそこまでレベル上げをしなきゃいけない理由もないので、観戦することにした。もちろん気配察知のスキルもあるし、ギルド職員三名が襲われないようにある程度の警戒はしているが。

「それにしても、まさか兄ちゃんが見つけた経営地がこの帰らずの恐れ山にあったとはなぁ」

……その物騒な呼び名はなんですか？

「帰らずの恐れ山？」

「そうだ。国がつけた正式名称はエルーニ山。だが、この山に立ちいって行方不明になった奴が大勢いるから、ファーレンの住民の間ではそう呼ばれているんだ」

「ここって、そんないわくつきの山だったんですか……」

今まで出会っていないだけでもしかしたらおばけの魔物とか出たりするのか？

何かしらクエストが起こるとかもありそうだね。ギルドで受ける依頼以外にもＮＰＣから直接頼まれることもあるらしいし。

「ちなみに俺は過去三度入って、毎回戻ってこられているから問題は山じゃなくて入った人間の方だと思うがな」

「人間が問題？」

「ああ。借金がデカすぎて夜逃げするだとか、山に入る準備もせずに普段着のまま入ったりとかな」

　借金で夜逃げって、リアルでもそんなやつに会ったことないのに……いや、ゲームだからこそそういう人と関わる可能性もあるのか？

「準備不足で山に入った人が死ぬのはわかりますけど、夜逃げする人ってそんなにいるんですか？」

「それなりにいるぞ。ファーレンの町はどっちかってーと優しい部類だからな、真面目に働いて返そうとする人の頼みなら返済期間やら猶予の融通が利くことも多い。ただ、返す気のねえ奴らにも優しくするわけにはいかねえ。そういうときは腕っぷしの強い俺たち冒険者が依頼を受けて取り立てをするんだ。だから元から借りるだけ借りてトンズラこく気の奴とかは、依頼が出されるとその日にでも逃げちまう。夜逃げするやつってのはだいたいはそういう奴らだ」

　冒険者って借金の取り立ての依頼もくるのか。この言い草だとガストンさんもそっち系の依頼を受けたことあるんだろうな。

　俺はそんな人間同士のごたごたと関わりたくないから、間違っても受ける気はないけどね。

「まぁ、お前ら夫婦はこういう話に関わることはなさそうだし気にすんなや」

「そうします……あっ、バガードが降りてきた」

　大柄な従魔が俺の隣に着地する。

　どうやら目の前にある背の高い茂みを越えると湖畔はすぐそこらしい。

「この先が例の場所です。行きましょう」

　俺に続いて皆さん順番に湖畔へと足を踏み入れる。

「────綺麗」

湖を目にしたマーニャさんが小さく呟いた。他のギルド職員さんたちも湖畔の景色に見入っている。

「……こりゃあ、いい場所だなぁ。兄ちゃんがあまり開発したくないってのもわかる気がするわ」

意外なことに、飲んだくれ大剣おじさん冒険者のガストンさんもこの景色には感動したらしい。

景色なんかより実利を取って開発したがるタイプだと思っていたが違ったようだ。

「そうでしょう？　でも、皆さん。見入るのはわかりますけど、妻があっちで待っているので行きましょうか」

奥の方で湖畔の景色をスケッチしていた妻の姿が見えた。俺はみんなを引き連れてそちらへと向かう。

「ただいま、リーナ」

「あっ！　おかえり、ハイト。集中して描いてたから、こっちにくるまで気づかなかったよ。ごめんね？」

「大丈夫。気にしないで」

「へえー、嬢ちゃんかなり絵が上手いじゃねーか。こんなもん描けるならオークションにでも出せば儲かりそうだな」

絵を褒められた妻は、えへへと照れ笑いしていた。

「オークションなんてあるんですか？」

照れ笑いする妻はかわいいのでこのまま黙って眺めていたいが、それとは別にガストンさんが気になることを口にしたので話題をそちらへ移す。

「ああ。と言ってもファーレンでは開催されてねーけどな。もっとデカい都市でならあるぞ」

「そうなんですね。お金もそこそこ溜まってるから、経営地関係が一段落したら覗いてみたいなぁ」

「だったらファス平原方向へ進んで王都を目指しな。あそこのオークションが一番レア物が出るからよ。まぁ、ここが一段落してからってんなら、行けるのはまだまだ先だと思うがな」

「やること多そうですからね。でも、教えてくれてありがとうございます」

「おう、気にすんな」

ガストンさんとの話に区切りがついた。そろそろギルド職員さんたちに経営地化の条件を満たしているのか確認してもらおうかな。

「マーニャさん、そろそろお願いしてもいいですか？」

「えっ、あっ！　はい、かしこまりました。二人ともいつまで景色を眺めているつもりですか！　早く仕事に取りかかりますよ」

マーニャさんも俺が声をかけるまで湖の方を見ていた気がするんだけどね。まぁ、そこは気づいていないふりをしておこう。

◇◇◇

三名のギルド職員が湖畔を調査し始めてから二時間ほど経過した。その間、ガストンさんは常に彼女らの近くで護衛を。俺たちは手持ち無沙汰になり、それぞれやりたいことをしていた。
妻は絵の続きを、俺はみんなから少し離れたところでサブ職のレベリングと錬金術の熟練度をあげようとがんばっていた。錬金素材は持ち歩いてはいなかったが、採取スキルがあるので自分で集めた。この湖畔では薬草と水がすぐに用意できたので楽である。生産活動の甲斐あって見習い錬金術師のレベルが上がった。そのことをステータスを見て確認していたところにマーニャさんから声がかかった。

ハイト・アイザック（ヒューム）
メイン：見習いテイマー　Lv.12
サブ1：見習い戦士　Lv.6
サブ2：見習い錬金術師　Lv.6
ＨＰ：260/260　ＭＰ：110/260
力：23（+11）
耐：25（+9）
魔：33
速：18
運：28
スキル：テイム、火魔法、錬金術、剣術（初級）、槍術（初級）、盾、気配察知、聴覚強化、鑑定、解体、採取、潜水
称号：ラビットキラー
ＳＰ：22

「ハイトさん、お待たせしました」

「あっ、終わりました？」

「はい。思った以上に土地が広くて時間がかかってしまいました。申し訳ございません」

「気にしないでください。俺たちはそれぞれやりたいことをして時間は潰していましたから。それで……結果を聞いてもいいですか？」

ミスはしていないのでアウトとは言われないと思うが、こういうときは何故か緊張する。

「わかりました。では、結果をご報告します。こちらの土地はアイザック一家による支配が
――――認められました。よってギルドを通してエルレイン王国へ１００万Ｇ納めることで、この一帯はクラン経営地となります」

「やった！！！　ハイト～、がんばったかいがあったね！」

いつの間にか妻が隣にきていたようだ。マーニャさんからの報告を聞いて大喜びしている。両手でハイタッチを求めてきたので、それに応える。

「うん。これでやっと従魔たちと好きなように暮らせるね。今借りている宿じゃ、これ以上従魔の数を増やすのは厳しかったし、タイミングもばっちりだった」

宿の女将さんのご厚意で従魔も泊めてもらっていたが、流石にこれ以上数を増やすのは迷惑になりそうだったからね。

「そうだねー。でも、土地は手に入ったけどクランハウスとかはどうしよう？　私たち知識もないし、家を建てたりできないよ」

「たしかにね。どうしようかな……」

スキルに大工的なものってあったっけ？

あれば取得してがんばってみるのもありだけど……そういえば見習い大工って職業があるって聞いたことがあるな。でも、それだと他の職業のプレイヤーは取得条件を満たせずに大工に必要なスキルを取れなそうだ。

「それでしたら、ファーレンの大工たちを頼ってみてはどうですか？　なんでしたら、ギルドの方からご紹介もできますので」

マーニャさんから提案があった。プレイヤーの大工を探してもいいが、人気職の見習い戦士とかと比べると選んでいる人は少なそうだし、探すのも手間がかかりそうなので今回はギルドを通して町の大工さんたちにお願いしよう。

「お願いしたいです」

「わかりました。でしたら、献金をして頂く必要もありますので、一度ファーレンへ戻りましょう」

「あの、今ここを離れても別の来訪者に上書き支配とかされたりしませんか？　献金が終わるまでは正式にクランの経営地となったわけではないですよね？」

ギルドに確認までしてもらった土地を奪えるなんて嫌らしい仕掛けは施されていないと思うが、一応確認を取っておく。

「その心配はありません。冒険者ギルドの方で確認まで済ませて、仮押さえ状態になっているので」

「だったら大丈夫です。リーナ、すらっち町へ行こうか」

「いいよー。でも、マモルとバガードはいいの？」

「あの子たちはあそこで遊んでるから好きにさせてやろうかなと思って」

マモルとバガードはこの二時間ずっと一緒に遊んでいた。どうやら気が合うらしい。従魔同士の仲が深まるのはとても喜ばしいことなので、このまま遊ばせておくために置いて行こうと思っている。

それにこの湖畔は日陰が多くて、マモルの日照ダメージも気にしなくていいからね。

「そっか。じゃあ、早速ファーレンへ戻ろっ」

「あ、でもバガードの案内なしだと山を下るのに時間がかかりそうだなぁ……」

「安心しな、兄ちゃん。俺は今日でこの山は四回目だ。流石になんとなくファーレンの方向は掴めてるから、案内なしでもどうにかなる」

流石は先輩冒険者。

「じゃあ、帰りの魔物は僕たちがやるのでガストンさんは先導役お願いします」

「おう、任せろ。ひよっこ共、素人が三人いるんだから撃ち漏らすなよ？」

「はい！」

ガストンさんと共に俺たちは下山した。

◇◇◇

「────確かに１００万Ｇお預かりしました。こちらは冒険者ギルドが責任を持って国の方へ納めますのでご安心ください」

「よろしくお願いします」

『アイザック一家がクラン経営地を獲得しました』

ファーレンへと帰還した俺たちは冒険者ギルドにて、お金の受け渡しと経営地について詳しい説明をしてもらった。

クランハウスなどを建ててくれる大工さんたちには話を通しておいてくれるので、ゲーム内時間で明日以降ならいつでも建築依頼を進められるらしい。携わってくれる大工さんの代表をするのはサインスさんという方で、連絡を取れるようにとその人の事務所に分かりやすく印をつけたファーレンの地図も冒険者ギルドの方で用意してくれた。居場所がわからなくて困るということもないだろう。

とりあえず今日は疲れたので宿でログアウトしたいが、マモルとバガードを湖畔に置いてきたのでそういうわけにもいかない。クランハウスすらまだ建てていないが、あそこで野宿でもしよう。

――――ピロン。

「ん？　誰かからメッセージが届いた」

「イッテツさんじゃない？」

「たぶん」

プレイヤーの知り合いは妻とイッテツさん以外、未だにいないからね！

…………ふむふむ、なるほど。

「なんて書いてあるの？」

「俺たちがクラン経営地を手に入れたことがワールドアナウンスされたらしい」

今回のアナウンスではクラン名まではっきりと読み上げられたようだ。そのせいで情報屋が俺たちのことを探していると。イッテツさんは俺たちと知り合いだということが掲示板からバレているみたいで、情報屋の代表をしているシャムというプレイヤーからコンタクトがあったらしい。

俺たちは自分たちの個人情報を伏せてもらうことを条件に他の情報を売る予定だったので、クラン経営地に関係する情報についても一緒に売ってはどうですか、という内容だった。もちろん嫌だったら、俺の方でどうにか追い返すので至急返信だけお願いします。ともあった。イッテツさんは相変わらず良い人だ。

「バレちゃったんならお金もらえる方がお得だし、イッテツさんの言う通り情報を売ってしまった方がいいんじゃない？　経営地は一クランにつき一つまでだから、隠しておくべき情報なんてないと思うし」

「俺もそう思う」

情報を売る意思があることをイッテツさんへ返信するとすぐにまたメッセージが届いた。今からイッテツさんの武器屋にきて欲しいと。

どうやらシャムというプレイヤーはイッテツさんの武器屋に凸しているらしい。

――今日はまだ休めそうにない。

「イッテツさん、きましたよー」

武器屋の扉をノックするとすぐに開かれた。

「ハイトさん、おはようございます。お疲れのところ呼び出してほんとにすみません」

「いえいえ。俺のせいでいらぬ手間を取らせたみたいで、こちらこそすみません」

俺たちが互いに頭を下げ合っていると、武器屋の奥から見知らぬ人物が現れた。

「あら、あなたたちがクラン、アイザック一家のプレイヤーかしら？　想像していた数倍カワイイ子たちね♡」

…………。

俺は思わず言葉を失った。

目の前に立つ人物は坊主頭にサングラスと首から上はバリバリヤクザ系。なのに、服はフリフリのレースが施されたド派手ピンクのメイド服なのだ。

想像していた数倍かわいいだのなんだの言われたが、そちらには反応できない。だって、そう言った人物の姿が俺の予想していた数十、いや数百倍化け物染みているからだ。

「黙り込んでどうしちゃったのかしら？　あぁ、そういえばまだ名乗っていなかったわね。ワタシはフリフロ最大手情報屋クランのクランマスターをしているシャムよ。シャムちゃんって呼んでね♡」

「あっ、はい……よろしくお願いします。シャム…………さん」

妻はなんとか言葉を絞り出した。偉い、偉過ぎる。

俺もいつまでも黙っているわけにもいかない。目の前の人物を見るとなんとも言えぬ恐怖が湧き上がってくるが、ここはがんばろう。

「よろしくお願いします」

シャムと名乗ったプレイヤーは俺たちの返事を聞いて満足したのか、サングラスをしていてもわかるくらいのクシャッとした笑顔になった。

「もうっ、二人そろって照れ屋さんなの？　か〜わいい。食べちゃいたいくらい♡」

鳥肌が立った。

誰か、助けてくれ。

いつも頼りになるイッテツさんの方へ視線を向けるが、なんとこれまで味方をしてくれていた彼が素知らぬふりをしているではないか！

ここにきて裏切るのか、我が友よ……。

「あ、あの。シャム……さんは、私たちから情報を買いたくてここへきたんですよね？」

男たちがまともに動けないことを察した妻が、なんとか話を進めようとする。

「ええ、それがワタシの本業だからね。それでどこまで話してくれるのかしら？　バラして欲しくないところは言ってくれれば、絶対にバラさないから安心してくださいな。これは情報屋としての矜持《きょうじ》だから」

「わかりました。隠して欲しいことは私とハイトが情報源であるということです。私たちはこのゲームで従魔とのんびり遊んで暮らすことが目的なので、周りが騒がしくなるのは嫌なんです」

「クラン名まで読み上げられちゃったから完全に隠すのはちょっと難しいかもしれないけど、少なくとも私たちがあなたたちから情報を得たということは絶対にバラさないようにするわ。それに他のプレイヤーから情報目的での凸がこないように、うまいコトやってあげる。それでどう？」

「それで大丈夫です。では、早速話しますね。売りたい情報は二つあって――」

妻とシャムさんは真剣な表情で情報のやり取りを始めるのだった。

◇◇◇

「ハイトさん、すみません。さっきは助け舟を出せなくて」

「いや、まぁ、あれは仕方ないですよ。知らんぷりされたときはマジかよって思いましたけど」

妻とシャムさんが公開する情報と秘匿《ひとく》する情報、それから対価について話を詰めている一方、俺とイッテツさんは少し距離を置いたところで雑談を始めていた。

「ははは……これでもハイトさんたちがくるまではあの人の相手をがんばっていたので、流石にエネルギー切れしました」

俺たちがここに到着するまでの間、シャムさんと二人っきりの状態で耐えていたんだもんな。そう考えたら、あそこで素知らぬふりをしたイッテツさんを責められない。

「あっ、そういえばハイトさんに伝えておかなきゃならないことがあったんだった」

「……なんですか？」

急に真面目な顔になるイッテツさん。

「俺、この武器屋を辞めることにしたんです。これからは一人でやっていこうと思って」

「おぉ〜、独り立ちですか。それはおめでたい！　ちなみにどうして一人でやっていくことにしたんですか？」

たしか初めて会ったときに金銭的に厳しいから複数人で武器屋を立ち上げたと言っていた気がす

る。独立するということは、もう一人でもやっていけるくらいのお金を貯められたということだろうか。

「実はハイトさんが頑丈な石をくれたときに、他の奴らが自分たちにも分けろって言ってきたんですよ。何かしら別の物と交換なら、僕も考えたんですけどタダでよこせって言われたんで断りました。それ以降揉めることも多くなって、お金が貯まったら自分の店を持とうと考えていたんです」

イッテツさんは少し悲しそうな声色で答えた。

マイナスな理由での独立だった。そんなこととは露知らず、おめでたいなどと言ってしまったのは迂闊《うかつ》だったな。

「そうだったんですか……聞かなかった方がよかったですよね？　すみません」

「いやっ！　気にしないでください。自分一人で鍛冶師としてどこまでやれるかという挑戦ができるのは嬉しいことですから!!」

表情は一転。

キラキラした瞳でそう語るイッテツさんは心底楽しそうだ。本当に鍛冶が大好きなのだろう。

「なかなかカッコイイこと言いますね。だったら俺は応援しますから。欲しい素材とかがあれば言ってください」

どんな素材だって揃えてみせる、とまでは流石に言えないけど。できる限り、友人として協力してあげたい。

「ありがとうございます！　頼りにさせてもらいますね」

「任せてください。こちらこそ、新しい武器が欲しいときにはイッテツさんを頼らせてもらいますらしい。

から」

「ええ、是非作らせてください！」

「二人とも～、私たちの方は終わったよ！」

妻と坊主頭メイドのシャムさんがこちらへと歩いてくる。どうやら話は小一時間ほどで纏まったらしい。

「おまたせ♡　今日でリーナちゃんとは仲良くなれたし、ハイト君、イッテツ君とも仲良くなりたかったけど……これからやらなきゃならないことが山積みだから帰るわ。それじゃあ、みんなまたね♡」

シャムさんはそう言い残して、武器屋を後にしたのだった。

「リーナさん……あの人と仲良くなれたんですか？」

なんとも言えない表情でイッテツさんが妻を見る。

「たぶん、なれたと思いますよ？」

「すごいなリーナは。どんな人とでもすぐに仲良くなる」

マーニャさんやガストンさんとだって、俺の知らないうちに仲を深めていたみたいだし。イッテツさん以外これといって仲が良いプレイヤーもＮＰＣもいない俺とは大違いだ。

「最初は外見がちょっとって思って引いてたんだけど、実際話してみるといい人だったから。ハイトもイッテツさんもがんばって話してみなよ」

「……はい、がんばります」

苦笑いしながらそう返すイッテツさん。

「えーっと、俺は………」

妻から視線を逸らしてごまかそうとしてみたが体ごと移動して目を合わせてくる。これは諦めるしかないか。

「善処します」

「うん、よろしい！」

それから別れの挨拶をして武器屋を出たところで、連続ログイン時間が制限ギリギリになっため警告アラームが鳴った。結構音がうるさかったので慌てたものの、強制ログアウトまでゲーム内時間でまだ二時間くらいはあった。なので俺たちは急いで湖畔へと帰る。

「マモル、バガードただいま！　俺たちもう寝なきゃならないから、もうしばらくお前たちだけで遊んでてくれ。次、起きたときは全員で遊ぼう」

『カアァー』

バガードは別にいいけど的な態度。マモルの方は今度遊んでもらえることが嬉しいらしく、尻尾を大きく左右に振っている。こういうとき素直で分かりやすい子はいいな。

「いいね、みんなで遊ぶの。久しぶりにマモルをスリスリしたい」

「それはほどほどにね？　あんまりしつこくすると前みたいにマモルに嫌がられるよ」

「それはわかってるって！　あっ、そうだ。すらっちもあの子たちのところに行っておいで？　ハイトも言った通り、私たち寝ないといけないから」

妻の言葉に従い、すらっちはマモルたちの方へ交ざって遊び始めた。

「あとは……経営地の設定をちょっとだけいじらないと」

「残り10分で強制ログアウトだから急いでね」
経営地はいろいろとカスタマイズできるらしいが、今は時間がない。最低限、内部でのＰＫ不可。そして陸地に魔物が侵入できないかつ湧かないようにだけ設定しておく。これでログアウト中に殺されることはないはずだ。
「よし、設定終わった!!」
俺たちは連続ログイン時間制限にギリギリ引っかからず、現実へと戻ることができたのだった。

**【フリフロ】クランについて語るスレ**
新実装されたクランシステムについて語るスレです。
ゲーム内掲示板はマナーを守らないと運営からＢＡＮされるようなので気をつけるように。
＊＊＊＊＊＊＊＊＊＊＊＊＊＊＊

**１：ハゲデブポン太**
続々とクランが立ち上がってるみたいだな。

**２：わびない助**
クラン立ち上げるのは別に難しいことじゃないし。

**３：ハゲデブポン太**
俺も仲間と一緒にクラン立ち上げたしな。

**４：ミッチェル**

問題はクラン経営地の方じゃないですか？

5：わびない助
だよなー。
100万G必要ってえぐすぎ。

6：リネン
確かに大金だけど、無理ってほどでもなさそうじゃない？
頑丈な石の剣がバカ売れしたときにガッポリ稼いだ鍛冶師のクランとか。攻略組最前線で高価な素材が手に入るとかで。

7：ミッチェル
でも、攻略組のクランが経営地を得たってアナウンスはまだ流れてなさそうですよ？

8：アリセナ
あー、あいつら装備とかアイテムにバカほどお金使ってるからすぐ100万Gは出せないんだってさ。
土地自体は見つけたようだし、その他の条件もクリア済みだからワールドアナウンスが流れるのも時間の問題でしょうね。

9：ハゲデブポン太
攻略組にもいろいろ事情があるんだなー。
俺には一生関係のない話だが。

10：わびない助

上に同じく。

11：ミッチェル
そういえば、今ってどれくらい経営地を手に入れたクランがあるのでしょうか？

12：アリセナ
何度か、ワールドアナウンスが流れたのは覚えてるけど数えてない。

13：アウトレイジ羽田
三クランだよ。
数えてたから覚えてる。ちなみにそのうちの一つがうちね。

14：わびない助
有能かと思いきや、ただ自慢しにきただけだった。

15：アウトレイジ羽田
一応、答えたんだからそう怒んなよ。

16：わびない助
いや、まぁ、怒ってないですけどね……。

17：アリセナ
＞＞15
拗ねてるだけだってさ。
よかったね。

18：わびない助

いらんこというなよ。

19：**ハゲデブポン太**
話しがだいぶ逸れてるぞー。

20：**アウトレイジ羽田**
すまん。
原因作ったの俺だから謝っとく。

21：**ハマダ**
素直で草

22：**ぽんぽんぺいん**
掲示板で草生やすなｗ

23：**あんころもち**
単芝はやめろ。

24：**ハゲデブポン太**
キリがないからもう放置するぞ。
話を強引に戻すけど、結局経営地を手に入れたのは三クランだけってことでいいのか？

25：**アウトレイジ羽田**
ああ、間違いない。

26：**ハゲデブポン太**
ちなみにそれぞれのクラン名って覚えてる？

27：アウトレイジ羽田
俺たちのクランはエクストリームな漢達《おとこ》だ。
28：シャム
残り二つはアイザック一家と鍛冶師組合よ。
鍛冶師組合はリネンちゃんの予想通り、頑丈な石の剣バブルでたくさん稼いだ見習い鍛冶師たちの集まりよ♡
29：マンハッタン土部
げっ、出たなグラサンメイド……。
30：シャム
あら、マンハッタン君お久しぶりわ。
また良い情報があったら教えて頂戴ね♡
31：マンハッタン土部
ひぃっ！
32：ハゲデブポン太
じゃあ、エクストリームな漢達とアイザック一家はどうやって大金を稼いだんだ？
33：アウトレイジ羽田
うちはサブに見習い錬金術師を入れているメンバーが多かったから例のバブルのときに頑丈な石を鍛冶師たちに売ってウハウハだったたんよ。
もう1つのクランもそうだったたんじゃない？

34：ハゲデブポン太
なるほど、納得した。
ちなみに経営地について質問してもいいか？

35：アウトレイジ羽田
いや、それは俺たちより情報屋を頼った方がいいだろ。
他の経営地を入手したクランからも情報買ってるだろうし。

36：シャム
もちろん経営地を手に入れたクランそれぞれから情報は入手済みだから、知りたいことがあったらいつでもワタシに会いにきてね～。
情報を売って、あ・げ・る♡

【フリフロ】テイマースレ
テイマーや従魔について書き込むスレです。
ゲーム内掲示板はマナーを守らないと運営からＢＡＮされるようなので気をつけるように。
＊＊＊＊＊＊＊＊＊＊＊＊＊

118：メルペコ
最近、このゲームを始めた者です。メイン職業を見習いテイマーにしたのですが、従魔ってどうすれば手に入りますか？

119：リュウオウ
最近始めたって……販売開始からもうひと月くらい経ってるぞ？
120：メルペコ
実は数日前に地元の商店街でやっていた福引を一回だけしたんです。そしたら一等が出て、景品がこのゲームでした。
友達が『まだ初回生産分しか世に出回っていない、それも販売初日にほとんどが売り切れた伝説のゲームなんだよ！』って言っていて。そんなに人気のあるゲームなんだったら、やってみようかなと。
121：リュウオウ
なるほど。そういう事情か。
たまたま手に入れたというのなら、色々知らなくても仕方ないな。数ページの前まで遡れば、テイマーの先駆者と呼ばれているモフアイさんが検証してくれた情報がいろいろ載っているから見ることをオススメする。
122：モフアイ
はいはーい！
私のこと呼びました？
123：リュウオウ
いや、そういうつもりでは。
124：モフアイ

わかってるよ～。
そうだ。わざわざ過去ログ漁るのも面倒だろうし、新人ちゃんのためにファーレン周辺のテイム条件がわかっている魔物の情報をもう一度載せるね。

**125：メルペコ**
え!?
いいんですか？

**126：モフアイ**
もちろん！
ちょっと待っててね～。

**127：モフアイ**
一角兎
主に穏やかな草原に生息する額に一本の角を持った兎。
攻撃方法は突進のみ。ゲームを始めたばかりのプレイヤーの攻撃でも一、二発で倒されるので、おそらくフリフロ内最弱の魔物と思われる。
テイムする際は薬草を持って近づき、エサとして与える。
スライム
主にファス平原に生息するファンタジーではお馴染みの魔物。作品によってはグロい見た目で実装されることもあるけど、フリフロではかわいいので安心してよし。
基礎ステータスは低めだが、Ｌｖ．５で覚えるスキル物理耐性が優秀。最も従魔にすることをオススメしたい魔物である。

自分の持つアイテムを1つ与えると、その個体がアイテムに満足した場合のみ従魔になる。

レッドボア
主にファス平原に生息する赤毛の猪。

一角兎と同じく突進攻撃しかしてこないが、威力が桁違い。

テイムすれば、ファーレン周辺では物理アタッカーとして活躍してくれるでしょう。

何かしらの手段を用いて一度、気絶させる。そして近くで起きるまで待っていると勝手に従魔になってくれる。

レッサーコング
主にペックの森に生息する緑毛の猿（ゴリラ？）

両手を力任せに振り回し、攻撃してくる。耐久力がそこそこあるので、序盤の盾役になってくれる。

弱らせたところでアップルンを与えると従魔になる。

イルリス
主にペックの森に生息する迷彩柄のリス。

気配遮断というスキルを持っており、居場所を検知できない。

お腹の袋に溜め込んでいる小さな木の実の種を弾丸のように飛ばす遠距離アタッカー。相手をする際は紙装甲なので接近すれば勝ち。

木の実を与えると従魔になる（唯一嫌いなアップルンを与えると、受け取らないどころが

攻撃してくるので注意)

128：モファイ

ポップ墓地に出るアンデッドに関してはまだテイム方法がわからないんだよねー。だから、もし新人ちゃんがテイムに成功したりしたら是非教えてね！

129：メルペコ

わー！
すごい嬉しいです。ありがとうございます！！！

130：れんき

久しぶりに覗いたら、またモファイさんがお節介焼いてるところか。
相変わらず優しいね笑

131：メルペコ

あっ、ちなみに最初の2匹はどの魔物にした方がいいと思いますか？

132：モファイ

私としては自分の目で見て、いいなって思った子をテイムして欲しいかな。
でも、強いって意味では一枠はスライムかなぁ。

133：リュウオウ

モファイさんも上げているが、スライムはほぼ確定枠だな。

134：れんき

初期状態だとテイムできるのは後1体か……正直、メルペコのサブ職次第な気がするな。

俺のおすすめはレッドボアだよ。
騎乗スキルを手に入れれば乗れるからね。
135：メルペコ
サブ職業は、見習い魔法使いと見習い釣り師です！
136：リュウオウ
だったら、俺はレッサーコングを薦める。
モファイさんの説明にもあるように耐久力があるから前を張ってくれる。それに力も低くはないので、一応物理アタッカーにならなくもない。
137：モファイ
その職業構成なら、私もレッドボアかレッサーコングがいいと思うよ。
138：メルペコ
皆さん、ありがとうございます!!
スライムは確定で、もう一匹はレッドボアかレッサーコングにしたいと思います。どちらにするかは直接見てから決めるつもりです。
では、これからスライムテイムに挑戦してきます！
139：モファイ
メルペコちゃん、がんばれ！
また困ったことがあったら、気軽に聞いてね。
140：リュウオウ

スライムテイムなら、いろんなアイテムを持っていくんだぞ。何を気に入るかわからんからな。

**141：れんき**

新人ちゃんのテイマーライフに幸あれ。

# 第七章　女大工は元凄腕魔法使い

昨日は連続ログイン可能時間ギリギリだったので、ログアウト前はバタバタとしていた。なのでやるべきことはたくさんあったのに、全く手をつけられていない。それらを早く片付けるために今日は朝からゲームを始めた。妻はまだ寝ているので、起きたらログインしてくると思われる。

「一つずつ片づけますか」

最初はクラン経営地関係から手をつけよう。

マーニャさんに冒険者ギルドで一通り説明を受けたので、設定すべき項目などはだいたい頭に入っている。

ログアウト前に最低限施した二つの設定だが、一つは経営地内に野良の魔物が入ることができるのか、また新たに生まれることができるのかというもの。もう片方は経営地内でのプレイヤー間の戦闘許可レベルを決められるというものだった。

まず魔物の設定の方だが、これはおそらく安全性を取るか生産性を取るかの問題である。

例えば、経営地内に野良の魔物が入れない生まれない設定にすればとても安全な土地作りができるだろう。

反対に魔物が入れる生まれる設定にしておけば、経営地内で戦闘が起こることになるがその代わりに魔物のドロップアイテムを自分の拠点内で入手できる。

正直、多くのクランは安全性を取ると思う。経営地から一歩出れば、魔物と遭遇できるのだから、わざわざ内部で魔物の素材を集める理由もない。

しかし、ここで一つ重要なポイントがある。それは経営地全体を同じ設定にしなくてもいいということだ。うちで例えるなら、湖畔に美しい蝶が飛んでいる景色をなくしたくない。湖で魚を取りたい。という考えがあるので、湖畔のスリーピングアゲハがよく集まっている一帯、それから魚の魔物を湧かせるために湖の中を魔物の侵入および誕生可能な状態にしていればいいのだ。それ以外の場所には魔物が湧かないようにしていれば安全性もある程度は保たれる。

というわけでアイザック一家の経営地は、湖の西部にあるスリーピングアゲハが集まる草花の群生地および湖の中のみ魔物の誕生、侵入可能という設定を施した。

次に経営地内でのＰＶＰ設定だが、これは完全に禁止だ。

俺と妻はこの美しい景色の中で従魔を愛でたり、釣りをしたり、畑を耕したり……あとは錬金術に没頭するのもいいだろう。とにかくそんな感じで生産活動を楽しみたいのである。よって人と人とのこじれた関係だの、血の気の多い奴らの喧嘩だのを経営地に持ち込ませるわけにはいかない。

「うん、これでとりあえずこの場所でめんどうないざこざは起こしにくくなったはず。あと経営地関係で決める項目は二つくらいかな」

続いて設定するのは経営地への入場許可だ。前提としてどれだけ設定を厳しくしたとしてもＮＰＣの出入りには制限をかけられない。また公式が流浪の民と称していたクランに所属していないプレイヤーにもこの設定は影響を与えることはできないらしい。

つまりクラン無所属プレイヤーはどんなクランが支配する土地でも観光できるというわけだ。いろんな場所を見て回りたいプレイヤーには最高の仕様だね。

では、この設定が影響するのはどんな人なのか。それは俺たちの立場からすると『アイザック一家』以外のクランに所属するプレイヤーである。制限を一番強くすれば、別クランのプレイヤーは一切入れない。逆にゆるゆるに設定すれば、どこの誰でもウェルカムな状態にできる。

俺たちは丁度中間設定であるクランメンバーのフレンドおよび同盟クランの立ち入り可という設定にするつもりだ。こうしておけば、俺たちの知り合いはだいたい入れるようになるので十分だろう。この土地を完全に独占したいとまでは思っていないが、誰彼構わず中に入れていれば何かしらの問題が起こるのは目に見えているからこうすることにした。

そして最後にもう一つ決めることがある。

ＮＰＣの定住を認めるかどうかだ。出入り自体の制限はできないが、こちらは俺たちが決めることができる。一応、１００万Ｇも出して国から土地買ったのは俺たちなので、そのくらいの権利はくれるようだ。

正直、ここが普通の土地なら好きにしてもらって構わないと思う。だけど、この湖畔はとても景色がいい場所なのであまり開拓し過ぎるのは嫌だ。よって、定住する際はクランマスターとサブマスターからの許可が必要ということにしておこう。そうすれば景観に影響しない場所にＮＰＣの家を建てて住まわせることもできる。

まぁ、そもそもこんな見つけにくい場所に自力で辿り着けるＮＰＣがいるのかはわからないので、この設定自体する必要がなかったなんてことになるかもしれないけど。一応、念のためというやつだ。

「よし、経営地関係はこれであらかた設定し終えたかな」

『カァーカァー』

バガードが鳴きながらこちらへと飛んできた。

どうやら今までは俺の邪魔をしないように大人しくしていたらしい。賢い従魔にはご褒美をあげよう。アイテムボックスに一つだけ残っていたフライドラビットを取り出す。スッとそれを嘴で受け取ったバガードはマモルとすらっちのいるところへと戻っていった。あれ？　俺に用事があったんじゃ――――。

「ハイト～、お待たせ！」

バガードのエサがアイテムボックスからなくなったので、補充するためにファーレンに戻らないとな、などと思いながら今日の予定を練っていると妻がログインしてきた。

俺がログインしてからフリフロ内で二十分程度しか経過していないので、現実ではたぶん五分くらいしか経っていない。もしかして俺が起こしちゃったのかな……それなら申し訳ないことをした。

「俺もさっきこっちにきたばかりだよ。もしかして俺が起こした？」

「違うから安心していいよ。たまたま起きたら、ハイトがもうゲームを始めてるみたいだったから追いかけてきたの」

「起きてすぐログインしたのか……ちゃんと朝ご飯は食べた？」

俺でも起きてすぐゲームを始めると体に悪そうだという理由で、朝ご飯と筋トレだけは先に終わらせてきたっていうのに。

「ちゃ～んと食べてきたよ。流石に心配のし過ぎ！　子供じゃないんだから……」

妻がジト目を向けてくる。

「別に子供扱いはしてないよ」

「ならよしっ。ところで今日は何するの？」

「今日はね、俺たちのクランハウスを建ててもらうために大工さんに会いにいくよ」

ころっと表情を変えた妻からの質問に答える。

「いいね！　それじゃあ、さっそく出発しよっ!!」

「うん、行こう」

今回、お世話になる大工さんの事務所は、冒険者ギルドでもらった地図を見る限りそんなに大きくなさそうだ。あまり大所帯で行っても邪魔になりそうなので、従魔三体には引き続き留守番を任せることにした。従魔たちは了承してくれたが、その代わりに湖で魔物の狩りがしたいとお願いされたので許可しておいた。マモルは俺と一緒で潜水スキルを取得しているのでどうにでもなるが、すらっちとバガードはどうやって狩りをするつもりなんだろう。気になるので、後で聞いてみよう。

◇◇◇

ファーレンと経営地間の移動もだいぶ慣れてきた。

道なきエルーニ山からペックの森までは今でも少し時間がかかるが、そこから先は道に迷うことなく町へと辿り着く。そして地図を頼りにファーレンを歩き、ついに目的と思われる大工さんの事務所を発見した。

「あそこじゃない？」

「っぽいね」

「私がノックしてみる」

妻が三回、扉を叩く。

「すみませーん！　冒険者ギルドの紹介できましたアイザック一家の者です。サインスさんいらっしゃいますか？」

返事があってから数分間事務所内でドタバタと大きな音がしていた。それが止んだかと思えば、事務所の扉が開かれる。

「は～い！　今いきます」

「よく、きてくれたわね。私がファーレンの大工たちをまとめるアネット・サインスよ。話は中でするからとりあえず入ってちょーだい」

俺たちを迎えたのは、真紅の長髪を褐色肌に垂らしたツナギ姿の女性だった。その健康的な外見からは想像もできないセクシーで大人びた声。とてもギャップがあり、モテそうな人だなぁと場違いな感想が頭に浮かぶ。

「失礼します」

「掃除は苦手だからちょっと汚いけど、許してね」

サインスさんに促されるままに事務所へと入る。足の踏み場がない……とまではいかないが、雑に積まれた大量の本や床に落ちている紙には気をつけて歩かないと。

「適当なところに座ってて。飲み物、用意するから」

「わかりました」

案内された部屋には一つの大きな机と四つの椅子があった。俺と妻は近くの椅子に腰を下ろす。

「お待たせ。はい、どうぞ。カップが少し熱いから気をつけてね」

奥のキッチンから戻ってきたサインスさんがミルクティーを出してくれた。机に置かれたティーカップを落とさぬように両手で持ち、口へと運ぶ。

「美味しいです。サインスさん」

「そう？　お口に合ってよかったわ。でも、そのサインスさんってやめてくれない？　堅苦しくて嫌になっちゃう」

「えっ、じゃあなんとお呼びすれば……」

「アネットって呼んで」

名前で呼んで欲しいってことか。

なるほどね。

「わかりました、アネットさん」

「……さんって、全然わかってないわね」

「ちょっと！　うちの旦那を口説かないでください!!」

妻が突然、アネットさんに詰め寄った。

「別に口説いてなんかいないわよ？　ただ、かわいい坊やだからちょっとからかってあげようとしただけ。まぁ、この子には通じなかったみたいだけど」

彼女は余裕の表情でサラッとそれを躱す。

ていうか今、俺のこと坊やって言ったか？

もう二十四歳なんだけどなぁ。

「そりゃそうですよ。ハイトは私の自慢の旦那ですから！　ただスタイルが良いだけの女になびきませんよ!!」

「スタイルが良いのは否定しないけど、その言い方は傷つくわ」

なぜか女性二人が火花を散らし始める。

「あの、今日はクランハウスについて話すためにきたんですけど……」

そのまま放っておくわけにもいかないので、少し強めの声で仲裁する。

「あら、そういえばそうだったわね。ごめんなさい、かわいい坊やにダークエルフちゃん」

「ハイト、ごめん。ついイラっとしちゃって」

どうやら二人とも落ち着いてくれたようだ。これでようやく本題に入ることができそうだね。

「それでどんな経営地にするつもりなの？　ざっくりとしたイメージでもいいから要望を言ってみなさい」

「イメージか……俺が想像しているのは長閑で従魔とのんびり過ごせる場所です」

「私は農業をしたいからそれ用の畑が欲しいです。あとはお料理が楽しくなるキッチンとかがあれば嬉しいなって」

俺と妻はそれぞれやりたいことをもとにどんな経営地がいいかを伝える。

「なるほどね～。バンバン開発するんじゃなくて田舎の村みたいな感じか。それでいてダークエルフちゃんは料理がしたいから、立派なキッチンが欲しいと」

机の上に紙とペンを用意していたアネットさんは、つらつらと何かをメモしていく。

「ざっくりとした要望はわかったわ。それじゃ、一度現地を見てみましょうか」

「お願いします。一目見れば、俺たちがその場所を選んだ理由がわかりますよ」

「あら、それは楽しみね」

◇◇◇

――俺たちはアネットさんが魔物に狙われないように周囲を警戒して経営地へと向かう……必要はなかった。

なんと彼女は二年前まで王都で国仕えの魔法使いだったらしい。得意なのは火魔法の上位互換である炎魔法で、その威力はレッサーコング程度なら一瞬で消し炭にするほどだった。威力もさることながら、かなり木々の密度が高いペックの森で魔法を使用しているにも関わらず、一切周囲に火を移さない緻密な魔法操作には俺も妻も絶句した。おそらく現時点でここまでの技術を身につけたプレイヤーはいないし、ＮＰＣでもそうそういるもんじゃないと思う。

「あのアネットさん、代わりましょうか？　流石にずっと戦闘をお任せするのは気が引けます」

「気にしなくていいのよ。私からすれば、こんなの戦いにもなってないんだから」

額から汗一つ流さず、涼しい顔をしたまま彼女は淡々と言う。

「いや、でも――」

「それに経営地の場所は見つかりづらい場所にあるんでしょ？　だったら、既に行き方を把握しているあなたたちに道案内に専念してもらった方が早く着くわ」

「わかりました」

結局、経営地に着くまでの間に遭遇した魔物は全てアネットさんによって燃やされたのだった。

「着きました。ここです」

「……いい場所じゃない。確かに、これだけ美しいなら下手に開発しない方がいいわね」

初めて湖の景色を目にした人はみんな褒めてくれる。別に自分が褒められたわけではないのだが、嬉しい気持ちになるね。

「ありがとうございます。あっ、そういえば気になっていたんですけど、アネットさんって魔法使いってことは肉体労働はそんなに得意じゃないですよね？」

ここにくる道中、彼女の本職が魔法使いだったと知ったときに思ったんだ。プレイヤーの場合、見習い魔法使いのレベルアップでは力と耐のステータスはあまり伸びない。NPCも同じような仕様だった場合、彼女は大工をするには少し能力不足なのではないかと。

「確かに肉体労働は得意じゃないわね。汗臭いのも嫌いだし。でも、そんなの魔法を使ってしまえばいいじゃない」

俺の心中を察して、アネットさんは答えてくれる。

「……魔法で家なんて建てられるんですか？」

妻が本当にそんなことできるのだろうか、と言いたげな表情で聞く。

「もちろん、全ては無理よ。でも、大概のことは魔法の操作を熟練させていけばできるようになるんじゃないかしら？　どうしてもできないことは他の大工たちに任せてしまえばいいしね。あいつら暑苦しいから今日は連れてきてないけど」

おそらく彼女が言っているのは、俺たちで言えばスキルの熟練度のことだろう。やっぱりステータスの高さやスキルの数だけじゃなくて熟練度も高めていかなければならないらしい。

「魔法ってすごいんだ……」

妻は魔法のコントロールが苦手なので、感心した様子でアネットさんの話に耳を傾ける。

「そりゃ、そうよ。誰だって使えるんじゃないんだから……って、あなたたち来訪者はそうでもないんだっけ？」

ここにくる道中で俺たちがプレイヤー、ＮＰＣたちの視点で言うと来訪者であるということは伝えている。

「使える者の方が多いとは思います」

見習い魔法使いを選んだ者はもちろん、種族をエルフやダークエルフにした者。あとは俺のように見習い錬金術師になって火と水の魔法だけだがスキル取得可能になっている者もいるだろう。

「二人も？」

「はい。リーナは闇、植物、水。俺は火を使えますね」

「ダークエルフちゃんは随分、変わり種ばかり覚えているのね。種族特性と考えればいいのかしら……いや、それにしたって植物魔法を覚えているのはおかしいわね」

難しい顔をして考え込むアネットさん。

「それは運良く手に入っただけですよ」

「スキルスクロールを使ったということかしら？」

「そんなところです」

実際には初回限定盤に特典として付いていたランダムレアチケットから手に入れたものだが、説明が難しいので妻はアネットさんの言葉を肯定する。

「なるほど。それなら納得できるわ。植物魔法は便利だからちゃんと使っていくといいわよ」

「わかりました。がんばります！」

「あとかわいい坊やは私が火魔法を手取り足取り教えてあげるから、楽しみにしててね」

剣の熟練度が上がったとアナウンスを受けた際に思ったのだが、このゲームはおそらく本当にそのスキルに該当する行為が上手くならなければスキルの熟練度も上昇してくれない。なので、魔法と剣術それぞれにNPCの師匠的な存在が欲しいと考えていた。アネットさんなら、十分な実力があるので是非お願いしたい。

「ダメです!!　それは許しません」

俺が返事する前に、すごい勢いで妻が拒否した。圧が強過ぎて、俺は何も言えない。

「残念ね。まっ、二人とも魔法について困ったことがあれば私に聞きなさい」

「はい！　頼らせてもらいます」

今度は妻が何か口出しする素振りもなかったので、俺は思ったまま返事をする。

「よろしい。でも、また話題が逸れちゃってたわね」

「あっ、本当ですね」

「じゃあ、本題に戻るとして。具体的に経営地のどの区域にどういった施設を建てたいのか、っていうところから聞いていきましょうか」

「わかりました。まず、クランハウスなんですけど――――」

このあと、俺たちは五時間ほどみっちりとアネットさんと経営地について話し合う。その結果、ゲーム内で十日後から経営地での建築が始まることになった。

この日は俺が疲れてしまったためアネッーさんが帰った後すぐにログアウトした。

# 第八章　防具屋はゴスロリ少女

翌日の夕飯後。妻は趣味の絵を描くと言っていたので、一人でフリフロへログインする。丁度、ゲーム内も夜中だったので、今日は従魔二体と一緒に出かけようと思う。

「マモル、久しぶりにファーレンへ行こう。俺の盾を買いたいから」

流石にいつまでも盾がない状態でスキルを腐らせたままにするのはもったいない。なので今日は盾を購入するつもりだ。ついでに槍でしっくりくるものが見つかれば買うかもしれない。せっかくランダムスキルスクロールで槍（初級）を手に入れたんだ。一度は試しておきたい。お金はアネットさんたちに支払う分を考えてもまだ20万Gほどあるので気にしなくていいしね。

俺が武器を買うとなれば、相手はもちろんイッテツさんですでに連絡済みだ。そして盾を売ってもらうのは、以前イッテツさん経由で皮の盾を売ってくれた防具屋さんということになっている。

今日は空飛ぶバガードの下をマモルの背に乗って移動しているのだが、特別いつもより早く移動できるというわけでもない。特に急ぐ理由もないからね。まったりと行こうじゃないか。

ただ、この速さで移動するなら自分で走ってもついていけるのだが、マモルがそうはさせてくれない。途中で背から飛び降りてみたが、それに気づいたマモルはシュンっとうなだれてしまった。悪いことをした気分になったので、今は大人しく乗せられている。

『アアァー！　アァ――!!』

もうすぐ山を出られる。といったあたりで突然バガードが警戒せよ。と大声で鳴いた。マモルがスピードを落とし慎重に前に進んで行くと、気配察知に魔物の存在が引っかかった。

「……これまでに遭遇したことない魔物だ」

まだここがギリギリエルーニ山だと考えた場合、未知の魔物が現れても何らおかしくはない。なぜなら、俺たちはまだエルーニ山の全てを知っているわけではないからだ。バガードはいつも通りの道筋で移動していたようだが、野生の魔物は神出鬼没。こういうこともあるだろう。

「マモル、バガード。わかってると思うけど、もうすぐ接敵するから気を抜かないでね」

『カァー』

バガードからは当たり前だと言われた。マモルの方はどんな魔物がくるのかワクワクしているらしく俺の言葉は耳に入っていない。

「……姿が見えない？」

スキルは魔物が俺たちの前にいると示しているにも関わらず、視界には生き物の姿は映らない。俺では夜の森という場所では遠くまで見ることはできない。だが、暗視スキルを持つマモルならば敵の姿を見つけられるはず……なのだが、マモルも俺同様に相手を視界に捉えられてはいなかった。

「バガードも相手の姿は見えないよな？」

『アー』

そうだと返事がくる。ということは敵は姿を隠すのが得意なようだ。なにせ気配察知によると俺たちの半径三メートル以内まで近づいてきているらしいからね。

「マモル、姿を見つけるのは諦めよう。素直にスキルを信じて、感知した場所に攻撃をしかける」

今回、索敵スキルを持たないバガードは参戦しない。ただ、巻き込まれぬように飛んでいる高度を上げた。

初手でしかけるのは俺だ。三メートル以内、それも完全にスキルによって居場所が特定されているのなら、姿が見えなくとも攻撃は当てられるはず。

その場合、マモルの攻撃では一度で倒してしまうかもしれない。可能であれば攻撃を当てた場合、相手を視認できるようになるのか。などを知りたいのでマモルと比べれば力の数値が低い俺が攻撃をすることにした。今後、妻が同じ魔物と遭遇したときのために少しでも役立つ情報を得ておきたいのだ。

相手に気取られては避けられるかもしれない。なるべく自然な動きで手を背に回す。そして頑丈な石の剣の柄に触れると同時に俺にできる最速の動きで引き抜く。そして大きく一歩、気配のする方へと踏み出し剣を振り下ろす。

ミシっと骨のような物にヒビを入れた感覚が手から伝わる。剣先を見ると木の幹にへばりついた四足の爬虫類《はちゅうるい》がいた。俺の一撃は見事、敵を捉えたようだ。

しかし、妙だな。見た感じだとこいつは体色を変えて潜むカメレオン系の魔物のはずだが、俺の攻撃を受けた箇所から血ではなく闇色のモヤモヤとした謎の物体が蠢《うごめ》いている。

目で見て取れる情報には限りがあるか。こいつがまた変色して姿を消す前に、鑑定しておこう。

ナイトウォーカー（クラス：コモナー）

闇夜を歩く不定形の存在。

普段は生息する場所に適した生物の姿を取り行動する。自身がナイトウォーカーだと看破されるとたちまち姿を変貌させ、夜の名を冠する者の恐ろしさを見せつけるだろう。

鑑定するべからず。


「鑑定しちゃいけないなら、する前にわかるようにしてくれよ!!」

俺が叫び声を上げると同時にカメレオンの全身から黒いモヤモヤが溢《あふ》れ、膨張し始める。どう見てもヤバい魔物だ。

でも、鑑定した情報では、こいつはボスでもなければユニークでもない。だったら、マモルと一緒なら倒せるはずだ。なんたって俺たちはユニークボスを倒したパーティーなんだから。

「マモル喜べ、こいつは倒しがいがありそうだ」

相棒は興奮した様子で、尻尾を地面に叩きつけ始めた。

◇◇◇

――俺たちは今、ファーレンにいる。

ナイトウォーカーとの戦闘はどうなったのかというと……完敗だった。俺とマモルは協力して戦ったが、物理攻撃も魔法攻撃も全くダメージが入っている様子はない。動きは緩慢でもぞもぞと蠢く闇の攻撃は余裕を持って避けることができた。だが、互いにダメージが入らないのでは埒《らち》が明かないと思い撤退することにしたのだ。

ファーレンに入ってから掲示板でナイトウォーカーについて調べてみると、他のプレイヤーにも複数名遭遇した者がいるらしく専用板が立てられている。そこでも攻撃が一切効かないと騒がれていた。やれ初イベント開催の手がかりとして先出しされた勝てないように設定されている魔物だなんだと言っている人もいたのだが、果たしてどうなのだろうか。

まぁ、倒せないとしても逃げるのは容易《たやす》い相手なので、ナイトウォーカーのことはひとまず後回しにしよう。

それよりもファーレンを訪れた目的の方を果たさないと。

従魔を連れて待ち合わせをしている場所に行くと、すでに二人のプレイヤーの姿があった。

一人はいつもお世話になっている俺の友人だ。

「イッテツさん、お疲れ様です。お待たせしました」

「お疲れ様です、ハイトさん。俺も今きたばかりなので気にしないでください」

ツナギ姿に大きなハンマーを肩に担いでいる。そんな見慣れた彼の隣には、黒と紫のドレスを着て大きな熊のぬいぐるみを抱いた少女が立っていた。ザ・ゴスロリって感じの背の低いプレイヤーだ。

「それ……うそ。わたしたち、三十分は、まった」

少女はあまり抑揚のない話し方で答えた。

「えっ、そうなんですか？　すみません。初めてお会いする日にそんなに待たせてしまって」

ナイトウォーカーとの不毛な戦闘さえなければ、ここまで待たせることもなかったのだが、わざ

わざそれを言うのも違うな。

不意の遭遇があるかもしれないと事前にもっと時間に余裕を持っておけばよかったというだけの話だから。

「別に、気にしない。でも、その話し方は、いや」

「それってどういう……」

「もっとくだけた、話し方、して」

「なるほど。わかったよ」

フリフロを始めてから妻以外の人と初めてタメ語で話したかも。

「うん。それで、いい」

ゴスロリ少女は首を縦に振り頷《うなず》いた。どうやら納得してくれたようだ。

「ミミちゃん、それよりも先に自己紹介した方がよかったんじゃないかな？」

「ん、わかった。わたしは、ミミ。イッテツお兄ちゃんの、いとこ。よろしく」

ぺこり、と可愛らしいお辞儀をするミミちゃん。

「俺はハイト。イッテツさんのお友達だよ。よろしくね」

「これで、わたしたちもともだち。握手、する」

ぬいぐるみの熊がひとりでに動き、ミミちゃんの手から離れた。そしてテクテクと歩いて俺の前にきたかと思うと、手を差し伸べてくる。

「これでいいかい？」

とりあえず、その熊さんと握手をすることにした。

「うん。ハイト、いい人」

ミミちゃんは満足してくれたようだ。

「とりあえず自己紹介は終わったみたいなので、諸々《もろもろ》説明しますね」

イッテツさんは色々とミミちゃんについて教えてくれた。

目の前にいる少し不思議系も入ったゴスロリ少女は、リアルではすごい人見知りで、親戚でさえも人によっては目も合わせられないらしい。イッテツさんはどういうわけかミミちゃんに好かれていて、よくいろんなゲームをして遊び相手になっていたという。

来年から中学生なので、どうにかミミちゃんの人見知りを直したいと思った彼は、丁度自分がやりたくて仕方なかったVRMMO、フリーフロンティアオンラインならゲームをしながら人見知りを直せるかもと思い、それをミミちゃんの両親に話した。すると彼女の両親はすぐにフリフロの初回限定盤を予約したのだという。

ちなみにフリフロには利用者の年齢によって戦闘描写やエフェクトなどが自動で変わるようになっているため、子どものミミちゃんがプレイしても問題なかった。

ただ、中学生未満はログインおよびゲームプレイを保護者と共にする必要があるので、いつも彼女の母かイッテツさんと共にゲームをしているらしい。イッテツさんは一人でゲームをすることも多いので、基本は自分の母と一緒に遊ぶことが多いそうだ。

「この感じを見ると、ミミちゃんの人見知りはマシになったんですね」

俺とは最初から話してくれた。だからきっとこのゲームを始めてから人見知りが少しは直ったのではと勝手に予想する。

「ええ、かなり良くなりました。でも、ここまで自発的に話すのは珍しいのでハイトさんは間違いなく好かれている方だとは思いますよ」

「そうだったんですか。なら俺も協力するので、できることがあれば言ってください」

イッテツさんが何か返事をしようとすると、ミミちゃんが一歩前に出て割り込んできた。

「ありがとう、ハイト。わたし、がんばるから。イッテツお兄ちゃん、全部、言わないで」

「あはは、わかったよ。ミミちゃんがそういうなら」

「うん。それで……今日、ハイトがきたのは、盾が欲しくなったから、だよね？」

急にミミちゃんが話題を変えた。

でも、彼女の言う通りである。俺は盾が欲しくてここにきた。ミミちゃんとイッテツさんの事情の方に意識がいって本来の目的を忘れかけていたけど。

「そうだよ。前回はイッテツさん経由で盾を買ったけど、今回は直接ミミちゃんから買いたいなって」

「そっか。お客さん、うれしい。近くに私の、店がある。今から行こう」

一人で歩き始めたミミちゃんの背中を追って、俺とイッテツさんは彼女の防具屋へと向かった。

「ここがわたしの、お店。ゆっくり、見ていって」

ミミちゃんの案内で向かった先にあったのは、レンガ造りの一階建て。シンプルな盾の看板が吊《つる》されている防具屋だった。

彼女自身が特徴的な見た目をしているので、店の方もそういう外観にしているのではないかと予想していたが違ったようだ。

そういえば俺が買った皮の盾も普通の物だったので、趣味と仕事でキッチリと線引きしているのかもしれない。

「うん、そうさせてもらうね」

店の入り口付近には様々な鎧を着せたマネキンが並べられていた。俺や妻が装備しているような皮の鎧。他にはタンク系のプレイヤーが好みそうな重量のある銅の鎧や石の背負い甲羅などがあった。

鎧に関してはレッサーコングキングの背皮というレア度2の素材を持っているので、素材持ち込みで作ってもらえないかと頼むつもりである。一応、ボス素材なのでレッドボアの皮で作られている皮の鎧より性能が良い物ができるはずだ。

イッテツさん情報によると、武器や防具の制作には時間がかかるらしい。ゲームなので現実と比べると制作過程は簡略化されているしアシストも入るのだが、それでも良い物を作るには腕も時間も必要なのだということだ。店に大量に並べるような数打ち物なら、スキルでわりと簡単に制作できるとも言っていたが。

今回はミミちゃんが素材持ち込みで鎧製作を受けてくれたとしても、初めて扱う素材なのできっと完成までにそれなりの時間がかかる。よって俺はしばらく今着ている鎧で過ごすことになるだろう。

鎧のことはさておき。

お目当ての盾のコーナーを見せてもらおう。

まず初心者に掲示板などでよくオススメされる皮の盾。それを様々な色に染めた商品が置かれていた。

皮の盾
レア度：１　品質：中　耐久値：30／30
上昇値：耐＋３
特殊効果：なし
軽く扱いやすい盾。木を円盤状に加工した物に皮が貼りつけられている。

通常色、ピンク、青、黒と鑑定してみたが、内容は同じ。色がついているのは完全にオシャレ要素というわけだ。
前回は間に合わせだったし、金銭的余裕もなかったので皮の盾しか買えなかった。だが、今日はお金に余裕があるので他の盾も見ていこうと思う。

頑丈な石の盾
レア度：１　品質：中　耐久値：１００／１００
要求値：力（８）　上昇値：耐＋４
特殊効果：なし
頑丈な石の形を整えて作られた原始的な盾。

銅の盾
レア度：1　品質：中　耐久値：70／70
上昇値：耐＋4
特殊効果：なし
銅で作られた盾。皮の盾と並び、初心者向けで扱いやすい。

鉄の盾
レア度：2　品質：中　耐久値：150／150
要求値：力（25）　上昇値：耐＋15
特殊効果：なし
鉄製の盾。装備するにはそれなりの力が必要。

鉄の大盾
レア度：2　品質：中　耐久値：180／180
要求値：力（30）　上昇値：耐＋20　減少値：速－2
特殊効果：なし
鉄製の大盾。装備するにはそれなりの力が必要。

「へぇ～、ついに鉄製の装備が売り出されるようになったんだ」

鑑定結果を見るに、これまでの装備とは一線を画す性能だね。その代わりに装備するためにある程度のステータス値を要求されるらしい。鉄の大盾に関しては、マイナス効果まである。

「うん。素材を知り合いが、ゆずってくれた」

「ミミちゃんは防具製作者としてかなりの有望株で。シャルロット佐藤さんっていう大手クランのクラマスさんから贔屓《ひいき》にしてもらっているんですよ」

カタカナ＋漢字の名前……同じ法則で名前をつけている人が掲示板に書き込んでいるのを見たことがある。もしやシャルロットさんという方は、あの人たちのクランのトップなのではないだろうか。

「そのクランというのは……」

「エクストリームな漢達というクランです。すでに経営地を手にしたということで有名なところですね。ちなみにこのクラン名なのに、頭であるシャルロット佐藤さんとクランの幹部陣は全員女性なんですよね」

ああ、やっぱりそうなんだ。

クラン名といい、掲示板に現れる人たちといい、ここの人たちはかなり癖が強そうだな。

「シャルは、とてもいい、人。今度、ハイトも会って、話してみるといい」

「機会があればそうするよ」

ミミちゃんがこうまで言っているということは、きっと悪い人ではないのだろう。今後、出会うことがあれば挨拶くらいはしてみようか。

「うん。それで、どの盾買う？」

また急に話題を変えるミミちゃん。

「えっと、鉄の盾が欲しいかな」

正直、あの性能を見せられて買わないという選択肢はない。

だが、力の要求値が25なのに対して、俺の素の力が23しかないという問題がある。要求値を超えなければ装備できないのか、それとも装備の能力が完全には発揮されないのかはわからないが、とにかくどうにかして力を2あげた方がいいのは事実である。

仕方ないSPを使うか。

たしか22くらいは溜まっているはずだ。2ポイントくらいステータスに振っても問題はないだろう。

「わかった。鉄の盾は、5万G」

ミミちゃんの抱えていた熊のぬいぐるみがまた勝手に動き始める。テクテクと歩いてきたかと思うと、俺の前で手を差し出した。

きっと代金を渡してくれということだろう。

「はい、これで丁度のはずだよ」

ぬいぐるみは俺から代金を受け取ると、すぐにミミちゃんの元へ戻っていく。

「うん、たしかに。じゃあ、これ」

ミミちゃんから鉄の盾を受け取った俺は、早速装備してみることにした。

ハイト・アイザック（ヒューム）
メイン：見習いテイマー　　Lv.12
サブ1：見習い戦士　　Lv.6
サブ2：見習い錬金術師　　Lv.6
ＨＰ：260/260　ＭＰ：110/260
力：25（+11）
耐：25（+24）
魔：33
速：18
運：28
スキル：テイム、火魔法、錬金術、剣術（初級）、槍術（初級）、盾、気配察知、聴覚強化、鑑定、解体、採取、潜水
称号：ラビットキラー
ＳＰ：20
〈装備〉
頭：なし
胴：皮の鎧（上）
脚：皮の鎧（下）
靴：皮の靴
装飾品：―
武器：頑丈な石の剣
盾：鉄の盾

俺はＳＰを2だけ力に振り、鉄の盾の要求値を満たした。そして早速、装備してみたが金属の重みがずっしりとくる。取り扱いに困るほどの違和感はないが、これは慣れが必要かもしれない。

「おお、様になってますよっ、ハイトさん！」

「うん。戦士っぽく、なった」

イッテツさんとミミちゃんが褒めてくれる。

「ははっ、ありがとうございます。でも、こうして盾を鉄製のものにすると剣も新しいのが欲しくなりますね。それに槍も初級スキルを手に入れたので、買いたくなってきた」

せっかく盾が鉄になったんだし剣も槍もそうしたいなー、なんて思い始めてきた。ステータス上

昇値もさることながら、見た目の変化に気分が上がる。これは戦闘へのモチベーションも上がるというものだ。

「是非、俺に任せてください！　って、言いたいところなんですけど……まだ自分は鉄鉱石を手に入れるルートを確保できていないので。すみません」

「いやいや。俺が急にわがまま言っただけなのに、謝らないでくださいよ」

「イッテツお兄ちゃん、分けよう、か？」

俺たちのやり取りを見て、ミミちゃんが気を遣ってくれる。

「流石にそれはダメだよ。それに見合ったお返しを俺は用意できないから」

「別に、あげても、いいよ」

「そう言ってくれるのは嬉しいよ。でも、大丈夫。いくらいとこでも、そこまで甘えられない」

ミミちゃんはよっぽどイッテツさんのことが好きなんだなぁ。

「そっか……」

「そんなに落ち込まないでよ、ミミちゃん。イッテツさんが使う鉄鉱石は俺が取ってくることにするからさ」

シュンっとしたミミちゃんの姿を可哀想だと思い、ついそんな言葉を口走ってしまった。

「ほんと？」

「えっと、うん！　がんばるよ!!」

俺たちは理想の経営地を作り上げることが当面の目標だった。なので新たなフィールドの攻略はするつもりもなかったのだが……一度吐いた言葉は呑み込めない。

「ありがとう！　ハイトー」

笑顔でぬいぐるみを高い高いするミミちゃん。今日、最も大きなリアクションだ。

「ハイトさん、本当にいいんですか？　無理はしなくても――」

俺がこれから経営地開発に着手することを知っているイッテツさんは心配してくれる。

「いや、口にした以上はやります。その代わり、俺の新武器頼みますよ」

「……わかりました。それではお願いします」

「任せてください」

気は進まないが、今度時間があるときにシャムさんへ連絡しよう。彼女なら、攻略組から鉄鉱石の採掘場に関する情報を手に入れているはずだ。当然、お金は取られるだろうがそこは仕方ない。

「あ、それからミミちゃんにお願いがあるんだ」

「どう、したの？」

こてん、とミミちゃんと熊のぬいぐるみが首を傾げる。

「実はこの素材を使って鎧を作れないかなって」

俺はアイテムボックスからレッサーコングキングの背皮を取り出す。

「んっ!?　これ初めて、見た」

突然、ミミちゃんの目が輝いたかと思えば、俺の手からレッサーコングキングの背皮が消える。

熊のぬいぐるみがこれまで見たことない速さで動いて持っていったようだ。

「す、すみません！　ハイトさん。ミミちゃん、初めて見る素材には食いつきがすごくて……」

「ははは……いいですよ。ちょっとびっくりはしましたけど」

まぁ、子供っぽくて良いんじゃないかな。

「――今までの、皮のよろいよりいいもの、作れると、思う」

しばらく黙って素材を観察していたミミちゃんがそう言った。

アイテムの説明からしてそうだろうなとは予想していたものの、実際に作り手からそう言われるとうれしいね。これで俺は装飾品以外の装備の新調予定が立った。

俺のものばかりというのも悪いので、妻の装備作成素材を今度探してみよう。イッテツさんのために鉄鉱石を取りに行く道中で見つかるといいなぁ。

「だったら、製作をお願いしてもいいかな？」

「うん、任せて。でも、新素材は時間が、かかる。一週間は、時間をちょうだい」

「わかった。それじゃあ、よろしくね」

今日の目的を果たしたので、帰ろうとした俺をミミちゃんが止める。

「ハイトちょっと、待って。外で、待ってる子、たち見たい」

「えっ、マモルたちのこと？」

「マモルって、いうの？　うん、さわってみたい」

ミミちゃんが人見知りだということを聞いたマモルとバガードは、彼女が緊張しないようにと自主的に少し離れたところで俺のことを待っていた。待ち合わせ場所から店に移動してからも、店内には入ってきていない。

配慮のできる良い子たちだと俺は一人感心していたのだが、彼女からすればいらぬ気遣いだったようだ。

「それじゃあ、外に出ようか。きっとマモルたちは喜んで遊んでくれるよ」

この後、店の外に出たミミちゃんはすぐにマモルたちと仲良くなった。動物相手だと人見知りしないようだ。

――この日、不気味な狼にまたがり町中を駆ける怪しい少女が出た。という話題が掲示板に上がったことを、俺は後から知った。

# 第九章　経営地開発

「ほら、さっさと歩きなさい。体力だけがあなたたちの取り柄でしょ」

「「「イエッサー！　アネットの姉御！！！」」」

俺が鉄の盾を買った日から時間は流れ、ついに経営地の開発が始まる。流石のアネットさんでもたった一回ではエルーニ山から俺たちの経営地までの道のりを覚えることはできなかったらしい。彼女たちの案内をするため俺がファーレンに迎えに行ったからね。

今回、経営地にきたアネットさんを頭とする大工の方々は総数十名。アネットさん以外はみんな背の低くてガタイの良いおじさんたちだ。種族はおそらくドワーフだと思われる。

「なんか……元気な人たちだね」

アネットさんが檄《げき》を飛ばすと、他の大工さんたちは声を揃えて返事をする。その様子を見た妻が、若干引き気味に呟いた。

「そうだね。でも、あれくらいパワフルじゃないと炎天下での力仕事はできないんじゃない？」

ドワーフＮＰＣの特性とかかもしれないし、あの人たちがドＭなのかもしれない。もしくはアネットさんに何か弱みを握られているとか。最後のは冗談としても、確証もなく失礼なことは言えないので無難な返事をする。

「そういうもの……なのかな？」

「たぶん？」

「お～い、かわいい坊やにダークエルフちゃん。悪かったわね。こいつらが歩くの遅いからくるのに時間がかかっちゃって」

アネットさんは蔑むような目を大工さんたちへ向ける。

俺たちへの態度とは大違い。そこに差がある理由を聞いてみたいけど、また後でいいだろう。

「いえ、気にしないでください」

「あんたたちぼさっとしてないで挨拶くらいしなさいよ。先に言っておくけど、この子たちのこと……私、結構気に入ってるんだから。失礼なことしないようにね」

ドワーフさんたちが妻の姿を見て、分かりやすく鼻の下を伸ばしていたのでアネットさんから注意される。

見惚《みほ》れてしまうのもわかるよ。だってかわいいし綺麗だもんね、俺の妻。

「「すみませんでした！！！　俺たちはファーレンで大工をやっている者です。よろしくお願いします！！！」」

全員が野太い声を揃えて叫ぶので、耳が痛い。

「あはは……よろしくお願いします」

隣にいる妻は苦笑いで返すのだった。

挨拶が終わると、大工の皆さんはすぐに作業へと取りかかる。しかし、なぜかアネットさんだけが俺たちの方に残っていた。

「アネットさんは行かなくて大丈夫ですか？」

「まだ私の出番じゃないから。それと坊やたちにお願いがあって残ったの」

「俺たちにお願い、ですか？」

「そうよ。実は建築に使う木材を取ってきて欲しいの。もうちょっと開けた場所なら、ファーレンから持ち込めたんだけど……ここ、まともな道がないから」

てっきり人数が足りないから手伝いをして欲しいとか言われるのかと思った。とんだ見当違いだったようだ。

「別にいいですけど、アイテムボックスに入れてきたらよくないですか？」

「はぁ……あのね、アイテムボックス持ちってかなり珍しいのよ」

「えっ、そうなんですか？　全く知りませんでした」

「私もー」

「ダークエルフちゃんはまぁ、そうでしょうねって感じだけど……坊やも意外と世間知らずなのね」

「それどういう意味ですか!?　私のことおバカ扱いしないでください!!」

アネットさんにからかわれた妻はぷんすか怒っている。まぁ、こういう怒り方のときは本気じゃないのでスルーさせてもらおう。

「まぁまぁ、落ち着いてリーナ」

「どうしてハイトはあっちの味方するの～……」

「味方をしているわけじゃなくて、早く話を進めようとしてるだけだよ」

「ほんとに仲が良いわね。羨ましいわ。それで話を戻すけど、アイテムボックス持ちは有用かつ希少。そんな人が田舎町で大工なんてやってると思う？」

「いえ。もっとお金を出してくれる仕事がくるでしょうし、そっちを選ぶと思います」

行商人に同行してたくさんの商品を一度で運んだりするだけでも、結構お金もらえそうだし。お貴族様からもっと条件の良い仕事とかもきそうだよね。

「そういうこと。ねえ、もしかして……今までの受け答えの感じだと、あなたたちアイテムボックス持ち？」

「はい。俺たち……というか、来訪者はみんな持っていると思います」

ＶＲＭＭＯでプレイヤーがアイテムボックスを使えない仕様だったら、それはなかなか鬼畜ゲーだと思う。

「へぇ～、あの噂は本当だったのね」

「噂ですか？」

来訪者について何かしら噂が出回っているようだ。良い話だと嬉しいけど……どうなんだろう？

「あっ、いえ……こっちの話だから気にしないで」

アネットさんは答えをはぐらかして、大工さんたちの方へ行ってしまった。

「ハ～イト！　どうしたの、難しい顔して」

「アネットさんがどんな噂か教えてくれなかったから、内容が気になって」

「あー、たしかにちょっと気になるかも。でも、ごまかしたってことは答える気がないってことだし、気にするだけ時間の無駄だと思うよ？　それより、言われた通り木材集めに行こうよ」

「わかった。でも、その前に木材の入手方法を聞かないとね」

おそらくそれ用にまたスキルを取ることになるんだろうけど、念のため大工さんたちに確認した方がいいだろう。

「じゃあ、私が聞いてくるね！　お〜い、大工さんたちー！！！」

妻はドワーフの大工さんたちのもとへと走って行った。手持ち無沙汰になったので、隣にいるバガードを毛づくろい、ではないが翼などについた細かいほこりなどを掃除する。

◇◇◇

「おまたせ！　聞いてきたよ〜」

少しして、木の入手方法を聞きに行った妻が戻ってきた。

「ありがとう。それでどうやって木を手に入れるって？」

「伐採っていうスキルを使って斧で木を切り倒すといいって」

予想通り、スキルを取る必要があるらしい。採取や採掘がＳＰ２であることを考えると、伐採も同じだろう。

「スキルを取るのはいいけど……俺たち斧なんか持ってないよ？」

「そこは心配ご無用。じゃーん！　大工さんが貸してくれました〜」

妻はアイテムボックスから二本の斧を取り出した。

「えっ、これ鉄製……」

現時点でプレイヤー間では鉄製武器はまだまだ流通量が少ない。それなのにアネットさんのところの大工さんが貸してくれた斧はどちらも鉄でできていた。

「おじさんたちの話だと、アネットさんが昔の知り合いに頼んで工具は一式鉄にしたんだって」

「流石、元王都の魔法使いだね。いい道具も貸してくれるみたいだし、さっさとスキル取得して伐採がんばろっか」

ハイト・アイザック（ヒューム）
メイン：見習いテイマー　Lv.12
サブ1：見習い戦士　Lv.6
サブ2：見習い錬金術師　Lv.6
ＨＰ：260/260　ＭＰ：260/260
力：25（+11）
耐：25（+24）
魔：33
速：18
運：28
スキル：テイム、火魔法、錬金術、剣術（初級）、槍術（初級）、盾、気配察知、聴覚強化、鑑定、解体、採取、潜水、伐採←new
称号：ラビットキラー
ＳＰ：18

リーナ・アイザック（ダークエルフ）
メイン：見習いテイマー　Lv.12
サブ1：見習い料理人　Lv.4
サブ2：見習い農家　Lv.1
ＨＰ：150/150　ＭＰ：200/200
力：10（+1）
耐：3（+9）
魔：45（+5）
速：30
運：14
スキル：テイム、料理、栽培、鑑定、採掘、植物魔法、水魔法、闇魔法、短剣術（初級）、伐採←new
称号：—
ＳＰ：22

伐採を取得した俺たちは、エルーニ山を下りペックの森を訪れた。妻が大工さんたちに話を聞きに行ったとき、エルーニ山よりペックの森の木の方が建築に向いているから、そっちで木材を確保して欲しいと言われたのだ。

「最近はバガードなしでも、山を歩けるようになってきたよね～」

「俺たちもファーレンまでの道のりを何往復もしてるから。特にその気はなかったけど、いつの間にか覚えてたね」

「でも、やっぱりバガードがいるときより、山を下るのに時間はかかっちゃった」

「本職に負けるのは仕方ないよ」

今、妻と話していた内容からもわかるように伐採に従魔たちは参加しない。湖の西側にある大樹の陰で昼寝をしているからだ。身を寄せ合って眠っている姿がかわいくて、起こす気にはならなかった。

「そろそろ木材確保始めようか」

「おっけー！　どっちがたくさん切り倒せるか競争ね。よーい、スタート!!」

伐採競争をしようと言い出した妻。俺が返事をする間もなく、勝負が始まった。

まずは一本切ってみよう。

俺は伐採用の鉄斧を手に持ち、近場にあった木に狙いを定める。

「なるほど、こんな感じになるんだ」

木の幹の俺の腰より少し高いくらいの位置が、淡く光って見える。おそらくここに斧を当てろということなのだろう。採取スキルを使った際にも、拾える草などが淡く光るので同じ仕組みだと思われる。

さて、あとはここに斧を打ちつければいいわけだけど……俺は都会育ちでキャンプとかしたことのないタイプの人間なんだよね。だから斧の扱いとかもわからない。かといって伐採のためだけに斧（初級）を取るのはＳＰの無駄遣い感がすごい。

勘でやるしかないか。

とりあえず野球のバッティングフォームをとればそれなりに上手くいくかな？

小学生の頃、別に野球が好きなわけでもないのに父から左打ちのフォームを覚えさせられた。中学高校と部活ではバスケをしていたので、これまで一度たりとも役立つことがなかったのだが、ついに日の目を見る機会が訪れたのかもしれない。

えーと、たしか左手が上で右手が下だよな。そしてバットを――――じゃなくて斧を構えて……腰から振るッ！！！

「おぉ～！　これは思った以上にいいかもしれない」

今の一撃で木の幹の三割程度まで切れ目が入った。斧の振り方としてはあまり合っている気はしないが、力自体はしっかりと伝わったようだ。

よし、この調子であと二、三振りがんばろう。

ラニットスギ

レア度：１　品質：低

ラニット地方の森林に多く分布する樹木。低価格で流通している上、丈夫なため建材や家具に用いられることが多い。

「これで一本か……結構疲れるなぁ」

鉄の斧を三回、四回もフルスイングするとなかなか疲れる。このゲームにはスタミナゲージなどはないが、どういった処理がされているのだろうか。少し気になるところだ。

まぁ、誰か検証していそうだし、それは後で調べよう。今はとにかく木を切って切って切りまくらないと。クランハウスを建てるのに、いったいいくつの木材が必要なのかは知らない。だが、一、二本では足りないことくらい素人の俺でもわかる。

『伐採の熟練度が規定値に達しました。特定動作の疲労が軽減されます』

四時間後、合計三十本のラニットスギを切り倒した俺の頭にアナウンスが響いた。

……どうして剣術（初級）の次に熟練度が上がるのが伐採なんだ。気配察知や鑑定の方がたくさん使っているはずなのに!!

「ハイト……どれくらい取れた？」

それから更に伐採作業を続けて、日が沈み始めた頃。疲れ切った顔をした妻が、俺のもとへトボトボと歩いてきた。

「お疲れ様。四十本くらいだよ」

「えっ、すご。私なんて十本が限界だったのに」

十本？

いくらなんでも少な過ぎないか？

変な切り方をしたとしても、わりと力尽くでどうにかなる作業だったからもう少し切れると思うんだけど……あっ、そうか。妻は力のステータスが低いんだ。そのせいで一本を切り倒すまでの斧を振る回数が俺より多く必要になった可能性は高い。

「ありがと。それよりさ、一本を切り倒すのに何回斧を振ったか覚えてる？」

「う〜ん、あんまり数えてなかったから正確にはわからないけど……たぶん一本当たり十五回以上、斧を振り回してたと思う」

やっぱり妻の振るう斧は一撃の威力が少ないようだ。

「なるほど。だったら、俺より伐採が遅くても仕方ないよ。だって一本切るのに約三回で済む俺と、十五回以上斧を振るわないといけないリーナじゃ同じ結果になるわけがないからね」

「ハイト三回で一本取れたの!?　え〜、ちょっとズルくない？」

「別にズルくないよ。たぶんだけど伐採の効率ってステータスの力を参照してるみたいだからね」

もちろん力の値だけで全てが決まっているとは思わないが。事実、伐採にも熟練度が存在する以上、適切な斧の振り方や、入れる角度なども設定されているはずだ。

「そうだったんだ。私もたくさん切るために、力が欲しい。SP使っちゃおうかなー」

力を欲しがる理由が何とも単純だ。

「後悔しないいんだったら、いいんじゃない？」

俺たちはあくまでもエンジョイ勢だから。やりたいと思ったなら、魔法特化の妻が力のステータスを伸ばすのもまたいいだろう。本当にちゃんと考えてそうしようと思ったのなら、だけど。

「……やめとくね。だって、SPって今のところレベルアップ以外で手に入らないから無駄遣いしたくないもん」

流石に妻も伐採のためだけに、力にSPを振るのはもったいないと思ったらしい。

「もし本当に力を伸ばしたくなったら、そのときは好きなようにして大丈夫だよ」

「うん！　わかった」

「よし、それじゃあ一回湖畔に戻ろうか。アネットさんたちに取れたラニットスギを見せたいし」

◇◇◇

ペックの森からエルーニ山を通って、湖まで戻る途中。魔物の気配がした。日もだいぶ沈み始め山も暗くなっている状況。以前遭遇したナイトウォーカーかもしれないと、俺は身構えて慎重に気配の方に歩みを進める。

「なんだ、ブラックボアか」

相手がナイトウォーカーではなかったことで安心した俺は、ふぅーと大きく息を吐き出した。

「どうしたのハイト？」

「厄介な敵と遭遇した時のことを思い出して、身構えちゃったんだ」

「へぇ～、そんな魔物がいたんだ。私、その話聞いてないから後で教えてね？」

「わかった。とりあえずあいつを倒してから話そっか」

「いいよ。でも、あれって本当にブラックボア？　なんか色変じゃない？」

妻に指摘されて俺は目を凝らす。さっきは薄暗いこともあって黒い体毛をしているように見えたのだが、どうも違うらしい。おそらく体毛は茶色で、背中部分に何かが生えている。

これは鑑定してしまった方が早いだろう。

ネイチャーボア
その容姿からレッドボアの近縁種という者もいれば、背中で植物を育んでいることから花の精や大地の精の生まれ変わりという者もいる。
行動自体はボア種に近く、主に突進を武器としている。ただし、育てている植物には被害を出さないために、背後を敵に晒さないようにする特性がある。

「リーナの言う通り別の魔物みたいだ。ネイチャーボアだって」

「やっぱり？　どれどれ、私も鑑定してみよっと」

ネイチャーボアは俺たちが会話をしていて全く警戒していないと思ったのか、まだそこそこ距離が開いているにも関わらず真っ直ぐに突進してきた。

「リーナ、前！　ネイチャーボアが突進してきてる!!」

「えっ、うそ!?」

鑑定結果を読み上げている妻へ魔物の接近を知らせる。視線を上げた妻は、こちらへ迫る魔物の姿を見て悲鳴を上げた。

敵はかなりの速さを出していて、どう見てもレッドボアの突進より威力が高いのが分かる。だが、まだ距離があるため回避可能だろう。俺は右へ、妻は左へ跳ぶ。その結果、ネイチャーボアは木に頭から激突した。

　しかし、突進は止まらない。

「えっ、嘘でしょ!?」

　妻は目の前の出来事に驚く。

「またくるよ！」

　ネイチャーボアは自分がダメージを食らうこともお構いなしに、周囲の木をなぎ倒しながらUターンをして再び俺たちを狙ってくるが、これもなんとか避けることができた。

　そこから何度か突進されて避けるという工程を繰り返し、ネイチャーボアが自傷ダメージで少し弱ってきた頃。

「この子、テイムしてもいい？」

　妻が突然、予想だにしなかった言葉を放った。

「え～と、飼いたいの？　ネイチャーボア」

　スライムをテイムしたときのことを思い出してもらえばわかると思うが、妻はかわいいもの好きである。そのため猪突猛進なボア系はテイムしないものだと勝手に思っていたのだが、違ったようだ。

「うん。これだけ諦めずにがんばってるのみると、なんだかかわいいかもって思えてきたから」

「そっか。じゃあ、テイム挑戦してみなよ」

「ハイトはネイチャーボアのテイム条件って知ってる？」

「そもそもネイチャーボアなんて魔物関連の情報が載っている掲示板でも見たことないよ。でも、同系統のレッドボアと同じテイム方法の可能性はあるんじゃない？」

レッドボアのテイム方法は、一度気絶させて目を覚ますのを近くで待つ。だったかな？

「それなら私もわかるけど、どうやって気絶させよう……」

「このまま避け続けるだけでもいいんじゃない？　何度も木に頭をぶつけてるから気絶してくれるかもしれないよ」

「わかった。とりあえずあと三回突進を避けて、あの子を木にぶつけよう。それで気絶しなかったら、ハイトがまた別の作戦を考えてね？」

「任せて。おっ、言ってるそばからまたこっちに向かってきたよ！」

俺たちはあと少しだけ、闘牛士さながらの動きを続けることになった。

「――――これで三回！」

気絶待ちで、ネイチャーボアが木に突撃するのを見送ること三回。魔物は自傷ダメージでかなりボロボロになっていた。

それでもなお、敵である俺たちを倒そうと突進を続ける根性には感服する。ただ、すでにその攻撃には速さが乗っていない。今なら、真正面から盾で受けてもそこまでダメージはないだろう。

「もうほとんどHPは残ってなさそうだけど、気絶しないね」

「う～ん、どうしよう……ハイト、何かいい作戦ある？」

作戦か……そういえば以前、レッドボアと戦ったときに意図せず気絶させたことがあったよね。あのときはたしか、相手が突進してきたからそれを真正面から受け止めようとしたんだっけ？

同じことをすればテイムできる可能性もあるかもしれない。木にぶつけまくる作戦がダメだった今、他に気絶させる方法は思い浮かばないので試してみよう。

「俺が盾で真正面から止めてみるよ」

「それで気絶してくれるかな」

「絶対するとは言えないけど、レッドボアのときは偶然だけど気絶させられたし試す価値はあるんじゃない？」

「わかった。じゃあ、お願い」

「任せて」

ついでにはなるが鉄の盾の性能を試せるのはラッキーだね。

「さぁ、こい！」

俺が鉄の盾を前に構えて両足を踏みしめると、タイミングを見計らったかのようにネイチャーボアがこちらへと進路を向けた。出会った頃ほどの速さも威力もない突進。されど、彼《か》の魔物の全身全霊の一撃。正々堂々、真正面から受けて立つ。

衝撃は凄まじく、この身を浮かす。

レッドボアの突進にもついていたノックバック効果だろう。

だが、二度も同じような展開で吹き飛ばされるのはかっこ悪いだろう。何が何でも耐えきってやる――――。

「ハイト!?」

がんばったと思う。体感では二、三秒は吹き飛ばされずにネイチャーボアと競り合った。だが、やはり根性だけではシステムの壁は越えられなかったらしい。

結局、俺の体は突進の衝撃を受けて後方へと飛ばされた。

「うっ……」

「大丈夫？」

「ちょっと気持ち悪いかも」

今回の戦場は山である。いくらネイチャーボアが木をなぎ倒し続けていたといっても、当然倒し漏らしも存在する。俺はそれが生えている方へ運悪く飛ばされ、背中を強打したのだ。

その結果、突進では鉄の盾のおかげでほぼダメージを受けなかったにも拘わらず、ＨＰが四割ほど減少してしまった。

「えっ……それだったら一回ログアウトしよ！　あとで何かあったら嫌だもん!!」

妻は目尻に涙を浮かべる。

「大袈裟だなぁ。ちょっとすれば治ると思うし、そんなに心配しなくていいよ」

「で、でも……」

「もう少し様子をみて、気持ち悪いのが治らなかったらちゃんとログアウトするからさ。ほら、そこでのびてるネイチャーボアが目を覚ますのを待たなきゃいけないんだし、丁度いいでしょ。だからお願い」

正直、そんなに心配するほどのものでもない。おそらくだが、後頭部を打ったことによる大ダメージをわざわざステータスで確認しなくても体感で分かるようにする処置みたいなものだと思うから。気持ち悪いと言ったって、ちょっと食べ過ぎたかなってくらいの感覚だし。

それに妻と話しているうちに、気持ち悪さはどんどん薄れていく。

「ちょっとでもヤバそうだったら、絶対ログアウトさせるから」

なんとか妻を説得した俺は数メートル先で倒れている茶色い獣を見る。完全に意識を失っており、まだまだ動き出す気配はない。鑑定結果にも書いていた通り、どうやら背中の植物を大切にしているようで、気絶後にも絶対に地面に背がつかないよううつ伏せで倒れている。そこまでして植物を守るのには何か理由でもあるのだろうか。ネイチャーボアという魔物について少し興味が湧いてきた。後々、妻に許可をもらってから観察でもさせてもらおうかな。

あっ、そうだ。やることもないし、今のうちに盾の耐久値でも確認しておこう。

鉄の盾
レア度：2　品質：中　耐久値：145／150
要求値：力（25）　上昇値：耐＋15
特殊効果：なし
鉄製の盾。装備するにはそれなりの力が必要。

全然、大丈夫そうだね。

威力が下がっていたとはいえ、突進を真正面から受け止めても耐久値が5しか減っていない。これなら怨嗟の大将兎のような魔物と戦っても、すぐには破壊されないだろう。本当にいい買い物をしたものだ。実践で性能の高さを見ると、鉄製の武器も早く欲しくなるなぁ。

「あっ、もぞもぞしてる！」

俺がまだ見ぬ鉄製武器に思いをはせていると、妻が大きな声をあげた。

『プ、プゴッ』

続いて豚が鼻を鳴らしたような音がする。

発生源は言うまでもない。

妻の傍に行って、俺がテイムしたと判定されると困るので、少し離れた場所から見守ろう。

鳴き声を上げて、意識を取り戻したネイチャーボアがゆっくりと体を起こし始める。妻はそれを支える形で手伝った。やがて魔物は体を完全に起こすと、真っ直ぐに妻を見つめる。その次の瞬間、ネイチャーボアの背中に生えていた植物の花が大きく開いた。

「ハイトー、テイムできたよ！　ステータスを見せてあげるって言いたいけど。その前に……気持ち悪いの治った？」

「完全に。ＨＰが減っている以外はなんともないよ」

俺は立ち上がって両腕をブンブン回したり、その場で飛び跳ねたりする。精一杯の大丈夫アピールだ。

「そこまでやるなら、大丈夫……なのかな？　じゃあ、はいっ。新しい仲間のステータスを見てあげて！」

ぶーちゃん（ネイチャーボア）
Lv.1
ＨＰ：120/120　ＭＰ：20/20
力：22
耐：12
魔：4
速：17
運：11
スキル：突進、成長促進
称号：ー

力はＬｖ．１の時点で20超えか。それに速さも高い。代わりに魔力とＭＰが低いね。

これは分かりやすい物理特化タイプだ。

俺が散々やられてきた突進や、初見の成長促進。それらスキル詳細も気になるが、今は他に触れるべきところがあるだろう。

「この名前は……間違ってつけちゃったの？」

「え？　違うよ。かわいい名前をつけてあげたくて、ぶーちゃんにしたの」

すらっちのときから薄々分かっていたが、妻の従魔に対するネーミングセンスはあまりよくないらしい。

ぶーちゃんの名前を間違えてつけたわけではないと確認したあと、俺は一度も自身をえらい目に合わせてくれた突進というスキルの詳細を見た。

　突進の威力は力と速さのステータスを参照。そして敵に当てることができれば、仮に相手の耐久が高くてダメージが入らなくてもノックバック効果が発生する。マイナス面は、突進発動中は何かにぶつからないと進行方向を変えられないことのようだ。

　なるほど。どうしてネイチャーボアはわざわざ木にぶつかってから方向転換をするのかと思っていたのだが、それも突進というスキルの効果だったらしい。

　おそらく最も威力を出せるスキルを不発で終わらせたくなかったので、ああいう無茶をしていたのだろう。妻の魔法や俺の武技もそうだが、スキルにはクールタイムが存在するので短時間で同じ技を何度も連発できない。ものによってクールタイムはバラバラだが、突進は割と良い効果を持っているので少し長めに取られているようだ。なので一度の不発が負けに繋がることは大いにあり得る。

　自傷ダメージをかなり受けていたので、賢い動きではない。だが、これで先程の戦闘でのぶーちゃんの意図がわかった。

　ちなみにスラッシュのクールタイムは十八秒。妻のウォーターボールなんかもそんな感じだと思う。でも、ダークバレットなんかは威力が高そうだし、もう少しクールタイムが長いかもしれない。

　詳しくは本人に聞くか、今度ステータスを見せてもらったときに確かめなきゃわからないけど。

「ねぇねぇ、ハイト。ぶーちゃんのこと触ってみてよ」

　考察をしていると妻から声がかかった。

「ん？　どうして？」

「それは触ったらわかるよ」

「理由は自分で確かめろってことか。ぶーちゃん、俺が触っても大丈夫？」

『プゴッ！』

「大丈夫だよ！　だって」

「わかった。それじゃあ、失礼します」

俺はゆっくりとぶーちゃんの方へと腕を伸ばし、軽く指先でその毛に触れる。

「……柔らかい」

ぶーちゃん、というかネイチャーボアの大きさはだいたい俺の足先から膝よりちょっと上くらいだ。それでいて、パッと見るとゴワゴワしていそうな真っ茶色な毛がびっしりと体中に生えている。

得意な攻撃が突進ということもあって、体毛が柔らかいとは全く予想していなかった。

「びっくりしたでしょ？　見た感じ茶色くて硬そうなのに、実際に触るとぜんっぜん違うの！」

妻はぶーちゃんの横腹に顔を埋《うず》めながら話す。

「うん、これはいい……ちょっと癖になりそうだよ」

自分の従魔ではないのであまり好き勝手するのは良くないが、手が止まらない。俺はぶーちゃんの腹側をひたすらモフモフする。

それから三十分ほど俺たちはそこから動かなかった。

◇◇◇

「――――危なかった。ぷーちゃんの魔性の体毛に落とされるところだった」

「三十分もモフモフし続けていたんだから、もう落ちてるんじゃない？　認めなよ～、私の従魔に骨抜きにされちゃったって！」

　妻はニヤニヤしながらこちらを見てくる。

　自分だって骨抜きにされてた癖に、どうして俺だけそんな視線を向けられなきゃいけないんだ。ここで素直に答えるのはちょっと癪《しゃく》だね。

「……そろそろ戻ろうか。あんまり帰るのが遅いとアネットさんたち心配するかもしれないから」

「あ～、話題逸らした」

　露骨に話題を変えたので、妻にはすぐに狙いがバレたが問題ない。このまま強引に押し切ってしまえばいい。

「いいから帰るよー」

　俺は独り、小走りで湖のある方角へ移動し始める。妻をおいて行くふりをしてやろうと思ったのだ。今なら気配察知に敵性存在の反応は引っかからないので、多少離れても問題ないだろう。

「えっ、ちょっと待って。私も帰る！　って、先に行っちゃったよ……そうだ、ぷーちゃん！　背中に乗せて。逆に追い抜かそう」

　妻が大声でぷーちゃんに乗せろと頼んでいるのが聞こえた。

　……そういえば、掲示板で騎乗スキルを取ればボアに乗れるって書いてあった気が。

「うわあああああああああああああ。ちょっ、ぷーちゃんストップストップ！！　一回、止まってええええええええええ」

茶色い魔物が『フゴフゴ』言いながら横を猛スピードで通り過ぎるのと同時に、大きな悲鳴が山に響いた。

走って妻の後を追うと、地面にヘタレ込んでいる姿が目に入った。隣にはうなだれたぶーちゃんもいる。

「はぁ、はぁ………」

「リーナ、大丈夫?」

しゃがんで様子を窺うと、顔を真っ青にしていた。

「うん。でも……ちょっとだけ休ませて」

「じゃあ、落ち着いたら教えてね。近くに魔物はいないから、ちょっと休んでから戻ろう」

こうなるから騎乗スキルが必要なんだなぁ。やっぱり掲示板ってこまめに見ておいた方が良さそうだ。でも、従魔に乗るために騎乗スキルが必要なら、俺がマモルの背に普通に乗っていたのはおかしくないか?

気になるから、テイマー板の過去ログを漁って騎乗の効果を確認してみよう。

「え〜と、これだ」

――――なるほど。そういうことか。

だいぶ前にレッドボアに乗るために騎乗スキルを取った人が、魔物の知能に関する考察と騎乗スキルの説明を載せてくれていたのを見つけた。

まず魔物は種族によってＡＩの賢さの最低ラインが決められていると思われると。そしてそのラインがボア系は著しく低い。なのでスキルなしの状態で乗ってしまうと騎乗者のことにまで意識が回らず、とんでもない危険走行をするようだ。

騎乗スキルはそういった種の魔物が主人へ意識を回しやすくなるようにアシストがかかるという。そのプレイヤーいわく、逆に元からある程度賢い種族は騎乗スキルなしでも安全に移動してくれるだろうとも。だが、そういった魔物を持つプレイヤーが騎乗スキルを取る必要はないのかと言われるとそうでもないらしい。騎乗スキルには先に挙げた効果以外にも、騎乗状態でのプレイヤーのステータスを上昇させる効果などが熟練度アップで手に入るからだそうだ。

「熟練度をあげれば、騎乗時のステータス上昇か……取るか迷うな」

今後、どこかでマモルに乗って戦うこともあるかもしれない。そういったときにために、スキルを先んじて取得し、熟練度を上げておくのもいいなと思った。

「ごめん。もう落ち着いたから、大丈夫」

妻がようやく立ち直ったので、騎乗スキルについて教える。彼女はすぐに騎乗スキルを取得した。

騎乗スキルを取得した妻がぶーちゃんの試運転を少しだけする。スキルの効果で暴走しなくなったぶーちゃんは妻の指示を聞いて、比較的安全な走行をしていた。それでも曲がるときの動きがカクっとしていてどこかぎこちなかったのは、種族的な理由があるのかもしれないね。

◇◇◇

「アネットさーん、木材持ってきましたよ」

本来、予定になかった新たな従魔のお出迎えを終え、湖畔へと帰還した。深紅の長髪を風で揺らす女性の背中を見つけたので、俺はそちらへ駆け寄る。

妻はとても疲れてしまったらしく、ぶーちゃんをすらっちに紹介だけしてログアウトしていった。

「あら、おかえりなさい。随分遅かったじゃない」

「すみません。予定外の出来事がありまして」

「別に気にしてないわよ。でも、もう少しして戻ってこなかったら、私が捜しに出ようかとは思っていたけど」

危なかった。

もしアネットさんがここを離れたら、作業に何かしらの支障が出ていただろう。そうなったら俺や妻は自分たちのせいなので仕方ないが、大工さんたちの他の仕事に影響が出てしまうかもしれない。あまり迷惑はかけたくないので、今度からは寄り道はできるだけなしにしよう。今回もぶーちゃんをモフモフしていた時間分早く戻ってくるべきだった。

「危ない目にあったとかではないので……大丈夫ですよ」

「なら、よかったわ。それで木材を取ってきてくれたのよね？」

「はい！　今、出しますね」

俺の伐採した四十本、それから妻から預かっている十本。

ラニットスギをアイテムボックスから取り出す。

「合わせて五十本……クランハウスの建築だけなら足りそうね。でも、他にも木材は使うから、もう少し必要かしら」

「今からまた取りに行きましょうか？」

「夜の森は危ないからやめておきなさい。明日の朝から私たちで伐採してくるわ」

夜のフィールドでナイトウォーカーという、現状倒す方法がわからない魔物と遭遇したのでアネットさんの言葉が身に沁《し》みる。

素直に従うべきだろう。

「わかりました。だったら、せめて案内役を出しますね」

「それは助かるわ。案内なしだと、迷っちゃいそうだから」

「おーい、バガード」

従魔たちがお昼寝していた大樹の木陰には、すでに姿はない。周囲を見渡すと湖の上何かしている姿が見えたので、呼び寄せる。

「よくきた。頼みたいことがあるんだけどいい？」

『カァー』

内容次第とだけ答えが返ってくる。

「そっか。じゃあ、聞いて判断してね。実は明日、アネットさんたちについて回って欲しいんだよ。道案内とかはぐれた大工さんがいないかと気を配っていて欲しい」

『カァー……カァーカァー』

「報酬ありなら考えるか。うん、いいよ。明日一日、やり切ってくれればご褒美をあげる」

『カァーカァーカァー！』

バガードが欲しがったのはもちろん食べ物だ。ただ、いつもあげているフライドラビットではない。以前、あげると言ったのに与えていなかった妻の手料理が食べたいらしい。俺がフライドラビットよりうまいと言ったくせに、これまでお預けにされていたことに不満を感じていたようだ。

俺としては経営地開発が一通り終わったときに開催予定のパーティーで妻の料理を食べさせてあげるつもりでいたが、食いしん坊な従魔はそれを知らないので欲しがったのだろう。

「じゃあ、リーナに明日の晩、手料理を用意してもらえるように頼んでみるよ」

返答に満足したバガードは金色の翼をはためかせ、どこかへ飛び去った。

従魔の飛び去った場所に魚が落ちている。

「ん？　なんだこれ」

これは……見た目からしてニジマスか。もしかして俺が呼ぶまで水面近くに上がってくる魚を空から食べていたところだったのか？

キャラがぶれないな。

でも、置いていったということはもう興味はないのだろう。

そのまま捨てておくのももったいないので、ニジマスに解体を発動して、アイテムボックスへ放り込んだ。

「鳥ちゃんは案内してくれそう？」

俺とバガードがやり取りしているところを見ていたアネットさんから声がかかる。

「はい、代わりに美味しいご飯をくれとせがまれましたけど」

「かわいいじゃない。明日のお昼ご飯、私のだけじゃなくてあの子の分も持ってきてあげようかしら」

「いいんですか？」

「ええ、もちろん。といっても、そんな豪勢なものじゃないわよ？」

「いえ、もらえるだけで有難いですよ！　バガードも食いしん坊なので、きっと喜びます」

この後、アネットさんたちをバガードと共にファーレンへと送り届けた。

バガードは明日、朝から案内役をするという仕事があるので、アネットさんの家に泊めてもらうことになった。

湖畔に戻った俺はすぐにログアウトしてもよかったのだが、マモルが遊びたいとせがんできたのでゲーム内に残る。俺とマモルが遊んでいるのを見たすらっちが交ざりたそうにしていたので、一緒にどうかと誘ってみると喜んで参加。その結果、ぶーちゃんも自分だけ仲間外れは嫌だったのか参戦して三体の従魔と湖畔を駆け回ることになる。

――約二時間の鬼ごっこは楽しかったが、終わった頃にはクタクタになっていた。

# 第十章　ファス平原のエリアボス

翌日、朝早くに俺と妻はログインした。

目的はイッテツさんに渡す鉄鉱石の確保。そのためにはファス平原方面の攻略を進めて、次の町へ辿り着かなければならない。しかし、このゲームではフィールド間を移動する際に邪魔になる存在がいる。エリアボスだ。ファス平原のエリアボスはファーレン周辺に出るそれの中で最も厄介で、攻略組でさえ初見クリアはできなかったらしい。そこまでの強敵ならしっかりと準備して戦いたいということで、こんな時間からゲームを始めたわけだ。それなら掲示板で情報を集めるなりすれば良いと思うかもしれないが、ファス平原のエリアボスを撃破できたプレイヤーはまだ少なく、そんな彼等も希少な情報は売れば金になるということで重要な情報は書き込んでいない。情報屋であるシャムさんなら、もちろん何か知っているだろうが聞き出すにはそれなりのお金が必要となるので頼るのは最終手段ということにしたい。そもそも彼はそれなりに忙しいようなので、急に連絡しても会えないしね。

「――――鉄武器のためにエリアボス撃破がんばるぞ～！」

妻は今日も朝から元気いっぱいだ。一方、まだ眠気が抜けない俺はその隣であくびを噛み殺す。

鉄鉱石を手に入れられたら、俺の剣だけでなく妻がサブウェポンとして欲している短剣も作ってもらう予定だ。それゆえに彼女はやる気を漲《みなぎ》らせているのだろう。

「おはようございます。アネットさん。それにバガード」

ゲーム内でも今は丁度、朝。

仕事始めが早い大工さんたちはすでにバガードの案内で経営地にきていた。挨拶をするために声をかける。

「あら、坊や。おはよう」

『アーアー』

今回戦いに出るのは俺、妻、マモル、すらっち、ぶーちゃんの五名だ。バガードは経営地開発中のアネットさんたちについているため不参加となる。

「今日はやることがあるので、留守にします。経営地のことはよろしくお願いしますね」

「ええ、いいわよ。任せなさい」

「ありがとうございます。ところでアネットさんはファス平原のエリアボスについて何か知っていますか？」

掲示板や情報屋なんてものがあるから忘れがちだが、本来はボスの攻略に必要な情報などはゲーム内に登場するＮＰＣから聞き出すものである。そのためまずは身近な人に聞いてみることにした。

「ええ、知ってるわよ。それを聞くってことは、今日倒しに行くつもりかしら？」

「そのつもりです」

「そう。なら、いろいろ教えてあげるわ。あなたたちにはちょっと厳しい条件なんかもあるからね」

それからアネットさんが知る限りの情報を教えてくれた。

まずファス平原のエリアボスはビッグスライムという巨大なスライムだということ。そしてこいつは通常のスライムと同様に物理耐性がある。そのため魔法を使える者が最低でも二人。できるなら三、四人いた方がいいらしい。今回、俺たちのパーティーで魔法が使えるのは俺と妻のみ。最低条件は満たしているが、厳しい戦いになるのは間違いないだろう。

そしてこれは普通のプレイヤーは特に気にしなくて良いことだが、ビッグスライムは夜は眠るためにどこかへ行ってしまうらしい。そのためファス平原のエリアボスと戦うことができるのは朝から夕方までのようだ。

こうなってくるとうちの最強アタッカーであるマモルは全ステータス三割減かつ常時ダメージを受ける状態で戦わなければならない。これは流石に厳しいことである。いっそのことマモルを置いて四人で戦闘に向かうという案も出したのだが、マモル自身がそれを強く拒否したため話は消えた。

「坊やたちの戦力だと、上手く立ち回っても勝率三割ってとこかしらね。死なないように、引き際はしっかり考えなさい」

最後にアネットさんはそう口にした。

◇◇◇

日が沈む直前。ギリギリ夜になる前の時間帯に俺たちはファス平原へ足を踏み入れた。朝からログインしていたのに、どうしてこの時間から挑むことになったのか。それはエリアボス戦に向けて俺が錬金術で低級ポーションを大量に作製していたからだ。怨嗟の大将兎以来の、強敵との戦い。できる限りのことはしたかったのである。

「こっちに真っ直ぐ走ってくるやつがいる」

相変わらずここはプレイヤーが多いなと思いながら歩いていると、気配察知に敵が引っかかった。俺はすぐにそのことをみんなに伝える。

「あっちに赤いのが見える！　たぶんレッドボアだよね。だったら、ぶーちゃんの出番だよ。上位互換の突進をお見舞いしてあげて!!」

妻からの指示を受けて、ぶーちゃんが突進の準備を始めた。後ろ脚で何度か地面を蹴って、砂ぼこりを上げる。準備動作が終わったのか、真っ直ぐに走り出し全速力で突き進む。

前方から迫るのは赤い猪。

それを迎え撃つは背に植物を生やした茶色い猪。

両者、真正面から激突。

すぐに勝敗は決した。

「ナイス、ぶーちゃん！」

同系統の魔物による同スキルの激突は基礎ステータスが高い方に軍配が上がる。

妻は初戦闘でぶつかり勝ったぶーちゃんに抱き着いて褒める。

以降、見知った魔物と何度か遭遇するが、戦いたがりのマモルが次々と潰していく。すらっちは溶解液を飛ばすことでマモルが敵を倒す前にダメージを与え、仕事をしてます感を漂わせていた。

一方、突進しかないぶーちゃんは最初のレッドボア戦のみの活躍で、それ以外ではほぼ出番なく戦闘が終わっていた。

そんなこんなでファス平原を移動していると、大きめの気配がスキルに引っかかる。

「大きい気配を見つけたよ。たぶんエリアボス」

俺の言葉で皆が敵を警戒して移動速度を落とす。ただ、一体の従魔を除いて。

「ぶーちゃん!?」

きっと最初の一戦以外、ほとんど見せ場がなかったのを気にしていたのだろう。今度こそ、主人や仲間たちにカッコイイところを見せようと、いきなり突進をし始めた。

猪突猛進。

曲がれないぶーちゃんは、真っ直ぐに敵の気配へと突っ込んでいく。

『プギィ!?』

次の瞬間、ぶーちゃんの悲鳴が聞こえた。

俺たちは駆け足で敵へと接近する。

相手を警戒して慎重に進むつもりだったが仕方なし。仲間の危機を放っておくわけにはいかない。

「見えた！」

少し走ると相手の姿が視界に入ったのですぐに鑑定する。

ビッグスライム（エリアボス）
ファス平原に生息する大型のスライム。通常のスライムが少しひしゃげたような形をしている。

縦横どちらも三メートルはありそうな玉型の巨体。その身の内には、生き物の骨のようなものがいくつも浮かんでいるのが薄《うっす》らと見える。おそらく食事として取り込んだ生き物の死骸だろう。愛らしいスライムが大きくなっただけ、と考えていると痛い目に遭いそうだ。

「マモル、ぶーちゃんのこと守ってあげて！」

おそらくビッグスライムに突進して跳ね返されたのだろう。ぶーちゃんはエリアボスから少し離れたところで転倒していた。起き上がるのに時間がかかりそうなので、その間マモルについてもらおう。

「スラッシュ!!」

俺は背中から剣を引き抜き武技を放つ。

斬撃は真っ直ぐにビッグスライムへと飛来。そして直撃。体表に傷がつくも特に痛がる素振りはない。

「効いてないわけじゃ……なさそうだけど。やっぱり魔法攻撃じゃないとダメージは極端に減るのか？」

「闇魔法、ダークバレット！」

会敵後、すぐに魔法陣を展開していたのだろう。続けざまに妻が魔法を放つ。漆黒の弾丸はビッグスライムのど真ん中をぶち抜こうとする。

「えっ!?　魔法も耐えちゃうの？」

妻の魔法は目の前の巨大なスライムの体の一部を削ったところで消滅した。

「アネットさんが魔法使いが最低でも二人って言ったのは、火力が足りないからみたいだね」

ここでぶーちゃんが復活したため、マモルと共にこちらへ戻ってくる。

「ちょっと、待って！　傷口再生してない!?」

妻が悲鳴染みた声を上げたため、ビッグスライムの傷口を見る。

確かにさっき魔法によって吹き飛ばされた部分が少しずつ埋められ始めていた。

「再生って……。そんなのアネットさんか――――」

そんなのアネットさんから聞いていない。そう口にしそうになったが、最後まで言わせてもらえなかった。ビッグスライムが大きく跳び上がったかと思うと、こちらへ向けて急降下してきたのだ。

「ヤバい！　みんな、避けろ！！！」

俺は鉄の盾を構えて受け止める準備をしながら、そう叫んだ。

うちのパーティーは俺以外全員耐久力が低い。そのため大質量ののしかかりを耐え切るのは至難の業だ。

幸いなことに妻とマモルは速さに特化したステータスをしている。彼女たちはそれを活かして、ギリギリのところで攻撃を回避した見せた。すらっちも咄嗟にマモルの背に乗せてもらったようでダメージはない様子である。

「――――ぐっ」

だが、足の遅い俺にはそれができなかった。だから受け止める選択をしたのだが、失敗だったようだ。

敵は重量のある巨体で押し潰そうとしてくる。両足に目一杯力を入れて踏ん張るが、押し返せる気がしない。徐々に俺の体は押されていく。

もう限界だ。耐えらえない。

そう思ったとき妻の声が響いた。

「いつまでハイトに乗ってるつもり！　くらえ、水魔法ウォーターボール！！！」

一瞬、上からかかる圧が弱まる。俺はその隙に右へ転がり、ビッグスライムから距離を取る。

「リーナ、ありがとう。助かった！」

九死に一生を得た俺は妻へ感謝しつつ、チラッとステータスを確認する。ＨＰは今ので三割も減ってしまったようだ。すぐにアイテムボックスから低級ポーションを取り出して回復する。ただ、低級ポーションで回復できるのはＨＰの一割。一度の使用で全快まではいかない。

俺が回復している間、従魔たちは敵に再生させまいと攻撃している。だが、効果は薄い。まだ夜ではないためマモルのステータスが低下していること、そして物理耐性が厄介なようだ。魔法が得意な妻は水、闇どちらの攻撃魔法もクールタイムが終了するのを待っている状態。今は何もできない。

その結果、ビッグスライムはまた体を再生させてしまった。

「これはきついな」

俺はこの戦いの厳しさを正しく理解した。

再生を終えた敵はふるふると肉体を震わせる。何をする気だとこちらが身構えると、ビッグスライムは体から液体を撒き散らし始めた。

「溶解液だ！」

すらっちの得意技なので、これは見慣れている。確実に触れない方が無難だろう。俺はこちらへ飛んできたそれを盾で受け止める。

「危ないな」

ビッグスライムによる溶解液での攻撃はまだ止まらない。ただ、がむしゃらに周囲に振り撒いているだけのようで、こちらへ飛来する数は少ない。一つ一つ確実に鉄の盾で防ぐ。

「ちょっ、ハイト！　盾で受けちゃだめ!!」

妻は血相変えて叫んだ。

「どうして!?」

「溶解液は武器や防具の耐久値を大きく削ることができるの！　だから受けるんじゃなくて、避けて!!」

鉄の盾の耐久値はこれまでの装備より高い。しかし、それでも妻は避けろという。従魔としてスライムを連れている者からの助言だ。俺は素直に従うことにした。

「ハイト、装備は大丈夫？」

しばらく避け続けていると溶解液が止む。すぐに妻がこちらへ駆け寄ってきた。

「うん。盾もまだ壊れてない」

そう答えながら、視線はエリアボスの方へと向ける。

「あっ、また震えてるよ。次の攻撃くるんじゃない!?」

ビッグスライムは最初にのしかかり攻撃してきたときも、溶解液を振り撒いたときも、その直前に巨体を震わせていた。妻はそれを攻撃前の予備動作と見たらしい。

「その可能性が高そうだね。みんな躱す準備を！」

俺も妻と同意見だったため、従魔たちに回避の指示を出す。それとほぼ同時にビッグスライムが再び跳び上がった。今度こそ俺たちを押し潰すつもりだろう。

驚異的な一撃ではあるが、それはもう見た。攻撃がくることさえ分かっていれば俺でも十分に避けられる。

俺たちは一斉に散らばって、敵の攻撃を完璧に回避して見せた。

のしかかり攻撃に失敗した後、ビッグスライムは明らかに動きが鈍くなった。まだ次の攻撃へ移るような予備動作もない。思い返せば、さっき俺がのしかかり攻撃から抜け出した後も、少し動きが鈍っていた気がする。これはもしかしたら強力な攻撃をした後にくる反動なのかもしれない。

「リーナ、たぶん相手は動きが鈍ってる！　今のうちに植物魔法で縛りつけてくれないか？」

「わかった！　やってみる!!」

妻はビッグスライムの真下に魔法陣を展開し始める。

「その間、ヘイトを買うよ」

動きが鈍くなっているとはいえ、またいつ動き出すかはわからない。しばらく妻は無防備になるため、魔法を発動し終えるまでヘイトが向かぬようにする必要がある。

俺はビッグスライムに対して数歩距離を詰め、剣で斬りかかる。物理耐性でダメージはほぼ入っていないだろうが、それでも良い。今はとにかくビッグスライムの注意が俺に向きさえすれば良いのだ。

上下左右。一心不乱に剣を振るい続ける。そのたびに少しずつゼリー状の体を削ってはいるが、それは再生速度より若干早い程度のものだ。

がむしゃらに繰り出される攻撃に対してビッグスライムは嫌そうに体を揺らす。ダメージはそこまで入らないにしても、不快ではあるようだ。

「植物魔法、ソーンバインド！」

巨大なスライムの身をひたすら削る時間は終わりを告げる。

妻の展開していた魔法陣から、四本の茨が出現しビッグスライムへと絡みついた。

「これで動けないはず――って、うそでしょ!?」

茨に身動きを封じられたビッグスライムはその巨体を突然液状化させた。そして見事に魔法による拘束から逃れる。

予想外、というより俺たちがスライムの持っているスキルを忘れていたという方が正しいだろう。すらっちのスキル構成をもとに考えれば、相手が液状化できる可能性は高いとわかったはずなのに。

液状化したビッグスライムはそのままの状態で動き始めた。これまでヘイトを向けていたはずの俺ではなく、魔法を使った妻の方へと迫っていく。

「リーナ危ない！」

自分の魔法があっさりと無効化されたことに驚いていた妻は少しばかり動き出しが遅れる。

耐久力が低い妻では攻撃に耐えられない。そう思い、間に割り込もうと駆け出すもこの距離は俺の足では間に合わない。

ドロドロとした粘体が妻を丸ごと呑み込もうとしたとき――――猛スピードで茶色い魔物がエリアボスの眼前に割り込んだ。

『プゴッオオオオォ』

猛々《たけだけ》しい雄叫びと共にネイチャーボアは主人の盾になろうとしたのである。

だが、予想外の出来事を前にしてもビッグスライムは動きを止めず、乱入者をいとも容易く呑み込んだ。そして勢いも未だ衰えず、そのまま奥にいる妻も喰《く》らってしまおうと前進する。

「ぶーちゃん!?」

妻は自身の従魔が食われてしまったことに激しく動揺し、その場に立ち尽くした。


——このままでは妻がやられてしまう。

これはゲームだから、死んでも大丈夫だ。死亡したところで、強い痛みがあるわけでもないことは身をもって経験済みである。

でも！　やっぱり目の前で最愛の人が食われるのを見ていられるものか!!

ゲームだからとか、理屈がどうこうではない。俺の気持ちの問題である。

何か良い手はないのか。間に合わないとわかりながらも足を動すと同時に、俺は精一杯思考を回す。彼我の距離、自身のステータス、持っているスキル。様々な情報を思い起こし、使えるものはないのかと漁る。

そして考え抜いた末に俺はたった一つだけ可能性が残されていることに気がついた。

「一か八かやってやる！」

妻のもとへ向かう足は止めない。だが、そのまま走るだけではダメだ。俺はステータスを開き、新たにスキルを取得するための画面を呼び出す。そして膨大にある取得可能なスキルの中からとあるスキルを選択して一切の迷いなく習得。

「頼む、間に合ってくれ！！！」

すぐに取得したスキル、身体強化を発動した。たった十秒だけだが、全ステータスが一割上昇する。

「うおおおおおおおお――――」

俺は全速力で妻のもとへと駆けつけた。背中と足に手を回して抱きかかえる。

すぐ横にはビッグスライムの気配が。

俺は妻を抱いたまま全力で駆け抜けた。

「ハイト……ありがとう」

「ううん、気にしないで。俺が守りたいと思ったからそうしたんだ」

抱きかかえていた妻を隣に降ろす。それと同時に身体強化の効果が切れる。

マモルも背にすらっちを乗せた状態でこちらへと駆けつけた。

「ねぇ、みんな。ぶーちゃんが私の代わりに呑まれちゃったの。助けるの手伝ってくれないかな？」

ぶーちゃんのことが余程ショックだったらしい。自身に危険が迫っている間も身代わりになった従魔のことを考えていたようだ。

「もちろんだよ。ぶーちゃんは仲間なんだから、リーナに言われなくても元々助けるつもりだった」

「そっかぁ……ありがと」

妻は一瞬瞳を潤ませるが、すぐに目を擦り流れそうになっていた涙を拭いた。

「まだ戦いは終わってないのに、泣いちゃダメだよね！　よーし、ここから私ももっとがんばっちゃうもんね!!」

――――こちらはぶーちゃんという犠牲を出しながらも、なんとか態勢を持ち直した。ビッグスライムの方を見ると再び球体になっており、その身の内にぶーちゃんを捕らえている。

早くあいつをぶっ倒して、ぶーちゃんを助けてやらねばならない。

俺たちが立て直したように、相手もまた次の行動の準備をしていたようだ。ビッグスライムはまた体を震わせ始めている。

次は何がくるのか。

敵の一挙手一投足に注意をして見つめる。

「また溶解液か！」

体から染み出した液体を今度は散弾のようにこちらへと飛ばしてきた。

溶解液は盾で防御するわけにはいかない。盾の耐久値が大きく削られるからだ。そのため避けるしかないのだが……今回は数が多過ぎる。さっきまでのように全方位に振り撒いてくれればまだよかったが、今回は俺たちがいる方向のみに溶解液を放出した。更にそれがいくつにも分散されているため対応が追いつかない。

「すらっちお願い！」

溶解液がこちらへ迫る中、どうしたものかと必死に考えていると、妻の声が聞こえた。それとほぼ同時に後方からも溶解液が飛んできた。

前と後ろ。双方から飛び交う溶解液は互いにぶつかり合う。

チラッと後ろへ視線をやると、すらっちがビッグスライムがやったような散弾式で溶解液を放っていた。スキルの使い方を真似したようだ。

「ハイト、前見て。いくらすらっちでも全部はムリだから！」

言われた通り、視線をエリアボスの方へ戻す。タイミングが良いのか悪いのか、丁度すらっちの撃ち漏らしが俺の顔へと迫っていた。

「あぶなっ！」

間一髪、躱したが肝が冷えた。

戦闘中によそ見は絶対にダメだ。二度としない。

気持ちをしっかりと入れ直した俺は時々出る溶解液の撃ち漏らしを躱しながら、次の作戦を考え始めた。

一斉攻撃で再生が追い付かないほどのダメージを与える。それが今のところ最適解だ。

だが、それをするためには相手の動きを封じる、もしくは鈍らせる必要がある。

植物魔法による拘束は先程、液状化で抜けられた。現状、うちのパーティーに他の拘束手段はない。だったら、せめて動きを遅くさせて攻撃を当てやすい状況を作るべきだろう。

「火魔法を準備するから少し時間を稼いで欲しい」

俺は前線をマモルに任せて後ろへ引く。

「だったら、私も前に出るね」

マモルへの頼みだったのだが、なぜか妻が返事をした。

「えっ、危ないよ？　自分の耐久力の低さ忘れたわけじゃないよね」

「大丈夫だよ。いつもは魔法の準備とかで動けないことが多いから、忘れられてるかもしれないけど、私は速さのステータスも高いんだよ？」

いや、ダークエルフが魔力と速さが高い種族だっていうのは覚えているけど……耐久力が低過ぎるから今まで、前衛を頼もうとはしなかったんだよ。

「そんな心配そうな顔しないでよ。反撃なんて考えずに本当に避けるだけだから。それなら被弾する可能性も減るでしょ？」

考えていることが顔に出ていたらしい。妻から更なる説得を受ける。

「……わかった。それじゃあ、魔法発動までの時間稼ぎはお願いするよ」

「任せて！　すらっち、ハイトが攻撃されたら、スキルを使って守ってあげてね」

妻からの指示を聞いたすらっちが俺の頭へと跳び乗る。そしてブルブルと震えた。たぶんわかったと返事をしたのだろう。

俺は後方から火魔法の魔法陣を展開し始める。

使用可能な火魔法はヒートラインのみ。これは魔法陣を起点として選択した方向とその反対、二方向に触れると火傷状態になる火線を発生させるものだから、当てなければ意味がない。

必ず火傷を負わせるためにもまずは相手の行動を分析しよう。

戦闘が始まってから今まで、その間の敵の攻撃の種類は三つ。大きく跳び上がってのしかかり。液状化して丸呑みしようとする。そして遠距離からの溶解液の散弾攻撃だ。

溶解液による攻撃以外は全て、こちらへ接近している。それも複雑なフェイントなどはなく、ただ真っ直ぐに襲いかかってきた。ボア系の突進のようにスキルによって行動が制限されているわけではないと思うが、単純な動きしかしていない。

それなら前でビッグスライムの相手をしている妻とマモルの近くに魔法陣を設置するべきだろう。そうすれば攻撃をしようと突っ込んできた相手の方向へ火線を発生させてすぐに焼くことができる。至近距離なら回避される可能性も減らせるので良い案だと思う。

考えがまとまったので、俺は火の魔法陣をマモルと妻のいる間へと展開する。

一方、ビッグスライムは溶解液の散弾攻撃をすらっちによって八割近く無効化されていたため痺《しび》れを切らしたらしい。直接、前衛の二人を攻撃しようと距離を詰め始めた。

敵が選択した攻撃方法はのしかかり。ブルブルと震えた後、大きく空へと跳び上がり標的を押し潰さんと落下する。

しかし、マモルも妻もかなりの速さを有する。あれだけ分かりやすい予備動作の後に攻撃したところで当たることはない。

「火魔法、ヒートライン！」

ビッグスライムが見事に魔法陣の近くへ着地した。それを確認した俺は魔法を発動する。魔法陣から瞬く間に火線が広がり、その直線上にいるものを焼く。

体を焼かれたエリアボスは熱さのあまり、その場で飛び跳ねた。水色の巨大球体はこれまでに見たことがないほど激しくもがき苦しんでいる。

「ハイト、なんかいつもより苦しんでない？」

「やっぱりそう思う？　別に熟練度が上がったわけでもないから、俺の方は何も変わってないんだけど」

「じゃあ、弱点だったとかかな。それならあそこまで苦しんでいるのも納得できるし」

「かもしれない。何にせよ、今はチャンスだ。一番火力の出る技の準備をしよう！」

仮に火属性が弱点だったとしても、ヒートラインは火傷と少量の割合ダメージだけなので今の一撃で倒し切ることはできない。やはり倒すなら、相手の動きが鈍っている間に全員で攻撃するしかない。

「わかった。すらっち、私たちが攻撃するタイミングに合わせて溶解液お願い！」

妻はすらっちに指示を出すと、最大火力が出る闇魔法を発動させるために魔法陣を展開する。

「マモルはみんなの攻撃後、相手がまだ生きていたらトドメの一撃任せる」

俺もマモルへの指示を出した後、クールタイムが終了した身体強化を再度発動させた。

そうしている間にエリアボスは体に移った炎を消し、落ち着きを取り戻していた。そして自身の体の一部が火傷によって変色しているのを見て怒り、体を大きく震わせ始めた。

「ハイト、準備できたよ！」

「それじゃあ、いくよ！　くらえ、スラッシュッ！！！」

「抉れ、ダークバレット!!」

飛来する斬撃。

貫く闇の魔弾。

身を溶かす溶解液。

攻撃に移るために体を震わせていたビッグスライムはそれらを避けられなかった。

威力の増したスラッシュで体表を傷つけられ、そこをダークバレットで奥深くまで抉り貫かれる。

それでも死なないエリアボスはすぐに体を再生しようとするも火傷による継続ダメージで阻止されてしまう。そこへ追い撃ちとして溶解液が降り注ぎ、ゼリー状の肉体を溶かしていく。

それでも相手は倒れない。まだしぶとく生き延びようと必死に体を再生しようとしている。

だが、それを見守ってやるほどこちらも甘くはない。こうなったときのためにマモルはまだ控えていたのだから。

――――先程まで少しだけ顔を出していた太陽はついに完璧に姿を消した。同時にマモルに宿る蒼い炎の輝きが増す。

ここからは闇の住人の時間である。

身体能力を制限されていた状態から一転。今度は強化された状態になった。

マモルは圧倒的なスピードでビッグスライムへ肉薄する。

「「いっけぇーー！　マモル！！！」」

――――白い牙が闇夜を切り裂き、青の巨体へ突き刺さる。

『エリアボス、ビッグスライムを討伐しました』

長い戦いの終わりがアナウンスされる。

『見習いテイマーのレベルが1あがりました。SPを2獲得』

やはりエリアボスを倒すと経験値が大量に手に入るようだ。レベルが上がるのはメイン職だけに止《とど》まらない。

『見習い戦士のレベルが1あがりました。SPを2獲得』

いつもなら通知はここで終了するのだが、今回はまだあるらしい。

『火魔法の熟練度が規定値に達しました。火魔法、ファイヤーボールを習得』

最後に新たな魔法を習得したと知らされる。名称からして妻の使うウォーターボールの属性違いのようなものだろう。非常に気になるため戦闘終了後、すぐにステータスを確認したいところだが、先にやっておくことがある。ぶーちゃんの安否確認だ。

俺がビッグスライムの死骸のもとへ足を運ぶと、すでに妻とマモルがいた。

「ぶーちゃん――どこ!?」

妻はゼリー状の死骸からぶーちゃんを捜し出そうと必死になっている。

「落ち着いて、リーナ。解体した方が早いよ」

俺はスキルを発動して、ビッグスライムの死骸をいくつかのアイテムへと変換する。それらを全てアイテムボックスへ放り込むと、残されたのは気を失っているぶーちゃんだけだった。

「生きてる、よね?」

「うん。生きてるよ」

さっき微かに『フゴッ』と鼻を鳴らしている音がした。そのため死亡しているということはないだろう。

とはいえ、ずっとビッグスライムの体内にいたのだからかなり弱っていると思う。

他のみんなもこの戦いでＨＰを減らしているはずなので、アイテムボックスから低級ポーションを大量に取り出して配った。

皆、苦くてまずい低級ポーションを飲み干してＨＰはしっかりと回復した。ここでようやく俺たちは戦闘の成果を確認することにした。

ハイト・アイザック（ヒューム）
メイン：見習いテイマー　Lv.13
サブ1：見習い戦士　Lv.7
サブ2：見習い錬金術師　Lv.6
ＨＰ：290/290　ＭＰ：204/270
力：28（+11）
耐：27（+24）
魔：34
速：18
運：29
スキル：テイム、火魔法、錬金術、剣術（初級）、槍術（初級）、盾、気配察知、聴覚強化、鑑定、解体、採取、潜水、伐採、身体強化
称号：ラビットキラー
ＳＰ：10

レベルアップ後のステータスを確認すると力と耐久があと少しで30に乗りそうだった。30を超えれば何かがあるというわけではないがキリが良いので嬉しい。それにファイヤーボールは予想通り火属性の攻撃魔法だったため、今回はけっこう収穫があったと思う。

だが、残念なことにマモルのレベルは上がらなかった。元が強いからかもしれないが、レベルアップに必要な経験値が多い気がする。妻によるともうすぐすらっちのレベルがマモルに追いつくみたいだし。

「ハイト、何か良いことあった？」

レベルアップと熟練度アップで喜んでいたのが顔に出ていたようだ。

「うん。やっと攻撃魔法を覚えられたんだよ」

火魔法を取得時から使えるのは敵を火傷状態にするヒートラインのみ。効果自体は強いが、使うタイミングや魔法陣を展開する場所などを考えないといけないから雑に使えない。なので、敵に向かって撃つだけでダメージを与えられる魔法を早く覚えたかったんだ。

「そうなんだ！　どんな感じの魔法？」

「火の玉を飛ばして攻撃する魔法だね」

「あ～、ウォーターボールの属性違いみたいな？」

「そうだね。でも、少しだけ違いもあるみたいだけど。ファイヤーボールは超低確率で相手に火傷を負わせるらしいから」

実際、どのくらいの確率なのかはわからない。だが、超低確率というくらいなのだから、火傷狙いで魔法を使うならヒートラインの方を選ぶことになるだろう。あくまでもファイヤーボールは攻撃手段で、火傷したらラッキーくらいの気持ちでいるべきだと思う。

「それってウォーターボールより強いってこと？」

「どうだろう……おまけ程度の効果だし、単純火力はウォーターボールの方が高く設定されていたりするかもしれないし」

「調べてみないとわからないないか。気になるから後で掲示板覗いてみよっ。全然見てなかったせいで、痛い目にあったしね！」

ぶーちゃん暴走事件のことを思い出した妻は、体をぶるりと震わせながらそう言った。

「いいと思うよ。それでリーナたちはどうだった？」

「今回、私のレベルが上がらなかったんだよね……でも、すらっちとぶーちゃんは上がってたよ。見てみる？」

「今はいいかな。それよりぶーちゃんについててあげてよ。ステータスは経営地に戻って祝勝会でもしながら見せてくれたらいいから」

ここまで強い相手に勝ったんだ。せっかくだからパーティの一つでもしてみたい。

「祝勝会かぁ……いいね！　うん、せっかくだからビッグスライムのこと教えてくれたアネットさんたちも誘っちゃおうよ」

「そうだね。でも、アネットさんだけっていうのも変だし、大工さんたち全員誘おう。お料理は頼んでもいい？」

「もちろん！　今からたくさんお料理できるの楽しみだなぁ～」

この後、ぶーちゃんは無事に目を覚ました。そして全員で経営地へ帰還できた頃には真夜中になっていた。

# エピローグ

ビッグスライムを討伐した次の日。俺たちはログイン制限が解除されるとすぐにゲームを始めた。

前回に引き続き大工仕事をしていたアネットさんたちにエリアボスを倒したことを伝えると、

『これはめでたい。早速、みんなでお祝いをしよう！』と気の良いドワーフの大工さんたちが言い始めて、あれよあれよと昼間から祝勝会をすることになった。

「かわいい坊やにダークエルフちゃん、ビッグスライム討伐おめでとう。あなたたちの勝利を祝って、乾杯！」

「「「かんぱーい！！！」」」

アネットの音頭で祝勝会は始まった。

経営地には建物はまだ何も立っていないため、みんな湖の畔にそのまま座っている。飲み物はファーレンで買ってきたもの。大工さんたちはビールを。俺たち夫婦とアネットさんは熟したアップルンのジュースを飲んでいる。

「さっき用意したお料理出すね」

俺や大工さんたちがファーレンで買い出しをしている間、妻は経営地に残って料理していた。それらをアイテムボックスから取り出して、大工さんたちが即席で作った木のテーブルへと並べる。

兎肉と野菜のシチュー。ボア肉のステーキ。それからラニットアユの塩焼き。他にもいくつかの料理が出てくるが、どれも非常においしそうだ。

「おいおい、これはまたうまそうな料理だな！」

「リーナのお嬢がまさかここまで料理上手だったとは。驚いたな」

「ボア肉は俺の好物なんだ。うれしいな――」

ドワーフの大工さんたちはそれぞれ違った反応を見せる。ただ、全員が褒めたため妻はニヤニヤし始めた。

「嬉しそうだね」

「わかる？　えへへ」

「リーナはわかりやすいからね」

「そうなの？」

そんな会話をしながら、俺は従魔たちを呼び寄せる。やはりご飯はみんなで食べた方がいい。

「ほら、バガード。これが昨日の仕事のお礼にあげるって言ってたリーナの手料理だよ」

バガードにはアネットさんたちの道案内をする代わりに、妻の手料理を食べさせると約束した。この祝勝会はその機会として丁度良い。

俺の背後に着地した巨鳥は、並んでいる料理を見て目を光らせる。特にボア肉のステーキにもの欲しそうな視線を送っていたため、食べやすいように何切れか取り皿に載せてあげた。

『カァー』

一口食べた後、バガードは一度だけ鳴いた。それ以降、一切声を出さずにただひたすらに食べることだけに集中し始めた。

「バガードはなんだって？」

「うまいってだけ言ってそれ以降は黙々と食べてるよ」

「よかったぁ。味は気に入ってくれたんだね」

「すらっちにはあげないの？」

妻も従魔であるすらっち、ぶーちゃんと一緒に食事を取っているのだが、すらっちだけ何も食べていない。ぶーちゃんの方は調理前の野菜をむしゃむしゃしているのに。

「あー、すらっちにも何かあげようと思ったんだけど……やっぱり一番好きなのはポーションらしくて」

「なるほど。それなら代わりに俺が低級ポーションをあげるよ」

いつもは一つ、二つしか渡さないが、今回は祝勝会ということで大盤振る舞いして六つあげることにする。俺からそれらを受け取ったすらっちは嬉しそうにふるふると震えていた。

アイテムボックスを開いたからだろうか。俺はふとビッグスライムからどんな素材が手に入ったのか気になって確認することにした。

スライムゼリー
レア度：1　品質：低
スライムを倒すと手に入ることがあるゼリー。淡い水色で清涼感のある見た目をしている。味はほんのり甘い。

ビッグスライムの魔核
レア度：2　品質：中
ファス平原のエリアボス、ビッグスライムの魔核。

獣の遺骨
レア度：1　品質：低
スライムに捕食されて体内で溶かされた獣の成れの果て。一部の魔物は好んで食べる。

今回のドロップアイテムはどれもおもしろそうなものばかりだ。特に俺が気になったのは、獣の遺骨である。

「マモル、これ欲しいか？」

これまでマモルは一切食事に興味を示さなかった。そのため普通の食べ物はいらないのだろう。だが、自身の体にもなっている骨ならどうだろう。ダメもとで獣の遺骨を彼の目の前に置いてみた。

マモルはパクっと獣の遺骨を咥える。そしてガシガシとその場で噛み始めた。

「それは……どういう反応なんだ？　これからも骨があったら欲しいのか？」

俺が反応に困っていると、マモルは骨を口にしたまま、尻尾を揺らす。

どうやら獣の遺骨を気に入ってくれたようだ。

「ついにマモルのエサが見つかったんだ。よかったね！」

隣で俺たちのやり取りを見ていた妻がそう言葉にした。

「今まではマモルがどれだけがんばってもご褒美を用意してあげられなかったからね。これからは骨をストックしておけば良いってわかったし、本当に良かったよ」

こうしてそれぞれが好きな物を飲んで食べてしているうちに日は傾き始める。大工さんたちはそろそろ下山しなければならないので、祝勝会はお終《しま》い。みんなで後片付けに入った。

「ねぇ、ハイト。明日は新しい町を目指すんだよね？」

「あぁ。鉄鉱石を手に入れるためにね」

俺たちがビッグスライムを倒したのは、その先にあるフェッチネルという町に行って鉄鉱石を手に入れるためだ。

「どんなところなんだろう……今から楽しみだなぁ～」

新天地へ思いを馳せながら、俺たちはログアウトしたのだった。

# あとがき

はじめまして、三田白兎です。まずは【夫婦で営むモンスターファーム①～目指せ、まったりスローライフ～】を手に取ってくださった皆様に感謝を。本当にありがとうございます。

本作は第四回アース・スターノベル大賞にて審査員賞を頂き書籍化に至ったわけですが、私には未だ実感がありません。きっと本屋に並んでいるのを見て初めてそういったものが湧くのかなと思っています。

さて、本作が初めての書籍化作品である私にはあとがきというもので何を語れば良いのか、いまいち分かっていません。よって、勝手ながら本作品をどうして書いたのかについて語らせて頂こうと思います。

などと、何か尤もらしい理由があって書き始めたかのような前置きをしましたが、本作を書き始めた経緯はとてもシンプルで、ただただＶＲＭＭＯものが書きたかったからということに尽きます。確か、この物語を書き始めた時期はＷｅｂでＶＲＭＭＯものの作品にハマっていろいろ読み漁っていた頃だったので好奇心を刺激されたのでしょう。

ちなみに私はプロットを組んだりするのが苦手で、見切り発車で書いてしまう癖があります。本作も例外ではありません。そのためハイトたちの行く末というのは作者である私にも分かりません。

ただ、書かせて頂ける限りはこの物語を紡いでいこうと思っておりますので、応援して頂けると幸いです。今後とも、お付き合いのほどよろしくお願いいたします。

最後にこの場を借りて、素晴らしいイラストで本作品に彩りを加えてくださった村上ゆいち先生に大きな感謝を。ハイトとリーナのキャラデザが送られてきたときは、二人とも可愛い過ぎて自室で悶えてしまいました。

そして担当編集の今井様。右も左も分からない私の、ド素人丸出しの質問にいつもすぐに答えてくださったのでとても助かりました。それから原稿やら何やらの期限を後ろにズラしてもらったりと、度々ご迷惑をおかけしたにも拘わらず最後まで根気よくお付き合い頂きありがとうございます。以降、そういったことがないようがんばりますので、今後ともよろしくお願いいたします。

その他、校閲さんなど本作品に関わってくださいました関係者の皆様も本当にありがとうございました。

三田白兎

おおっ
モフッ

スローライフモフモフファンタジー！(?)
普段描かないようなキャラクター達もいて楽しかったです！
皆さんにも楽しんでいただけますように！
村上ゆいち

メイドなら当然です。
万能メイドさんの
異世界紀行!!
濡れ衣を着せられた万能メイドさんは旅に出ることにしました
三上康明
Illustration
キンタ

は、
ひた隠す
道化師VSフィーア
王の御前にて
ゲーム対決！
転生した大聖女は、
聖女であることを
ひた隠す
A Tale of The Secret Saint
コミカライズ7巻
大好評発売中！
漫画：青辺マヒト
コミックアース・スターにて
連載中!!
https://www.comic-earthstar.jp/

## あらすじ

サヴィスとシリル同席のもと、国王面談に臨むフィーア。
「国王陛下は色々と試してこられるかもしれませんが、
訓練修了の確認だと思って、できるだけお応えくださいね」
シリルからの言葉を受け、
全力で挑むことを決意するフィーア。

しかし、国王のお気に入りである道化師の少年は、
試すような発言とともに
フィーアへとある「ゲーム」を持ちかけ……

飄々とした道化師を相手に、
フィーア本気の「駆け引き」が始まる！



# 転生した大聖女
# 聖女であることを

十夜　Illustration chibi

転生した大聖女は、
聖女であることをひた隠す
戦国小町苦労譚
即死チートが最強すぎて、
異世界のやつらがまるで
相手にならないんですが。
領民0人スタートの
辺境領主様
ヘルモード
～やり込み好きのゲーマーは
廃設定の異世界で無双する～
二度転生した少年は
Sランク冒険者として平穏に過ごす
～前世が賢者で英雄だったボクは
来世では地味に生きる～
反逆のソウルイーター
～弱者は不要といわれて
剣聖（父）に追放されました～
俺は全てを【パリイ】する
～逆勘違いの世界最強は冒険者になりたい～
毎月15日刊行!!
最新情報は
こちら!

もふもふとむくむくと
異世界漂流生活
メイドなら当然です。
濡れ衣を着せられた
万能メイドさんは
旅に出ることにしました
転生して
ハイエルフになりましたが、
スローライフは
120年で飽きました
駄菓子屋ヤハギ
異世界に出店します
ドイツ軍召喚ッ！
～勇者達に全てを奪われた
ドラゴン召喚士、
元最強は復讐を誓う～
偽典・演義
～とある策士の三國志～
生まれた直後に捨てられたけど、
前世が大賢者だったので余裕で生きてます
ようこそ、異世界へ!!
EARTH STAR
NOVEL
アース・スター ノベル

EARTH STAR NOVEL

# 夫婦で営むモンスターファーム①
## ～目指せ、まったりスローライフ～

発行 ―――――― 2023年1月16日　初版第1刷発行

著者 ―――――― 三田白兎

イラストレーター ―――― 村上ゆいち

装丁デザイン ―――― 冨永尚弘（木村デザイン・ラボ）

発行者 ―――――― 幕内和博

編集 ―――――― 今井辰実

発行所 ―――――― 株式会社アース・スター エンターテイメント
〒141-0021　東京都品川区上大崎 3-1-1
目黒セントラルスクエア　7F
TEL：03-5561-7630
FAX：03-5561-7632
https://www.es-novel.jp/

印刷・製本 ―――――― 中央精版印刷株式会社



ISBN 978-4-8030-1737-3